回風雲時代

新大明王朝

5 國事鼎沸

淡墨青杉◎著

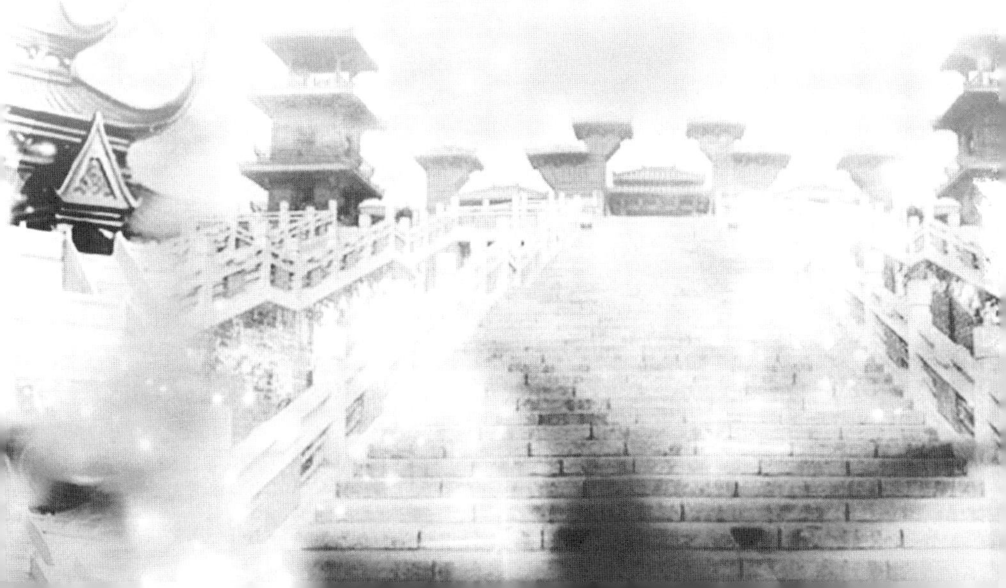

三大帝王
人物介紹

漢帝　張偉：最得意的帝王

來自未來，憑遠超幾百年的經驗改變歷史創立大漢王朝。爲人行事果斷、狠辣、穩重，平生從不做沒把握的事，政治作風強硬，一掃數千年儒家治世的傳統，大力改革，使國富民強，復興漢唐盛世在世界各國心中的上國地位。

明帝　崇禎：最愚蠢的帝王

滿懷中興大明的熱情，卻使明朝更陷深淵，直至亡國。其人生性多疑，好大喜功，喜怒無常。其蠢至空留幾千萬金銀給亡其國的異族，卻不願分出一兩銀子振軍救民，以至民反軍散，獨留孤家寡人於煤山上吊而死！

清帝　皇太極：最鬱悶的帝王

雄才偉略，勇悍無比，天下本屬於他，歷史本也是由他帶領八旗建立大清王朝。但卻因漢帝張偉的橫空出世，改變了歷史，而使本屬於他的一切化爲烏有，他也因此鬱鬱而死！

武將榜

人物介紹

施琅

大漢水師大帥，與漢帝張偉相交於微時，一起創業打江山，其人極具將才，兵法謀略極佳，水戰未有一敗，後被封世襲伯爵之位。

張瑞

大漢飛騎軍大將軍，對張偉忠心不貳，為人勇悍多謀，為漢帝轉戰天下，戰功超卓，後被封世襲伯爵之位。

張鼐

大漢金吾衛大將軍，對張偉忠心不貳，為人凶猛好戰，曾為漢帝親衛大將軍，勇猛有餘，謀略不足，卻也無大過，戰功無數，眾敵深懼其人，後被封伯爵。

契力何必

高山族勇士，為張偉所收服，其箭術無雙，為大漢萬騎大將軍，領三萬高山戰士為大漢征戰天下，無往不利。

武將榜

人物介紹

黑齒常之

契力何必之弟，大漢萬騎大將軍，與其兄一起爲大漢征戰天下，勇猛無比，立下戰功無數！

劉國軒

大漢龍驤衛主帥，漢王起家時的家臣，爲人冷靜多智，穩重，極具帥才，張偉的左右手，大漢的開國功臣，後被封爲世襲伯爵。

周全斌

大漢第一勇將，智勇雙全，極善機變，張偉最信任的大臣之一，與劉國軒爲五虎上將，位列伯爵。

孔有德

龍武衛大將軍，治軍有方，勇力過人，本爲前明大將，後依附張偉，成後漢開國之大將！

武將榜

人物介紹

左良玉

爲人深沉，本爲遼東大將，卻爲張偉所救，極具帥才，跟隨張偉，後被委以獨當一面的重任！先駐守倭國，爲倭國總督，後爲統兵大帥，爲大漢江南攻略的南面統兵元帥！

曹變蛟

神策衛大將軍，勇猛無比，而智謀不深。打仗身先士卒，常赤膊上陣，敵人畏之如猛虎，曾以大刀力殺荷蘭戰士數十人，被西方人視爲屠夫魔鬼！

賀人龍

與曹變蛟一起並稱漢軍雙虎，猛悍無比，身負重傷數十處依然不下戰場，幾被視爲鐵人！

林興珠

智勇雙全，善攻城戰和襲擊戰。

武將榜

人物介紹

尚可喜

前明大將，後跟隨耿精忠、孔有德一起依附張偉，立下極大戰功，爲大漢開國功臣。

耿精忠

前明大將，後隨尚可喜、孔有德一起依附張偉，立下極大戰功，爲大漢開國功臣。

祖大壽

遼東大將，對大明極其忠心，一生只追隨袁崇煥鎮守遼東，後爲保全袁崇煥名節，戰敗自殺而亡！

趙率教

遼東大將，袁崇煥部下最精銳將領，爲人多智，錦州失守，詐降滿清，卻心繫大漢，後成大漢明將！

武將榜

人物介紹

吳三桂

遼東大將，年輕有爲，其人多智，深謀遠慮。

多爾袞

滿清睿親王，皇太極之弟，其人勇猛多智，心機深沉，是皇太極之下最爲有名的滿人名將！

李侔

李岩之弟，漢軍軍中猛將，領五百勇士力戰大破開封城，一戰成名，爲人多智，擅馬球。

豪格

皇太極之子，爲人豪勇無比，卻智謀不深，不甚得皇太極所喜，狂傲自大，目中無人！

文臣榜

人物介紹

何斌

大漢財政大權負責人，大漢興國第一功臣。與漢帝相交於微識，共同創業，以其經商理財的天賦爲張偉累積下了統一天下的資本！被封伯爵，更被公認文臣第一，尊爲太子太傅。

吳遂仲

爲人多智，身爲儒人，頗具治理天下之才，大漢開國之功臣，位爲六部之首，後封伯爵，但因陷入黨爭而被貶離京城！

袁崇煥

明朝第一名將，薊遼總督，以文臣身分統領遼東大軍，鎮守遼東數十年，讓滿清鐵騎未能踏足中原。

熊文燦

明朝大臣，福建巡撫及兩廣總督而掛兵部尚書銜，總督九省軍務，其人甚貪，頗有些才能，後爲張偉狡計所害。

文臣榜

人物介紹

江文瑨

其人極具才華謀略，是以張偉放心讓其獨當一面，繼左良玉之後經營倭國。

陳永華

大漢第一賢臣，有治國之大才，與漢帝張偉相識於微識，更是漢帝身邊最得力的謀臣，雖未在朝中爲官，卻爲大漢培養出極多的人才！極受張偉所敬重。

鄭煊

前明降臣中最受漢帝張偉器重的文臣，極具治國安邦之才，大漢六部尚書之一，更被封侯爵。

洪承疇

前明三邊總督，明末著名文臣，以文臣之身統帥三軍，智計極深，謀略權術過人，最終卻敗於漢帝張偉之手！

文臣榜

人物介紹

孫偉庭

前明陝西總督，爲人行事狠辣，以文臣之身卻敢在打仗時身先士卒，可算是大明文臣中極少有的狠辣角色！後敗於張偉之手！

黃尊素

東林大儒，大漢興國文臣，官至兵部尙書，掌軍國大事，思想守舊，儒家思想難改，在漢帝張偉大力改革的過程中常提反對意見，但仍被封爵！

呂唯風

爲人才智過人，有治國安邦之能，支持改革，忠於張偉，極有主見和謀略，極得張偉器重，委以治理呂宋的重任。與江文瑨等人各自獨當一面，後在黨爭之時接替吳遂仲六部之首的位置，位及伯爵！

其他人物

人物介紹

李自成

明末義軍首領，又稱李闖王，領農民軍數十萬轉戰天下，而使明王朝風雨飄搖，一蹶不振。

張獻忠

一方奸雄，靠農民起義發家，轉戰天下，後寄身於蜀中，擁兵自立，為人凶殘，常有屠城之舉！

柳如是

大漢皇后，賢德異常，性情溫柔，才貌無雙，出身低賤卻心靈高貴，極受張偉之愛！

吳芩

南洋大族吳清源孫女，自幼學習西方文化，其美若奔放的牡丹，高貴卻不失大方。張偉暗戀之人，後卻因政治原因未能結合，此為漢帝張偉一生最大的遺憾。

其他人物

人物介紹

馮錫範

大漢軍法部最高負責人，鐵面無私，從不徇私，甚得張偉器重！

孫元化

爲人不好官場，一心只專於火器，乃是明末著名火器專家，也是大漢火器局總負責人，其人不修邊幅，不喜言語，狂放不羈，極得漢帝張偉寵信！位列伯爵，大漢開國功臣之一！

徐光啟

明代著名的科學家，孫元化的老師，奉天主教，其人學貫中西，力倡改革，助辦太學，力挺張偉！

李岩

年輕有爲，智深如海，卻含而不露，不張揚，不喜官場，文武雙全，漢軍北伐中表現極爲出色，以戰功而得侯爵之位！

其他人物

人物介紹

高傑

大漢密探統領，爲人行事刁鑽陰險，頗有奇計！雖少上戰場，但其功不可沒，甚得張偉寵信！

鄭芝龍

海盜巨頭，經營海運數十年，富可敵國，但卻敗於張偉之手，使其海上霸王的地位被代替，後被明朝招安，官至兩廣水師總督。

勞倫斯

英國駐南洋的海軍高級軍官，因與張偉關係極好，而成爲英國大將，曾幫張訓練出一批極精銳的水師！

目錄

021—第一章　革舊鼎新—

張偉這幾月間倒沒有挨罵，只可憐了出頭的陳永華。將張偉那些有悖於儒家傳承，被那些大儒們視為洪水野獸、異端邪說的觀點拋將出去，引來無數飽學之士的還擊。連他的老父陳鼎，也專程從福建趕來台灣，硬是用拐杖敲擊其頭，逼著他撰文認錯。

044—第二章　新式武器—

這線膛槍研發不易，光是紙質子彈合用的紙張便選用了全中國十幾行省的幾百種紙，再加上打火、閉氣、膛線，種種辛苦當真是不足為外人道也。此時經幾年間的千百次試製，終於將這線膛槍試製成功，兩個當事之人，又如何能不欣喜？

068—第三章　硝化甘油—

現下只想到製做成炸藥包，用來攻城時挖開城牆，放入炸藥包炸城之用。你還記得當時咱們攻台南，一夜間用上千漢軍挖了老大一個地道，放入過千斤的火藥，這才將城牆炸開的事？有了這種火藥，只需幾十斤，就能將老大一截城牆炸得飛上天去。

092—第四章　圖謀瓊州—
見左王二人皆沉默不語，知道毫無理由的起兵反向明朝，只怕這些心腹大將都還有些排斥心理，便向左良玉命道：「良玉，召你回來，佈置瓊州屯兵，都是王尊德這封密奏引發。若是朝廷信了他的奏報，派兵進剿，瓊州那邊無有大將，我不能放心。」他臉上掠過一絲青氣，向左良玉令道：「一旦事有不虞，戰事一起，你便率兵拿下兩廣和雲南！」

116—第五章　昏君庸臣—
崇禎臉色已是很難看，覺得很難再聽這老頭子嘮叨。他知這何喬遠是泉州人士，而泉州則是明朝每年出海船隻最多，出外謀生僑民最多的港口城市，是以何喬遠為家鄉說話，圖個老來虛名，回鄉之後也得些現實好處罷了。他想來想去，便認定了何喬遠目的在此，因冷冷道：「朕知道了。不過海禁一事是祖制所定，有大誥在前，朕不敢胡亂更改。你且退下！」

134—第六章　莊宸二妃—
莊妃小心翼翼地在宸妃背後墊上絲綿被面的棉被，因宸妃身體極是虛弱，加上這小院周遭都是樹木，故而雖然是酷暑天氣，房內卻仍是十分陰涼，是以宸妃夜間還需蓋上薄薄的棉被，此時用來墊在身後進食，倒也方便許多。

目錄

150—第七章　大清來使—

跟隨前來的滿人少年英傑索尼忍不住驚嘆道：「光這些青石路面，還有路邊的宮燈，便得需多少銀子？還有這大路兩邊，全是修飾整齊的高樓，咱們花了那麼多銀子重修的鳳凰樓不過兩層，這路邊竟有五層的高樓，每棟房屋的正門前都懸掛著燈籠。此時雖是半夜，竟然不覺其暗！」

170—第八章　神秘贖金—

除了軍馬一事他們還需考慮。金三萬，銀五十萬，倒是一口就應了。其餘東珠、毛皮、人參等物，也是按大人要求給付，沒有費我什麼唇舌，只是適才吵得厲害，說是要見宸妃與莊妃一面，這才談判。我好說歹說，答應他們向大人回稟，這才按了下去。

187—第九章　欽差大臣—

高起潛卻並不在意，此時台灣將近，他滿心盤算著如何對付張偉，哪裡有心管這些小事。更何況屬下人什麼德性，他當然是心知肚明。當下將那小內監攆了出去，又喚了幾個體己伴當太監，將崇禎御賜的尚方劍及欽差印信取將出來，又換了衣飾，略整儀容，端出天子幸臣、欽差大人的架勢，一步步行出艙來。

206—第十章　奸佞之臣—

諸將含羞帶氣地一個個步行出去，心中都是恨極。那些下級軍將不知張偉意思，只道是大將軍果真怕了這太監，現下漢軍又被這閹人如此欺凌，連龍驤衛大將軍都被打得暈迷，心中又急又氣，一個個便欲去張偉府中，去尋他訴冤。

225—第十一章　台灣之變—

說話間，已從火器局就近推了十餘門小炮過來，對準了縣衙大門，早有十餘名大嗓門的漢軍士卒喊了半日的話，眼看天色漸黑，裏面卻仍是全無動靜。

張瑞急道：「都撤回來，用小炮轟擊縣衙大門，然後衝進去，除了留下太監和校尉外，其餘人等都給我殺了。」

243—第十二章　誓師起兵—

待陳永華將文告念完，張偉又上前頒佈出兵之命。令施琅領水師一部及水師步兵往攻天津，以為偏師威脅北京。不可戀戰，不可深入，只需將三邊九鎮的明軍拖住，使得朝廷不敢派大隊明軍南下，便算成功。

目　錄

262—第十三章　伐明之旅—

這圍城打援一法，乃是張偉由後世某兵法大家手中學得，古人卻從未有過這般新奇的打法。歷來爭戰，遇有敵人的堅城或是重要的府城，若是可一攻而下，自然是立時拿下，哪有等著敵人來援助的道理？若當真是有敵來援，腹背受敵，乃是古時行軍打仗最忌諱不過的事。倒是古時候城堅牆高的，又沒有大炮火藥，守城的古怪玩意又多，有的時候攻城一方攻上一年兩載的，也不是希奇的事。

280—第十四章　攻戰謀略—

張偉自炮隊與萬騎趕到之後，已命人將各種防暑降溫的中藥及食品發下，熬製湯水命全軍飲用。半夜時分，因覺天氣悶熱，披著夾衫步出帳外，抬頭看了半日天色，待天空中隱約傳來雷聲，又有電光劃破長空，眼見得一場大雨勢必難免。

298—第十五章　南京城破—

說罷撥給那蕭潛一百親兵，令他帶著往范景文居處奔去。自己見眼前抵擋的明軍越來越少，大半明軍已然逃走，而這些鐵甲兵身後的火槍兵四處追趕，開槍擊殺那些亂逃的明軍。他罵道：「逃你娘的！要是死戰還未必死，越逃死得越快！」

第一章 革舊鼎新

張偉這幾月間倒沒有挨罵，只可憐了出頭的陳永華。將張偉那些有悖於儒家傳承，被那些大儒們視為洪水野獸、異端邪說的觀點拋將出去，引來無數飽學之士的還擊。連他的老父陳鼎，也專程從福建趕來台灣，硬是用拐杖敲擊其頭，逼著他撰文認錯。

且不提八大王張獻忠掃蕩四川，與湖陝甘川四地的明軍周旋，成都得而復失，他領兵退守渝州一線，前扼洪承疇部陝甘等地明軍，後拒明廷調集過來的南方各鎮明軍。除了有限的幾個州府在他直接的統制之下，爲他供應錢糧。其餘的州府即使被他攻掠而下，當地的地主及官紳階層也迅速將他留下的小股兵力驅走。是故張獻忠在川內雖是占據了戰略主動，官兵推進到成都和瀘州一線，已是無力再進。他又不能建立起有效統治，八大王心煩之下，卻無法可想，只能靜待高迎祥與李自成的消息。

崇禎三年五月，明軍除了要應付占據了小半四川的張獻忠，還需分兵提防應付流竄在山西及河南的革左、老回回諸營。除此之外，折身返回陝北的高迎祥與李自成部，更令明朝上下憂心忡忡。

皇帝自接到蜀王及王府上下宗親遇害的塘報，立時暈厥倒地，在場的內監廷臣皆是慌了手腳。待太醫聞訊趕到，崇禎帝已悠悠醒轉，雖然閣臣及各部大臣皆環伺左右，他仍是慟哭道：「朕以涼德，繼位大統。孰料竟致失陷親藩！祖宗立國兩百多年，從無宗室遇害一事。自朕繼位，先有德陵、鳳陽皇陵被焚，現下又有親王被弒，朕有何面目去見列祖列宗，有何資格位列於太祖皇帝駕前……」

諸臣雖是苦勸不已，奈何親藩遇害一事對皇帝的打擊甚大，自明朝開國以來，不要說是親王，便是等閒的宗室也沒有死於刀兵的。蜀王雖是遠支，到底也是太祖苗裔，正根的親王，就這麼讓那些泥腿子砍了腦袋，連帶成都城內所有的近支宗室，都被殺了個乾乾淨淨。這樣的噩耗，令勵精圖治、自視爲英主的崇禎無論如何也不能接受。

在乾清宮大殿痛哭一場，崇禎立時命人送上素服朝冠，命在京官員爲蜀王舉哀，他親自赴皇極殿，請列祖列宗寬恕。又領著周后、田妃赴大高皇殿，焚香默祝，祈盼國運能夠扭轉，孫承宗、洪承疇等人能克期平賊。

由於他深恨張獻忠殺害親王，連下嚴旨，斥責孫承宗等領兵大吏。依照明律，失陷親藩，該管的封疆大吏必以死謝罪，四川巡撫王維章原本就以貪劣聞名，士林不恥，此番他在成都危急之際，領著巡撫標兵先逃，又坐視秦良玉戰死渝州，原本便是死罪難逃；再加上成都失陷，蜀王遇害，這王維章倒也識趣，上表謝罪後，便仰藥而死。若是等著皇帝發落，只怕不但他要人頭不保，便是連家人也需受株連。

與他一起，原兵部尚書亦以失陷親藩而剝職下獄，是不是要拉到西市挨上一刀，便只能看崇禎的心情好壞了，又命楊嗣昌以兵部左侍郎繼為本兵，督管剿撫大計。

待王維章自盡，崇禎帝以李國英繼任，督促洪承疇會同李國英收復成都；孫承宗自湖北入川，兩相進剿。至於原本應該為剿賊主要目標的高迎祥部，竟似一時無人理會。

「李哥，咱們窩在此地，等著官兵來殺麼？」

自聯營之後，高迎祥自稱闖王，李自成被人稱做闖將，除張獻忠之外，威望最高。他原本就極有人緣，為人慷慨大方，善於交際。待起兵造反之後，身邊有一群服膺於他的兄弟，劉宗敏、李過及後入夥的郝搖旗勇冠三軍，田見秀、劉芳亮等人老成穩重，再加上李自成聰明過人，原本當差務農，無甚閒暇看書，此時加入義軍，只要不行軍打仗，他便捧著兵書或是史書來看。看書之餘，再加上轉戰南北的實際經驗，此時的李自成已遠非昔日的吳下阿蒙。

此時他端坐於地，四周皆是光禿禿的黃土坡，一陣輕風吹過，便是漫天的黃沙塵土。陝西全省原本就是靠天吃飯，此時乾旱已久，早就困苦不已，甭說是糧食，便是連樹皮、觀音土亦已吃得精光。那十幾歲的稚子幼女，要麼被自家人吃掉，要麼只要一出門，立時瞬息不見。榆林城內，早就公然叫賣人肉。糧食六兩白銀一斗，而人肉，只需三文一斤。

自富庶的南方折回，經窮困貧瘠的河南、山西，原本達五六十萬之多的數十營義軍，一時間分崩離析，高迎祥雖被尊爲闖王，對各營的義軍卻無實際管轄權，張獻忠拔營而去，其餘非陝人的各營義軍更加不肯回饑荒無糧的陝西。

是以待高李二人回到陝西，身邊只有二十餘萬人，其中能戰之師不過五六萬人，裝備盔甲的精銳不到兩萬。所謂數十萬義軍，只是說起數目來嚇人罷了。

李自成凝神不語，只是望向遠方，若有所思。此刻劉宗敏被高迎祥急召而去，其餘李過、田見秀等人，哪敢在李自成沉思之際打擾。只有郝搖旗一向大大咧咧慣了，絲毫不懼，向李自成道：「李哥，你倒是說句話來，咱們只待在渭南叫甚事呢。」

李過因見他二叔只不說話，便大著膽子向郝搖旗道：「二叔他正想事，搖旗叔你別吵了。咱們待這邊還算好的，延安那邊寸草不生，榆林那兒都賣開人肉了。若不是想招募些健壯漢子，咱們何必回陝北哩。」

郝搖旗一陣煩躁，向李過道：「小毛孩子，你知道什麼。沒有吃的，任你有百萬大軍也是沒有用，八大王現下在四川鬧得歡騰，偏咱們窩在此處，待官軍收拾了他，回師來打咱們，那時候，就等死吧。」

李過對他說的「小毛孩子」云云頗是不服，不過既然以叔相稱，雖是年歲只相差五六歲，卻也不好頂撞，只是翻著眼瞪著郝搖旗不語。

兩人正自鬥雞也似互瞪，卻聽李自成開口道：「你們都不必爭執了。我料待宗敏回來，會把闖王的意思告訴我們的。」

他面色深沉，眼中波光閃動，向身邊諸親信嘿然道：「我適才想了半天，當日沒有攻下南京，依長江固守割據，然後設官置府，以伐北方，這真是大錯特錯了。咱們畏那孫承宗如虎，被他攆兔子一般攆來攆去。其實回頭細想一下，這老頭子雖有才幹，到底手底下的那十來萬兵丁是調自各省，全是刁猾疲玩之徒，咱們當時五六十萬人，能戰的精兵也近十萬，未必就打不過他們。再加上朝廷掣肘，皇帝和那些文官們不知兵，卻愛指手劃腳，孫大學士就是知兵，又有何懼？」

說到此處，他喟然一嘆，又道：「只是各家義兵心不齊，打仗時都想往後縮，拿下城池收斂財物時，一個個全衝在前面。特別是敬軒，好大的殺氣，每戰都欲屠城。我勸過他幾次，反弄得兄弟生分，當真是何苦。」

郝搖旗咧嘴笑道：「李哥你也真是，那些人又不是咱們鄉親，還幫著官府守城打咱們，殺了又怎地。」

李自成神色憂鬱，向著諸人道：「咱們當初起事，只想著多活一天是一天。誰知道走南蕩北的，跟著咱們的兄弟夥越來越多。雖說大家都存了一樣的心思，想這亂世裏多活一天也是賺頭。不過你們回頭看看，跟著咱們的這些兄弟，哪一個不是面黃肌瘦，拖家帶口？咱們不敗則已，一敗，他們一個也別想活了。身爲領頭的，我還怎麼能就圖個痛快了事？若只是咱們幾個人上山落草，那當然是大塊肉，大碗酒，怎麼痛快怎麼來！」

田見秀點頭道：「敬軒領著他的人和咱們拆夥，想來也是見到這一步。若還是拖成團，有力不往一起使，反倒打窩裏炮，幾十萬人，倒還真不如單幹的好。」

「正是！現下除了高闖王的本部，就是咱們的兵馬了。兩家合起來近三十萬人，能戰的精兵五六萬，這陝甘的兵大半被調去打張敬軒，正是咱們大幹起來的時候！陝北雖然饑民遍野，不過那西安、關中，卻仍有糧收。再加上省城府庫，起寨子，打大戶，足夠咱們吃的了。」

他說得興起，站起身來向聽得目瞪口呆的各人大笑道：「捷軒被闖王叫了過去，便是商量此事。明朝二百多年了，未必就不是注定亡在咱們手裏！我們原本也想不到此處，都是那個叫呂唯風的讀書人提醒。只可惜當時眾家兄弟渾不把他的話當回事，現下人家走了，也不知道去哪裡再找這樣的人才！」

「兄弟們，咱們幹起來！張敬軒現在幹得風生水起，咱們未必幹不過他！」

陝北饑民甚多，高李二人回到此地，原本就是如魚得水，若不是考慮到養不起這些人，只怕振臂一呼，百萬人瞬息可得。此時既然打定了攻州掠府、占地爲王的心思，倒更加不急著多招饑民，擴充隊伍。與流竄不同，此時他們要的是精兵，而不是如同馬蜂一般亂紛紛的百姓。

待張獻忠在四川大幹起來，引得大半官兵往四川而去，那洪承疇雖是仍防範陝北方向，卻已是力有不逮。高迎祥與李自成考量多日，又嚴加訓練士卒，終於決定一定要在秋收前動手。

崇禎三年八月，高迎祥引李自成、劉宗敏率五萬精兵往擊咸陽，革老營則緊隨其後，駐防咸陽的明軍不到萬人，倒有大半是地痞流氓，都是由市井無賴冒認的衛所軍人。別說稍加抵抗，便是連義軍的旗幟也沒有看到便四散而逃。待咸陽一下，西安震動，在西安的秦王念及當日蜀王被弒，在義軍尚隔著數百里地，便攜著王府上下金銀細軟，在兩衛王府親兵的護衛下，連夜奔往山西太原，尋晉王避難去也。

待崇禎於北京接到咸陽失陷，西安不穩的消息，當廷震怒，立下嚴旨，將督師輔臣孫承宗下錦衣衛獄。命三邊總督洪承疇立時回師進剿，務要守住西安。命孫傳庭爲延綏巡撫，領兵協助洪承疇；調兩廣總督熊文燦督師湖北，接過孫承宗留下的軍隊，繼續剿滅四川賊兵；並命丁啓睿爲河南巡撫，督剿流竄於山西河南交界之賊兵。

這些舉措都是新任兵部尚書楊嗣昌所獻的一正四輔之策，崇禎見他贊畫有方，正奇得當，大加讚許之餘，心中對平定流賊又恢復了幾分信心。

大陸局勢紛亂如此，張偉居於台灣小島之上，每日興除積弊，改革文事。此刻台灣已有

《太學報》、《商報》兩家官辦報紙，每日只是議論三代之治，聖人言教是否合乎時宜、西學賢愚與否、世道人心如何澆漓，便是連興亡之事、治亂之由，亦是長篇大論的載於報紙之上。於是內地刀兵四起，人心惶惶，唯恐瞬息有鼎革之事時，台灣卻是文氣郁郁，甚至有南京儒士托商船帶回《太學報》閱讀之事。一時間台灣名聲大漲，只是這名氣有好有壞，有貶有褒，卻也是壁壘分明。

張偉這幾月間倒沒有挨罵，只可憐了出頭的陳永華。將張偉那些有悖於儒家傳承，被那些大儒們視爲洪水野獸、異端邪說的觀點拋將出去，引來無數飽學之士的還擊。連他的老父陳鼎，也專程從福建趕來台灣，硬是用拐杖敲擊其頭，逼著他撰文認錯。待知道這些都是出自張偉授意，陳永華不過是加以潤色、署名挨罵而已時，陳鼎雖是憤怒，卻也無法可想。他既重禮教，張偉身分尊貴，他總不能上門叫罵，雖然是滿肚皮的悶氣，也只得罷了。

除此之外，又開始允許台灣各大商人自行組建商船隊，政府抽取賦稅。入台之初，台灣所有的商船都屬張偉何斌二人所有，後來雖然有大批富商來台，卻是不准在台灣組建船隊。那時台灣對外貿易規模甚小，若允准其他商人造船貿易，只是與張何二人搶財路罷了。此時不但是倭國被張偉壟斷，便是南洋、印度，張偉亦可分一杯羹，如此這般，張何等人原有的商船規模已不敷使用。開放管制，可以使得貿易利益最大化，又能抽取大量的傭金賦稅，待海外貿易規模擴大，以戰艦護衛，商船亦可隨時武裝，到那時，不但是南洋，就是南美、歐洲，只怕台灣的船隊也能到得。

略帶鹹味的海風帶起了白色的浪花，不停拍打著台北港口的堤岸。張偉兀立在大塊條石修築的堤岸之上，目送著台灣往庫頁島方向的漁船船隊起錨升帆，往那片只居住著少量野人生番的海域而去。

此刻的庫頁島已歸於滿清管制，島上有若干通古斯或是索倫部落的首領早就向後金朝貢，每年有相當數量的皮貨和土產被千辛萬苦由這個化外小島送往瀋陽。張偉海軍實力強橫，可以輕鬆派遣漢軍由海路登陸上島。原也打算將這庫頁島拿下，做爲攻擊滿清的後方補給基地。多次派人到島上和周遭海域勘查過後，方得知那庫頁島苦寒之地，島上遍佈森林野獸，除了島上部落之外，外來的軍隊欲蕩平全島至少需數萬大軍。島上的部落又與滿族類似，早就歸化投順，每年都有部落首領往遼東朝見皇太極，貢獻包茅。所得與付出相差太遠，無奈之下，張偉放棄占據庫頁島的打算。那島上除了森林和皮貨外，倒也無甚礦藏，便也只得作罷。

自從南洋返回台北之後，倒因一樁意外，令得張偉重新思謀起庫頁島一事。

現下在台的西人甚多，英、荷、葡萄牙等三國洋人已有四百餘人。其中有數十人是張偉聘請來的西學教師。這些人在本國皆不如意，西人又酷愛冒險，隨船出海，來得這萬里之外的中國。與想像中不同，並不是每個白人都能致富，有不少人也只是勉強賺幾個辛苦錢，甚至有窮困潦倒者。

被張偉聘請而來的，大半都是些中下層平民，只因在國內時受過基礎教育，知道些幾何、化學、物理的知識，竟然就被高薪聘請，成為受人尊敬的老師。每日只夾著幾本書上課，悠哉遊哉，可比在海上奔波，四處殖民，冒著生命危險賺錢舒服許多。再加上持著狂熱宗教理念，前來傳教的各國耶穌會士，漢軍雇傭的教官、台灣兵器局聘用的武器專家，在南洋冒險，企圖混水摸魚，空手套白狼的西方流浪貿易商，以及水師教練、翻譯、來遠東騙錢的藝術家，魚龍混雜，良莠不齊，幾百個大鼻子子洋人，組成了在台灣的冒險集團，其數量甚至超過了各國在明朝內地的人數，這樣一個參差不齊的集團，以金錢為紐帶，在台灣上演著一齣齣滑稽的浮世繪。

與後世中國不同，張偉立台之初，便規定來台的洋人須學中國官話。還建立了漢語考級標準，優異者可以得官府補貼的俸祿。原本考試的人不多，待遇極其優厚。待此時幾百號洋人匯聚台灣，甚至有不少拖家帶口，扶老攜幼的舉家遷台。這些洋鬼子紅眼球見了白銀子，哪有不拚命的道理？最多不過兩三個月，只要不是蠢到家的，大半的日常對話已無問題。那些早期來台的，早就可以詩曰子曰駢四驪六，甚至八股文章都做得幾篇了。

洋人既然學會了漢話，甚至漢字也寫得筆走龍蛇一般，張偉又輾轉從歐洲買來大批的書籍。什麼《形而上學》、《理想國》、《天體運行》、《畢氏定理》等大量的西方哲學與科學書籍被翻譯成中文。

張偉身爲全台之主，少不了要前往這些洋鬼子的聚居處宣慰一番。他一向事忙，直待大批洋人安身之後，方乘坐馬車前往探看。待他到得那些洋人在鎮北鎮外的居處，卻見一幢幢的西式住宅橫亙於前，一幢高大的尖頂教堂最爲顯眼。

張偉便向身邊侍候的台北政務官員問道：「整個台北及台南，現下有多少教堂？」

「回大人，台北四幢，台南一幢。」

見張偉不置可否，那官員忍不住向張偉訴苦道：「這些洋鬼子教士太過煩人，在台北鎮上傳教也罷了，沒事還往大屯山上鑽，往草山裏面鑽，尋那些土著傳洋教。那些土著前不久還是食人生番，這一年多來被大人感化，倒是省了咱們不少的心。現下可好，三天兩頭傳來洋教士在山裏被圍，要麼就是護送的人和土著打了起來，又或者洋人打傷了土著，土著們尋著官府要說法。雖說沒有大的亂子，到底是樁麻煩事。大人，乾脆禁止他們傳教得了！反正咱們就指著他們來教造炮、造槍，傳什麼鬼教！」

他劈哩啪啦說了半晌，很是將這些不安分的洋教士控訴了一通。張偉見他唾沫橫飛，一臉激奮，顯是平時爲這些洋教士擦屁股，吃了不少的苦頭。因笑道：「咱們漢人從來不禁宗教。儒釋道三教並存，也沒說哪一教獨大。官府雖是禁過佛，只是因那些禿驢們占了太多田產人丁，又不敬君父。還有那什麼景教、摩尼教、回教，咱都沒有禁過。只要不造反，不引著百姓蔑視君父、不敬祖宗，不霸占田產人丁，就由他！」

他自是不便與這些官們明言，這些傳教士都是些宗教狂熱分子，不遠萬里來到中國，一不爲發財，二不爲做官；生活簡樸，不求物欲享受，與後世的教士不可同日而語。這些人爲了傳教，大半曾學習過落後民族不懂而又重視的知識，比如物理天文、火器製造，甚至是鐘錶修理，以期用這種西式獨特的東西來打動他們眼中的野蠻人，讓上帝的光輝照耀全球。只是當時的中國並未落後世界多遠，西方世界也沒有兩百年後那麼獨霸全球，在外傳教殊爲不易。進入中國一百多年，只不過在北京修了幾個教堂。下層百姓不肯搭理異端，上層貴人對什麼原罪、寬恕、博愛又全無興趣；更可惡的就是基督教不准多妻，不拜祖先，這讓崇尚祖先崇拜和多妻制的中國貴族們更加的疏離。

此時張偉以全然開放的態度讓這些教士前來傳教，吸引了南洋各地及中國內地大批的教士前來，台灣的富庶和開放政策讓他們欣喜不已。張偉又親自寫信給當時的教皇，使得教廷允許中國人追念祖先，將迷信轉爲一種親情哀悼的解釋。此後兩邊皆大歡喜，張偉則利用教士的科技，教士則在台灣順利傳教。反正中國人在宗教上最爲狡猾，講究的是遇神就拜不吃虧，轉回頭卻又將上帝拋諸腦後，故張偉反不擔心基督教在台灣坐大，以宗教威脅他的威權。

待張偉在來台的白人聚居處巡視幾遭，卻也無甚希奇。那些洋人紛紛上來逢迎，什麼英明的領導者、偉大的將軍、仁慈的領主……云云，吵得張偉頭都大了。好不容易擺脫那些漢語半生不熟的洋鬼子，入得他們的私用教堂，自被那教堂當家神父迎入內室。

張偉便敷衍問道：「此地可好麼？」

那幾個教士面面相覷，顯是不理會這種中國官長常用的泛泛問句。

那當家神父微一欠身，笑答道：「這裏很好，空氣溫暖，土地肥沃，人民富足……」

張偉知他誤會，忙打斷他話頭，笑道：「不是問你們這台灣可好，是問你們在此地可好，可有不足之處。」

「托大人的福，一切都好。雖然傳教還有困難，不過秉承上帝的旨意，我們會繼續宣揚祂的……」

「好好，如此就好。」

張偉急忙打斷他的話頭，生怕這些傳教士纏著他不放。自從放耶穌教士入台傳教，這些人整日裏就打他與何斌等台灣大老的主意，心想只要他們入教，便可以帶動大量的台灣平民入教。張何二人不勝其煩，早就吩咐門政，不得放這些教士入內。此番入得教堂，自然還是早些溜之大吉的好。

張偉連連點頭，口稱「好好」，腳步已是向外挪去，那些教士自是起身恭送不提。卻見張偉在院中頓住腳步，回頭問道：「這是在做什麼？」

那神父定睛一看，張偉站在一口用青磚搭建的大鐵鍋之前，看著一鍋熬得滾燙的動物油脂發怔，便答道：

「大人，這是我們熬的牛油，用來給在此地的同胞們做些肥皂。台灣炎熱，這才五月不到，便已是驕陽似火。洗澡時若沒有肥皂，油脂和灰垢洗不下來。咱們除了傳教沒有別的事，就做些肥皂來用，也是造福大眾的好事。」

張偉「唔」了一聲，頗感興趣地問道：「就這麼熬上一熬，就成肥皂了？」

他自來台之後，亦是爲沒有肥皂使用而苦惱不已。雖則他提倡衛生，卻不能要求農民也如富家大室那樣熏香淋浴。那尋常農夫，用些絲瓜瓤在身上擦上幾擦，再用些皂角在身上抹上一抹，便已是難得的盛舉。此時聽得這幾個教士能做出肥皂來，一時間興趣大增，立定腳步在那大鍋旁邊，也不顧黑煙滾滾，便在那大鍋旁向那幾個教士問道：「這種肥皂能去油脂？能有香氣麼？」

那幾個教士瞠目結舌。

那本堂神父答道：「去脂是一定的……香氣只怕是沒有的。」他肚裏暗暗嘀咕，心道：「這些中國貴人當真古怪，聽說他們洗澡時還要在木桶裏放上花瓣……上帝！」

張偉點頭道：「甚好，此時能做麼？我便在此地看著你們如何處置。」

那幾人答道：「成了，已經將油脂熬得分離出來，加上小蘇打，便可以了。」說罷，將那鍋底火撤去，待油脂稍稍冷卻，倒入那分隔好的木製模具之內，融入配製好份量的小蘇打，與脂肪融合之後，便凝結成一塊塊可溶解的黃色肥皂。

待這些肥皂冷卻之後，張偉自模具中撿起一塊，雖然仍是粗糙不平，聞一下也全無味道，卻是與自己小時用過的那種工業肥皂並無差異。因笑道：「好！你們做的這東西甚好，做法又簡單易學，我要向全台推廣使用！」

見那幾個教士都是陪笑不迭，連聲應承，張偉一笑，抬腳便要離去，卻心中隱隱想起一事，只是一時不得要領，只得臨行又問道：「台灣也殺牛，吃牛肉。不過這幾百萬人用將起來，牛油什麼的肯定不夠。用別的油可以麼？」

「大人，最好還是牛油。若是不然，羊油和豬油也可。只是這兩種，就不及牛油的好了。」

那神父遲疑一下，又道：「其實鯨魚的油最好用，海豹、海象的油也甚好。只是大人這裏雖然有很豐富的漁業資源，卻是甚少見到這些大魚。不然的話，捕一頭鯨，就可製成幾十萬塊肥皂了。鯨肉可以食用，還有那龍涎香，也是比黃金還貴重的寶物……」

他滔滔不絕，大講鯨魚的好處，張偉不禁失笑，向他問道：「閣下身爲神父，怎麼如此殘忍好殺，這可有傷上天好生之德吧？」

那神父一愣，答道：「耶穌也曾以魚和水讓幾千人吃飽了肚子。上帝創造動物，自然有祂的法則在。咱們的教義，並不如貴國的佛道那樣，禁人殺生。」

「嗯，是我多想了。你的建議，我會考慮的。」

張偉拔腳離開，雖然心中仍是盤著一事，一時間也顧不得了。只想著那教士的建議確實有理。這捕鯨業在北歐養活了一大批人，捕一頭大鯨，便是幾萬的銀子可以入帳，當真是本小利大。只是台灣附近洋面，別說是鯨，就是鯊魚也十分少見，又哪裡去捕鯨去？若是組建遠洋船隊，此時沒有蒸汽機可用，以風力划槳的船隻去捕鯨，只怕一年兩載的都回不來，卻又是十分不划算。

思來想去，唯有那庫頁島附近海域會有鯨群存在，雖離台灣較遠，到底海路熟悉，來回半年左右，便可滿載而歸。那島上的土著別說是戰船，便是噸位稍大些的漁船也沒有一艘。漢軍亦不必攻上島去，只需派一兩艘小型炮船，就能將這些土著封在島上，不得與外界溝通。如此這般，又能捕鯨，又可切斷庫頁島與遼東的聯繫，也是一舉兩得了。

那台灣船廠此時規模已遠遠超過當初。當初張偉、何斌二人忍痛從腰中掏了銀子出來，建造戰艦及小型炮船。後來為了與南洋及倭國貿易，日日趕工建造商船，規模越來越大。此時張偉又令在台富商可自行造船，參加海外貿易，這買船造船一事，頓時在台灣風行開來。船廠雖是擴大數倍，卻仍不敷使用。數以萬計的工匠不分日夜的在船廠之內打造修理船隻，一艘艘嶄新的商船造了出來，被那些商人提領出去，開往海外貿易。

張偉因顧及未來海上爭執，不顧商人反對，禁造三百噸位以下的小船，且設計之時要便於改裝成武裝戰船，雖不能和正規戰艦相比，卻也能以俟日後事急時使用，總歸是聊勝於無。

他下定決心要派船去庫頁島捕鯨之後，便令人將十幾艘俘獲的原荷蘭、西班牙及鄭芝龍的小型戰艦改裝，艦上留下幾門火炮，一來可以防備清軍和島上土著襲擾，二來這些戰艦噸位夠大，也省得爲了捕鯨另造新船。

在海堤上目送捕鯨船離去，張偉轉身向那桃園兵營而去。大陸局勢已然亂象紛呈，他雖然每日做偃武修文狀，實則再無人比他更關注內地局勢。此時張獻忠雖被優勢官兵圍攻，竟然能抵擋得住，李自成與高迎祥在陝西局面大好。就是革左等營，亦是在山西河南交界橫行，明軍也只是依城而守，不敢出戰。崇禎皇帝急得跳腳，但也知當務之急是要圍死張獻忠，不使其坐大，擊攻高迎祥、李自成部，穩定陝甘局勢，方能騰出手來收拾革左諸營。

台灣原有龍武、神策、金吾、龍驤四衛，每衛三軍一萬二千人，四衛合計約五萬人，飛騎衛六千人，萬騎一萬二千人；再加上水師一萬五千人，獨立的神威將軍炮隊六千餘人，連同張偉的兩千親兵，加上巡城將軍的巡捕兵力，仍是不到十萬人。雖云兵貴精不貴多，不過要防守呂宋、倭國長崎，還有台北台南駐防，算來將來用到內地爭霸的兵力，左右不過七八萬人，再加上內地廣袤，這點兵力，若不收羅降兵土兵之類，只怕攻下城池，也無法分兵去守。

是以從崇禎三年二月起，張偉未離開台灣之際，便已令各衛重新招兵。雖然台灣兵民比已是頗高，但就是招至二十萬人，軍民比方到十比一，以台灣的財力也還承受得住。

四月時占了呂宋，七月時局勢已穩，留守的八千神策衛漢軍及漢軍水師船隻將呂宋牢牢守護在手心。

呂唯風四處巡行，又得了張偉派去的官學子弟爲輔，用分化利誘，四處建立堡壘扼制交通要道，以當地漢人爲倚托任下層官吏，幾個月間，呂宋已是恢復如常。除了不能直接將貨物賣向南美，又時刻提防西班牙及葡萄牙人的艦隊來攻之外，呂宋已再無他事。

因局勢已穩，張偉便命呂唯風徵集了大批當地土著，四處搜尋金礦，雖暫時沒有找到，卻也找到數處優質的銅礦，也補台灣缺銅之憾。大量的銅礦提煉出來後，用以鑄造生活用具出售，又可以鑄造成銅錢。自然又是台灣的大筆財源。

只是那優質鐵礦卻仍是搜尋不到，呂宋雖有鐵礦，卻不能用來鑄炮鑄槍，只可用來生產農具之類，也只是聊勝於無罷了。

張偉因呂宋重要，雖大陸戰事將起，也只得忍痛將周全斌留下駐守。若非解除了西葡兩國威脅，暫不調那八千神策軍回來，但將曹變蛟與肖天調回，署理徵兵擴軍一事。

至崇禎三年八月，大股明軍開向陝西四川湖北之時，台灣的漢軍已擴軍至每衛兩萬人，神策衛有一萬二千人駐外，又特意多招募了六千五百人，整個漢軍已近十四萬人。雖然財力吃緊，也還供養得起。

只是台灣青壯男子已近三分之一入伍當兵，軍民之比甚高。風調雨順時也罷了，若是遇著

颱風或是洪水地震，只怕對農事和工廠礦山都大有影響。好在除了罪民之外，原本的礦工都由呂宋和倭國招募而來，倒也省了幾萬勞力。

待他趕到兵營，見各衛各軍的漢軍士兵都在各級主官的帶領下訓練體能與格鬥術。這火槍兵與弓箭兵不同，一個好的弓箭手總得十年八年的工夫，才能箭不虛發。而一個火槍手從舉槍到瞄準開槍，只需一炷香的工夫便可。至於精確瞄準，裝彈速度、隊形隊列，亦是最多兩三個月，便足夠成軍。是以當時雖然弓箭和硬弩的威力不下於火槍，歐洲各國卻已是淘汰了冷兵器，改爲純火器的軍制。

張偉雖有鑒於攻城作戰和臨敵肉搏時刺刀太過吃虧，建立了龍武軍這樣的冷兵器兵種。其餘三衛卻是不改初衷，仍是以純滑膛槍裝備士兵。除了體能訓練之外，作戰隊列和瞄準射擊都是極簡單的事，想來那些新兵已然盡數掌握。

見張偉趕來，料想他要來校閱。各衛及各軍的主將立時奔來，環伺左右。因周全斌不在，此時的四衛將軍中以張鼐最得信重。

張鼐見張偉若有所思，看向場中的士兵，便向他笑道：「大人，這些兵士最多不過入伍半年，除了身上沒有殺氣，沒有那股味道之外，一切都與老兵無甚差別。大人若是想看，不妨令大隊集結，校閱一番？」

張偉搖頭道：「不必了。左右不過是這樣，有你們在，我也放心得很。我此番過來，是要把軍制改動的事，向你們說一下。」

見各人凝神細聽，張偉笑道：「不必緊張。此番變動的是漢軍編制，與各位的職銜無關。」

他帶著諸將步入節堂之內，坐定之後，皺眉道：「五人爲伍，十伍爲果，五百人爲一都尉，兩千人爲一營，由校尉統管。這樣的分法，太過粗疏。伍長手下只有五個人倒也罷了，一個都尉指揮五百人，太多了，指揮不便，手底下的兄弟都認不過來。自此之後，十人爲一分隊，由什長領；百人爲一果，由果尉領；三百人爲一營，由一都尉領；千人爲一旅，由一校尉領；三千人爲師，由衛尉領；六千五百人爲一軍，由將軍領。待將來再行擴軍，將軍可領萬人爲一軍。如此這般改制，可如臂使臂，運動自如。」

西方軍制的三三制原來自古代羅馬，乃是世界上最精細，也最能發揮指揮官效能的兵制。張偉雖仍在官職上仿古制，其內裏卻已改原本的粗疏，使得軍隊越發細分，易於指揮。

待他宣布成立參軍部，設作戰、機要、情報等處；又設後勤部、情報部、行政部等現代軍隊的輔助部門，整個漢軍已是完全現代軍制化。再輔助以軍爵、軍銜、撫恤，以及精良的訓練、嚴明的軍紀、優厚的軍餉待遇，漢軍中又有甚多打過幾次惡戰的老兵，若是正面交戰，別說是陝北義軍，或是明軍，哪怕是八旗精兵，亦無法輕言能擊敗這支強軍了。

待他將諸事交代已畢，至節堂外上馬，本欲直回台北，卻見校場內士兵已是整隊完畢，分

列兩端。

張偉無奈，只得向諸將道：「我本不欲大閱，你們非要如此麼？」

張鼐與劉國軒展顏笑道：「難得大人來一次，不校閱一下，鼓鼓軍心士氣，也太過可惜。」

張偉近日來心中總繞著一事，原本想立時回府，卻是拗不過他們，也只得勉爲其難，騎馬向前，在八萬大軍前風馳電掣般巡行一遭。那些兵士見他向前，卻是興奮不已，各自在主官帶領下高呼萬歲，雖然僭越違制，形同造反，誰又肯去理會？

孔有德、尙可喜、耿精忠三將此時領著龍武衛，明軍盔甲原本簡陋之極，只是著小紅襖罷了。除了將官，甚少有全身披甲者。此時的漢軍卻是不同，雖然台灣沒有鐵礦，卻想盡辦法爲兩萬龍武軍裝備了全身的仿唐的明光甲。不但遠強過明軍，就是裝備了多層棉鑲嵌鐵葉甲的八旗兵，也是遠遠不如。

至於那些過人高的鐵盾、長矛、陌刀，其打造之精良，亦是三人前所未見。雖然只兩萬兵，這些裝備的費用，只怕不在明朝二十萬軍之下。再加上中下層軍官全然是漢軍老兵調來，對新入伍的新兵嚴加訓練，軍紀軍法都比當年的皮島明軍不可同日而語。三將感嘆惕厲之餘，對張偉的敬佩和猜度，卻又更加深了一層。

此時三人見手下士兵不住呼喊萬歲，而張偉坦然受之，不以爲意，皆各自在心頭嘆氣，只怕將來戰事一起，不知道前途如何。只是此時已歸順張偉，身家性命全然在這島上，此時縱使別有他意，也是脫身不得。思來想去，只得也跟隨著張鼐、劉國軒等人同呼萬歲，雖仍是彆扭，多喊幾聲，倒也變得坦然了。

卻見那張偉騎於白馬之上，巡行一遭後意氣風發回來，原本有些鬱鬱之色的他瞬間變得神采飛揚。這樣的場面果真有些魔力，可以瞬間將人的心理改變。

只聽得張偉向張、劉兩人笑道：「孔將軍是老成人，張載文和王煊成日跟隨於我身側，高呼萬歲這一招，定是你二人弄出來的鬼！」

見二人嘻笑，絲毫不以爲意，張偉乃正容道：「諸位將軍，玩笑耍樂也就罷了，適才的萬歲聲若是傳到北京真萬歲的耳朵裏，只怕我也只好要了你們的腦袋，給皇帝賠罪去。」

見各人仍是全不當真，張偉知道這些人眼裏只有自己，全然不把皇帝放在眼裏。便是尙耿等遼東諸將，適才自己在馬上看了，也是萬歲萬歲喊個不停，此時這麼呼喊雖是不妥，卻也不好太過訓斥，只得又吩咐幾句，便待撥馬出營。

「大人，末將有事稟報。」

「喔，孔將軍有何事？」

見孔有德恭身行禮，張偉笑道：「孔將軍有事便說，不需多禮。」

「大人，末將想請大人校閱龍武軍，這些時日來每日訓練不止，將士思戰，前些時日龍武軍與金吾軍曾有對戰演練之議，今日大人過來，正好可以演練給大人看。」

見龍武三將與金吾諸將神色都不自然，頗有些憤憤之色。張偉心中略想一想，便已知道定是火槍兵與龍武軍起了爭執，諸將爲手下出頭，爲了證明自己手下都是強兵，方有這對攻演練一說。便笑道：「這又何必，不發實彈，火槍兵威力不顯，發射實彈，又無法演練。」

卻聽那孔有德亢聲道：「末將願親率五百龍武精兵，與五百金吾火槍兵對陣，以三里爲距，按照估算好的發射距離和威力來對攻便是了。」

張偉見諸將堅持，雖是無奈，也只得應允。

只見一龍武軍小兵跑上前來，以草人裝備了龍武軍的全身鐵甲，又放置鐵盾於其身前。令一金吾小兵試射，先兩百米，未中；一百五十米，彈丸擦射而過；百米，正中鐵盾，五十米，彈丸擦於鐵甲之上，叮噹作響，卻只有寥寥幾粒鑽進了鐵甲之內；直到三二十米，方有鐵丸擊中草人要害，只是數量仍是不多，並不足以致命。

張偉神色鐵青，心中只是在想：「龍武軍全是步兵，身著鐵甲防護力雖高，若是遇著大股的火槍兵，死傷仍是慘重，若是五百對五百，金吾兵必是慘敗無疑。」

第二章 新式武器

這線膛槍研發不易，光是紙質子彈合用的紙張便選用了全中國十幾行省的幾百種紙，再加上打火、閉氣、膛線，種種辛苦當真是不足為外人道也。此時經幾年間的千百次試製，終於將這線膛槍試製成功，兩個當事之人，又如何能不欣喜？

事實果真如此，待雙方對陣完畢，按照預先算好的折損，五百鐵甲龍武軍只傷下去二三十人，餘者皆衝至火槍兵大陣之內。以龍武軍的格鬥術及裝備，這五百金吾軍以刺刀迎敵，只有半個時辰，便告全滅。

因見張偉神色難看，金吾諸將皆是面如死灰。張鼐與張傑雖與張偉關係親近，此時亦不得不與顧振、黃得功一同跪下道：「末將等死罪！」

五百對五百，如此慘敗，不但金吾諸將神情慘然，跪地向張偉請罪，就是龍驤及神策兩衛的將軍們亦是臉上無光。那劉國軒自持身分，不好在張偉眼前公然向孔有德等人發難，只斜了賀人龍一眼，示意賀瘋子出來說話。

「大人，末將有話要說！」

張偉先是示意張鼐等人起身，繼而向賀人龍道：「講來！」

賀人龍亢聲道：「大人，此次演練對金吾軍是不公平的！咱們火槍軍行軍作戰，最講究以火炮轟擊，然後全軍佈陣向前。適才那樣規模的演練，依照咱們的火炮配備，至少有八到十門火炮在後。那龍武軍遠隔三里外向前，戰甲沉重，咱們每門炮至少能放十發炮彈，這樣，能打死多少人？他們的軍心亂不亂？待到了火槍射程之內，再以火槍先擋住他們進擊，火炮改射霰彈，又得多死多少人？打仗的事沒有演練這麼簡單。」

他斜了孔有德等人一眼，又粗聲道：「真的拉到戰場上，打上幾仗，才知道誰是真正的英雄好漢！」

張偉見孔有德等龍武軍將士氣得面紅耳赤，賀人龍等人卻兀自一臉憤恨不平模樣，便斥責道：「虧你還是領軍大將！演練輸了就是輸了，哪有這麼多理由！你能保證日後每戰必有大炮？或是沒有敵兵伏擊？三里外還打成這樣，若是路過狹隘路口，敵兵自道路兩邊衝擊而上，火炮何用？」

賀人龍被他訓斥得灰頭土臉，不敢再辯，只得灰溜溜退下。

那張載文與王煊身爲參軍將軍，說話倒比這一眾衛將方便許多。兩人齊聲道：「大人，這話說得不對。」

「喔，如何不對？」

張載文與王煊對視一眼，相視一笑。那張載文便先笑道：「大人，行軍打仗哪有不預先偵察的道理。若是中了埋伏，別說是火槍兵，就是龍武軍又能如何？是以你適才的話說得不對。」

那王煊接著話頭說道：「況且那戰場地形變化萬端，哪有像校場上這麼容易奔跑。龍武軍身著的盔甲雖不笨重，奔跑起來卻也不易，遇到個溝溝坎坎的，不是一樣吃虧？」

周遭領火槍兵的漢軍諸將聽他二人說完，臉色立時和霽，各人紛紛交頭接耳，齊聲道：「著啊！就是這麼個道理。打仗的事哪有這麼簡單。漢軍百戰精銳，哪有這麼容易被人突到身前。」

各人議論幾句，卻見張偉神色不悅，當下便各自閉嘴。

又聽那王煊道：「不過火槍穿透力太差，五十步內才有殺傷力，這終究是不成。打西班牙人和倭國人時，因他們沒有什麼盔甲，也就罷了。將來若是打女真人，他們可都是有甲冑的，縱是裝備的不如龍武衛，可人家還有馬，還有強弓大箭！」

「那咱們遇著滿人，乾脆棄槍投降算了！」

「就是，也未見得有多厲害！在遼東，不是被咱們屠了那麼多！」

張偉擺手令那些議論紛紛的將軍們住嘴，沉吟道：「王煊說得有些道理。咱們在遼東是以強搏弱，又算定了他們不會棄城而走，亦無法集中兵力出城野戰。以大炮和火槍將敵人完全壓制，是以有那麼大的戰果。若是敵軍開初就棄瀋陽不顧，集中瀋陽、開原、遼陽的八旗兵，在野外騷擾我軍，斷襲我糧道，襲我後陣，你們以爲，漢軍的損失會比攻城小麼？」

他將漢軍諸將說得灰頭土臉，自己卻也是越說越煩躁，用皮鞭在馬屁股狠勁一抽，大聲道：「你們好生去做！其餘三衛也要和龍武衛一般，學些格鬥之術。孔將軍，選些精幹勇武的兵士教導。」

他聽得孔有德等人遠遠應了，逕自騎馬出了營門。心中煩憂，卻不知道如何是好。

漢軍若是有五十萬精銳，八旗自不在話下。現下以十五萬漢軍對陣十五萬八旗，卻是敗多勝少。人家的騎兵移動力遠勝漢軍，補給後勤的需要都不及漢軍的需求大。只要滿人沒有蠢到家，不與漢軍堂堂正正的正面接戰，而是以騷擾、游擊、斷糧、側翼突擊等方法交戰，十幾萬漢軍步兵所能發揮的效能，與八旗精騎相差甚遠。能以五千漢軍足以隨時抵住滿人同等數量，甚至更多數量精騎的突襲，這方是張偉以火器成軍的初始目標。

他心中甚是煩憂，一時卻也無法。想起年前台灣兵器局曾上書稟報，言道幾個工匠依著張偉吩咐，將那線膛槍製作出來。張偉心中一動，雖知這線膛槍製作不易，無法大量裝備，心中卻一直存著僥倖之心。此時他心中甚是憂慮，想到線膛槍一事，心中一動，立時調轉馬頭，往那淡水鎮西的台灣火器局而去。

這淡水鎮與台北鎮已是連接在一起，除了淡水河兩側方圓十里劃爲軍事禁區，由台灣炮廠和火器局在內研究火器，鎮內鎮外已是與台北鎮並無不同。

這台灣現下一共九鎮，台南有台南和嘉義兩鎮，台北則仍是七鎮。雖云是鎮，實則除了沒有城牆，與內地的省會大城已是無甚差別。整個台北七鎮加起來，除去鎮外的農夫，仍有數十萬人口。除了北京南京這樣的大城之外，論起人口，已不在福州等省會之下。論起富庶，只怕是比之北京南京亦不遑多讓。

待張偉自淡水鎮外繞路而過，通過漢軍士兵把守的警戒線之後，直入整個建築群足有上千間房，其間有淡水河穿越，由十餘小橋連接的火器局之內。如此這般的建造方式，當是爲了試製武器時方便用水的緣故。

「來人，請孫侍郎過來。」

張偉也不進官廳，直接便到那火器局內研發火槍的槍房之內。因那些匠人各有專攻，分組各自研究，張偉雖召了幾個匠人頭目來問，卻是不得要領。無奈之下，只得令人去請正在試發火炮的孫元化過來。

張偉屢立戰功，聲名越發顯赫，地位亦是水漲船高。這孫元化來台數年，每日潛心研發火

槍火炮，忙個不休。卻比那王忠孝和史可法只能做搖頭大老爺強了許多。張偉念及他數年來辛勞，不但在俸祿補助上多有額外加賞，又特意連上奏本，使得孫元化由兵部員外升爲兵部職方司主事，又加賞了侍郎虛銜，倒也算得上是春風得意馬蹄疾了。

待孫元化穿著三品文官補服，腳蹬厚底官靴匆匆而來，卻是全無漢官威儀，袖子拉得老高，胳膊上盡是黑灰，臉上黑黑紅紅一片，當真是狼狽之極。

張偉忍不住大笑道：「侍郎大人，這副尊容讓令師徐大學士見了，只怕輕饒你不得。」

那徐光啓雖然是著名的耶穌會士，學貫中西，卻也是進士出身，最講究儀容舉止。他年前來過台灣一次，雖然已是年老筋疲，見著孫元化上竄下跳，不成體統，便將他罰跪許久，方才饒過。

張偉雖是拿這孫元化調笑，他卻是不理會，向張偉訴苦道：「這大炮的閉氣和炮管已經改了好多次，有效的射程還是在五里之內，最佳的射程和炸點，還是三里左右，我著實是無法可想了！」

聽得他訴完苦，張偉亦只能點頭道：「誠然，也只能這麼著了。那麼，線膛槍又如何？」

「那倒好上許多。大人今日過來，想必是想驗槍，咱們這便過去，如何？」

兩人的神色一時間變得愉悅起來，這線膛槍研發不易，光是紙質子彈合用的紙張便選用了全中國十幾行省的幾百種紙，再加上打火、閉氣、膛線，種種辛苦當真是不足爲外人道也。此時經幾年間的千百次試製，終於將這線膛槍試製成功，兩個當事之人，又如何能不欣喜？

當下由孫元化引領張偉，向火器局內設的靶場而去。那新製成的線膛火槍，早就放置在靶場之內，只待張偉前來查驗。

「隱藏在槍膛內的膛線，凹下去的小槽被稱爲陰線，凸起來的則叫陽線，兩條相對陽線之間的垂直距離叫口徑，子彈頭的直徑比口徑稍大一些，這叫過盈，只有這樣才能使子彈頭嵌入膛線而旋轉……」

孫元化因見張偉手持那線膛槍，上下翻看卻總是不得其法，並不明白除了兩條膛線之外，與滑膛槍有何不同，便在張偉身邊詳加解釋。

張偉笑道：「是了，我現在方明白過來。這東西說起來簡單，做起來還不知道多麻煩。」他望向孫元化，誠摯地道：「元化兄，這當真是了不起！」

孫元化卻是不在意這些世俗虛禮，他爲人曠達，只是以報國爲己任，研究武器正是他的長項，亦是他的愛好，別人是誇讚或是責怪，他絲毫不放在心上。因向張偉道：「請大人試射一槍，如何？」

見張偉點頭，孫元化便吩咐身邊隨侍的火器局從人爲張偉清理槍膛，上好子彈，拉下扳機，見一切就緒，乃向張偉道：「大人，請試射。」

張偉雖射術不精，卻也只得勉爲其難，向著前方瞄準，扣下扳機。只聽得「砰」一聲響，

卻沒有滑膛槍擊發時那般的濃煙冒將出來，那紙殼子彈已被撞針引爆，在槍管中迅即飛出，直中百米外的標靶。

「慚愧，慚愧！」張偉見對面驗靶兵搖動紅旗，顯是子彈中靶，這當真是難得之極，便向道賀的諸人謙遜幾句，又問孫元化道：「這線膛槍的最遠射程爲幾何？」

孫元化皺眉道：「雖然改進了許多，到底火藥推力不夠。最遠射程當在三百至四百米間，有效射程當在一百五十米左右。比之滑膛槍雖是進步甚多，卻還是不夠好。」

張偉嘿然一聲，心道：「美國獨立戰爭時，還用的是滑膛槍，有效射程百米之內，現下這般，已經是了不起的成就了。」又向孫元化問道：「這線膛槍，一月可生產幾支？」

「若是所有的高手匠人停了手頭活計，全數調來做線膛槍，大概一個月可出五十支。」

「這是不成的。匠人還要造滑膛槍，還要修理損壞的槍枝。出一個熟手匠人最少得十幾二十年的工夫，我不能因噎廢食，把滑膛槍停下，專出線膛槍。如若這樣，我就別指著打仗了。打一仗下來，少說得損失損壞幾千支火槍！」

孫元化瞠目道：「那我也無法可想。別的好做，膛線需要熟手匠人慢慢打磨研搓，您著急也是無用。」

說來說去，左右還是不成。以現下台灣能抽調的熟手匠人加雜工，一個月裏最多能出二十支線膛槍，遠遠不敷十幾萬大軍的使用。

張偉思來想去，只得道：「既然是這樣，便也罷了。你們正常出產，我用來裝備精銳士兵，或是用來狙擊之用，也就是了。還有，騎兵所用的短管槍枝，也需抓緊製造，馬上作戰，先行開上一槍，對敵人甚有威脅，縱是打不死幾個，能驚了馬匹也是好的。」

他連聲吩咐，孫元化等人自然連聲答應。待張偉行到靶場之外，卻見幾個大鼻子的英國洋人技師笑咪咪迎了上來。這些人最早來台，學的一口京片子漢語，與張偉已是熟捻得很，當下一個個上前來請安問好，與張偉寒暄致意。

張偉此刻卻沒有心情與他們閒扯，當下隨口敷衍幾句，便待離去，卻聽一英人技師笑嘻嘻拍馬屁道：「將軍，閣下的台灣當真是一座神秘的島嶼，在將軍治下，不過這麼些年，就如此的富庶繁榮……」

他們拍慣了張偉馬屁，又是客卿身分，雖然亦畏懼張偉，倒也敢嘻笑幾句。若是等閒的官吏將士，見了張偉話也不敢說半句，又哪裡有勇氣長篇大論的胡扯。

張偉此刻卻是不耐，只向那洋鬼子略一瞪眼，立時嚇得他閉口不言，心中只在納悶，不知道今日的馬屁爲何拍在了馬腳之上，回去倒要好生研究一番。

「神秘島……這個外國屁精倒說的好名詞。」

肚裏嘀咕幾句，也覺得好笑有趣，卻仍是板著面孔，向火器局內侍立送行的眾人揮手而別，跨上乘騎，便待返回府邸。卻突然心中一動，想道：「神秘島，這個名字好生耳熟！」

他騎坐於馬上，左思右想，終於想到這原本是自己少年時看過的法國作家儒勒・凡爾納的一本幻想小說，自失一笑。此時凡爾納尚未出生，卻上哪裡尋這書來看。又想到：「那小島上東西也多的出奇，什麼優質鐵礦、硝石、硫磺、菸草、陶土……當時還不覺得，現在就這台灣，這麼大的一個島，連一個鐵礦也尋不著，打造兵器什麼的，還需從雷州半島買回整船的鐵礦石回來才可。還有，那人在島上就憑著一個工程師，除了鐵路，當真是什麼都造了出來，就連電報都有了。不過，記憶中製造電報和炸藥的方法，倒也著實簡單，不需任何工業基礎支持……」

「炸藥！」

他想到此時，腦中突然如同電光火石般掠過「炸藥」這兩個字，心神激蕩之下，差點跌下馬來。連忙穩住身形，在腦中急速思索道：

「那幾個人什麼工具都沒有，別說是實驗室，就是連口鍋也沒有。我記得只不過是打了一隻大魚，熬油，然後以黃鐵礦石蒸餾出硫酸鐵，將硫酸鐵結晶放入空瓶中進行鍛燒，使之蒸發爲水汽，經過冷卻，就可以變成硫酸。再以硫酸溶和動物甘油，便成了威力大過黑色火藥三十多倍的硝化甘油。再輔以黏土或是白糖用以凝結甘油，就形成了製造方法簡單，威力驚人的黃色炸藥。」

張偉想到此處，不禁手舞足蹈，興奮非常。若不是騎在馬上，當真是要原地跳上幾下，以發洩心中的欣喜。

以鐵礦石蒸餾出硫酸的辦法他也知道，只是一直無法解決提煉的工具罷了。製造硫酸需要很大成本，有不少設備都是必需的：一套特殊的工具、白金的儀器、不怕酸類腐蝕的鉛室以便於用來在裏面進行化學變化等等。此時想到簡便易行，也不需什麼精密儀器，便可以得到硫酸的辦法，心中又如何能不喜。

當下立時撥馬而回，將一眾洋人及孫元化急召而回，什麼鐵硝石，硫酸晶、蒸餾，硫酸，硝化甘油……洋洋灑灑講了半天，卻見各人都是目瞪口呆，不明所以，顯是對他的話半分也不明白。

孫元化及幾個學問高深的洋人雖明白硝酸和琉酸的意思，卻怎麼也不能理解整合起來的含意。

孫元化低頭想了半晌，方向張偉問道：「大人，依著你的意思，是把鐵礦石放在木炭上燃燒，燒出來的便是硫酸鐵和硫酸鋁，放入水中攪勻沉澱，倒掉水，把沉澱的液體放在大陶瓶中蒸餾，得到硫酸，然後以硫酸與硝石在一起燒製，可得硝酸，把硝酸與甘油放在一起，便是威力強大的炸藥了？」

他納悶道：「這麼簡單的燒燒煮煮，溶合一下，威力便是普通火藥的幾十倍？大人，這法子你是怎麼知道的？」

張偉被他問得一愣，他卻無論如何也不能告訴孫元化，這法子原是從一本普通的幻想小說中得見，當下含糊應道：「你且不管我如何得知，你吩咐人照做就是了。」

見一群人仍是呆頭愣腦，不知所措，張偉喝道：「都愣著做甚？還不快去！」

又向孫元化問道：「元化，那雷州運過來的鐵礦石還有麼？製做這種炸藥，需得大量的硫酸，都得需要這些優質的鐵礦石才行。」

「回大人，現下四處都需用鐵，農具、生活用具、火炮、火槍、盔甲、戰刀，這些要麼直接買了回來，要麼就是本地的鐵匠用買來的礦石打造。台灣本地並無合用的鐵礦，這麼一船一船的往回買，還是不夠用啊！」

張偉默然點頭，卻也沒有辦法。這鐵礦一事，他一直沒有放在心上，皆因早期台灣民眾人數少，用的也少。此時百姓人數早過百萬，一家一支鐵釘，便需整船的礦石打造。再加上漢軍人數眾多，刀槍盾牌，加上火槍火炮，哪一樣不需要用鐵。雖然常年累月的派出船隻，在廣東等著當地的礦山挖出礦石，迅即便往台灣運載，卻仍是不能滿足需求。一者來回需要時間，二者雖然明末礦業發達，這鐵礦附近挖礦的礦工足有三十萬人，到底需求遠遠大過產出，從沒有船到便能提貨的事。三者這礦山遠離碼頭，還需用騾車驢車運載，耗時費事。如此這般幾年下來，大筆的銀子捧將出去，需求卻一直得不到滿足，張偉深爲此事苦惱，一時卻也只是無法。

當下只得向孫元化道：「我會命台灣政務署那邊把民用的礦石削減，現下製作硝化甘油的事甚是緊急。你這邊要多少，我給多少！」

孫元化輕輕一點頭，向張偉咧嘴一笑，道：「既然大人不肯說前因後果，又這麼有把握，那我們便做將開來！」

說罷轉身欲行，張偉卻突地將他叫住，吩咐道：「那個硝化甘油很是危險，輕一觸碰便會爆炸。待硝酸與甘油融合之時，你派人告訴我，我專門給你調死囚過來！日後凡是需用，都由死囚或是重罪犯人來做！」

張偉自桃園兵營出來之時，一臉鬱鬱不足之色，此時卻是心事盡釋，一臉喜氣。他身邊的諸親兵雖不懂軍國大事，但也知道他心中高興。各人原本垂頭喪氣，現下便也湊趣，跟在張偉身後嘻嘻哈哈，說笑逗樂，以期爲張偉分憂。

一群人鮮衣怒馬，奔馳在淡水至鎮北鎮的官道之上，鑌鐵包住的馬蹄將青石路邊敲打得發出怒雷般的巨響。眾人跟著張偉正自風馳電掣般奔行得痛快，卻見張偉在前面放慢馬速，不消一會工夫，便自停了下來。

眾親兵納悶，頓時團團圍上前去，見張偉翻身下馬，將愛馬的馬蹄搬將起來，兩眼目視，若有所思。

各人見他一臉正經，雖是舉止怪異，卻是不敢打擾，只是從未見過張偉如此怪樣，一時間忍將不住，均暗自發笑，一個個將臉憋得通紅，只不敢笑出聲來。

卻見張偉研究了半天，方拍拍手站起身來，向各人笑道：「你們的馬蹄鐵，也是從廣東那邊運來的，這都是銀子啊！」

王柱子適才跟在張偉身邊隨侍，知道這鐵礦石甚是急迫，張偉決意削減民用鐵石一事，他滿肚皮的不贊同，此時正是個進言的良機，便趁著張偉話頭，開口笑道：

「大人一說這話，我倒想起來了。這陣子軍用鐵石太多，民用的已經是不足，咱們的馬是軍馬，又是大人親兵，這蹄鐵自然是照足了給。大人卻是不知，現下已有不少農夫的牛馬沒有蹄鐵，都養在家裏不敢使用。還有那犁、鋤、鏟，有不少磨損，尋了鐵匠去修補，卻是沒有鐵石。」

他猶豫一下，咽一口唾沫，又道：「下面已經頗有怨言，大人若是還要削減民用鐵石，只怕就會怨聲載道啦。」

「唔，你說的我都知道。」

見王柱子吃驚地看向自己，張偉噗嗤一笑，指著他道：「憨人！我手底下爲我打聽台灣內外軍民人等消息的人，不知道有多少！別說是這些關係到國計民生的大事，便是你王柱子每天不當值時去了哪裡，和誰說話，我都一清二楚！」

見王柱子一臉不信，張偉歪頭想了片刻，向他笑道：「五日前，你下了值沒有回家。托人和你老娘說，我讓你辦事，實則，你去了錢小五家，和他們幾個玩了半夜的色子，輸了兩吊錢，是麼？」

他話一說完，王柱子如遇雷擊，立時嚇得瞠目結舌，向著張偉吃吃道：「大人，我只是偶爾去玩一下，並不敢常賭。」

張偉一笑，步態輕鬆地在王柱子身邊轉了一圈，見他仍是嚇得要命，便向他笑道：「你每日跟在我身邊，也很辛苦，你與小五交情深厚，偶爾過去玩一兩把，並不爲過。小賭怡情，我也不怪你。只是，你需謹記：若有人故意輸錢給你，攀你交情，打聽我府內消息，你需立刻報我，不可貪財，曉得了麼？」

又向身邊諸親衛道：「本來要尋個機會，給你們訓話。現下正好，都說與你們知道，一個個都給我記牢了！」

眾衛士一齊暴諾：「是，屬下們遵命！」

「嗯，如此便好。」

張偉向各人略一點頭，指著兩名親兵，令道：「你們兩個，這陣子嘀咕，想去漢軍裏建功立業，這麼有志氣，甚好！去尋劉國軒劉爺來，你們以後就編入他的龍驤衛，先從果尉做起。」

見兩人仍是愣忡，張偉斷喝一聲：「還不快去，傻小子們，就快有仗讓你們打了！」

見兩人匆忙上馬，直奔桃園軍營而去，張偉一笑上馬，引領著親衛往府邸而回。

他不肯明言，身後的眾親衛只是納悶，這呂宋新定，張偉又斷然不會興兵入內地勤王，遼東一戰之後，偷襲之事斷不可行，倒真的絞盡腦汁，也斷然猜不到這位總兵大人，打的是什麼算盤了。

待劉國軒應召至張偉府邸，不是被引至正堂，亦非張偉書房，卻是被一青衣小僮一直引入張府後園。他穿過抄手遊廊，繞過花園假山，卻見張偉正仰躺於假山之後的小亭內，打著摺扇觀看兩個女子下棋。

劉國軒不敢細看，只恍惚認出其中有一位正是張偉的正妻柳如是，當下近得身前，躬身向張偉請安道：「末將見過大人。」又一轉身，低頭向柳如是道：「末將見過夫人。」

聽得柳如是輕聲道：「將軍少禮。」說罷起身向張偉道：「大人要說正事，我和趙敏先下去。」

那劉國軒不敢抬頭，只聽得一陣衣裙擦地的窸窣聲，又有一陣香風撲鼻，稍停一會，方聽得張偉笑道：「抬頭起身，坐在我身邊說話。」

劉國軒聽他吩咐，這才將頭抬起，見亭內除了幾個張偉的貼身親衛再無旁人，才扭捏著到張偉身邊坐下，待他坐定，已是憋了滿頭的躁汗。

張偉笑道：「天氣熱，我在後院消暑，得便兒看看她們下棋。」又向劉國軒嚷道：「來，吃幾片冰鎮西瓜，消消暑氣！」接著嘆道：「我現下連下棋的心思和精力也沒有了，唯有看別人下幾盤，倒也能解解饞。」

劉國軒拿過西瓜，輕咬一口，只覺得一陣涼氣直逼唇間，心中立時一陣舒爽，便大口咬了幾口，立時將那涼氣襲人的西瓜啃完。待他連吃幾瓣西瓜，已是暑氣盡消。便向張偉笑道：「大人，您是貴人事忙。其實有些事情，可以交給屬下們來辦，屬下們若是辦不好，大人您再接手就是。」

張偉斜他一眼，將手中摺扇一攏，大笑道：「甚好，你這話很是對我的心思。我日後勢必不能事事由自己上前去辦，你有這個想法體悟，也不枉我栽培你一場。」

他將身子向劉國軒一湊，在劉國軒耳邊輕語道：「我現在就有一件大事，要交給你去辦！」

劉國軒已是許久未與張偉這麼單獨相處，談笑說話。自張偉來台之後，局面事業不同於在澎湖之時，劉國軒跟隨張偉的時間遠不及周全斌長久，來台之後又迅即入伍帶兵，是以如現在這樣，與張偉促膝談心，言笑不禁，當真是難得之極。

聽得張偉吩咐，劉國軒立時站將起來，向張偉道：「大人，不論是什麼事，只要國軒能辦到，一定竭盡全力，務必給大人辦得妥妥當當！」

張偉見他慷慨激昂的模樣，不禁失色，雙手虛按，向他道：「國軒，坐下，不必如此。」又感慨道：「國軒，咱們爺們許久沒有這麼在一處說話了，你不必和我鬧這些虛文。你和遂

仲、王煊他們不同，說起來，你算是我的家僕！現下化家爲國，你是我的屬下，爲公爲私，你都得好生去做！」

便向旁邊親兵招手道：「來，把那地圖拿上來！」

幾名圍侍在旁的親兵聽得張偉吩咐，立時將一幅桑皮紙繪成的大型地圖展開，四人分持一角而立。

張偉向劉國軒笑道：「國軒，去看看，看你能不能認出來是何處！」說罷笑咪咪立於劉國軒身側，靜待那劉國軒看完說話。

常說中國人的民族性，比較起歐洲人來太過粗疏，比起德國人的精細來，更是不可以道理計。比如這地圖，中國幾千年文明史，竟從來沒有過經緯度，亦沒有真正意義上的地圖，就那麼一張帛布，上面標明城市的大概位置，就算是皇輿全圖了。

康熙年間，耶穌會士走遍大江南北，耗時若干年，爲康熙皇帝繪製成了大清帝國全圖，誰料後來八國聯軍進入皇宮，方在後宮的府庫裏翻出那張被視若珍寶，秘藏於大內的地圖，只是，上面已染滿塵灰矣！

「回大人，這是瓊州府的地圖吧？」劉國軒只不過略掃幾眼，立時便看出這正是廣東省所轄的瓊州府地圖。便向張偉咧嘴一笑，道：「大人花重金繪製了那麼多的地圖州府圖，又依著地形地貌弄成木圖沙盤，讓屬下們經常沒事就推演戰事。這瓊州與台灣一樣，都是海島，屬下們對其歷來就很看重，沙盤推演的海島攻防，經常拿瓊州做演練的目標，又怎會認不出它來！」

「唔，你們都很用心，我很是高興。」

掃一眼志得意滿的劉國軒，張偉笑問道：「國軒，這瓊州府下轄三州：儋、萬、崖十縣（瓊山、澄邁、臨高、定安、文昌、昌化、感恩、樂會、會同、陵水），計有戶五萬餘，人口近三十萬——國軒，你來說說看，如何把瓊州給我拿下來，又需多少兵，才能完全管制的住？」

劉國軒雖唯張偉之命是從，卻仍然很是吃驚，他委實料不到張偉此時要對瓊州開刀，大陸雖然刀兵四起，到底明朝正統人心未曾盡失，此時攻掠朝廷府縣，與造反無異，皇帝斷然不會容忍。明朝雖無力量攻打台灣，但背負造反的名分，原本的官爵祿位全然消失，這些也是非同小可。

心裏雖是吃驚，在腦中急速思索一番後，向張偉回道：「大人，瓊州兵備道轄下不過幾千疲敝之兵，屬下帶兩千漢軍，就能肅清全島的駐防官兵，對面的廣東全省所轄的鎮兵和衛所軍，至多不過兩三萬人，北方戰爭未息，廣東大半精兵都被調走。大人，只需給我四千人馬，我就能肅平整個廣東。」

見張偉不置可否，他立時興奮起來，兩眼熾熱地看向張偉，向他沉聲道：

「大人，別看大明在長江之南還有幾十萬大軍，實則都不堪一擊！若是大人不出我們所料，有問鼎天下之意，只需讓我帶著兩萬龍驤衛出海，由長江入內，十日內我必克鎮江、南京，到時候拿下整個南直隸，入湖北、湖南；大人派兵由福建登陸，由廈門上岸，十日內必克泉州，漳州、福州，再派兵入兩廣，南方大局兩月內可定！大明縱是想反攻，我台灣水師那麼多的炮艦，沿江巡守，再截斷南方漕運，北方別說反攻，只怕是連吃的糧食都不夠！再加上那些泥腿子正鬧騰得厲害……大人，機不可失啊！」

張偉聽他說完，當真是怦然心動，沒想到一張瓊州地圖能引得劉國軒思謀的整個南方戰略。雖與張偉所想的略有不同，竟也差之不遠。張偉心中一動，向劉國軒喝問道：「國軒，這個你是怎麼想出來的？嗯?!」

劉國軒雖然是個將才，敢打敢衝，粗中有細，專任一方亦不至令張偉不放心，到底不是能胸懷天下的帥才，若是他在這台灣一隅之地，憑著幾張地圖和沙盤就能將攻入內陸的戰略想的如此精妙，張偉自是絕然不可能相信。

想到此節，張偉越發陰沉著臉，見劉國軒吭哧著不肯回答，又喝問道：「國軒，不是我小瞧你，你沒有這個眼光和膽略！」

劉國軒見不是辦法，知道今日斷然無法再行隱瞞，只得將頭一低，回道：

「大人，年前大人去呂宋之前，我與全斌，兩位參軍，還有林興珠、賀人龍他們，在吃年酒的時候提起國內大亂，大家一時興起，拿來地圖對照沙盤，研究了一下那些賊兵和孫督師的行軍佈陣。後來是我臨時想起，若是以咱們漢軍攻入南方，該當如何。大家聽我一說，都頗有興趣，當下各人推演了半天……」

偷覷一眼張偉，解釋道：「此事在當時不過是笑談，大夥兒也沒有當真。今天是我應景說了出來，與幾位參軍和全斌他們無關。大人若有責罰，只管罰我便是了。」

「成了，國軒。你記住：君不密則喪其國，臣不密則喪其身，你適才說的話非同小可，切記不要再傳！」

見劉國軒唯唯諾諾，張偉豎起兩根手指，正色道：「一、治天下不比打天下，漢軍人數太少，治域太大，沒有自己的一套人馬，打下來，也管不住！況且呂宋新定，還需防著西人和葡人反撲，還得防著倭人作亂，十幾萬軍隊，撒胡椒粉似的，到時候頭不顧?!第二，眼下的重中之重，是給我占住瓊州，開挖鐵礦，朝廷那邊我自有辦法！」

他臉上露出一絲冷笑，向劉國軒道：「不過是老辦法，換裝，扮海盜。打下來之後，我自會派兵過去，到時候先斬後奏，由不得朝廷不依。成了，你快下去準備，待我準備停當，你便帶你的龍驤左軍出戰。」

見劉國軒匆忙而去，張偉心道：「你們想的倒與我所思大略相同。只是我還需最少一年的時間，鍛煉年前官學畢業的子弟，拉攏一切可拉攏的士人。建立新式官制，強化自身的防禦，

然後方可踏足大陸。現下根基不穩，軍事上我可能得勝，政治上卻殊無把握。」

他搖搖頭，將這幾個膽大包天的屬下們給他的誘惑從腦中驅趕開去，振一振精神，衝著身邊侍衛道：「去，問一下夫人，送給熊文燦的禮物放在哪裡！」

不過盞茶工夫，柳如是便帶著幾個貼身丫鬟匆匆趕到，張偉見她走得匆忙，那鬢角微微冒出香汗來，因向她笑道：「妳這是何苦。我差人去問妳，妳告訴他一聲，讓他帶我過去就是了。」

柳如是微微一笑，向他嗔怪道：「你這人，一說事就糊塗了，現在倒怪起我來。不是你自己說了，此番準備的禮物不但要貴重，還得顯著花了心思才好。當時還和我說，要我陪著你親自驗看，有什麼不妥，也好當即就換，現下反說我巴巴的跑來。」

張偉見她眼波流轉，笑語嫣然，雖是嗔怪，卻因她自小便在蘇州長大，現下雖說的是官話，仍是脫不了吳儂軟語的底子，聽起來當真是嫵媚異常。當下向她一揖，笑嘻嘻道：「夫人當真是我的賢內助，有了妳之後，這府裏的事我可少操心多了。」

柳如是輕輕橫他一眼，笑道：「成了，大將軍。咱們這便到內堂去驗看禮物。」又向他問道：「這一向我也沒有問你，憑什麼這熊大人離了兩廣總督的任，你要給他送這麼多禮物程儀？」

見張偉笑而不答，柳如是頓時醒悟，向他抿嘴一笑，赧顏道：「這是我的不是了，一時忘了你的身分，還像那小家子過日子一般，想著給你量入爲出呢。」

張偉見她神情俏麗，面紅過耳，心中一蕩，頗想握住她手，與她商量一番。她見識學問都是不凡，又在台灣時日已久，對內地局勢亦不是全然不知，想來與其商討，亦不會一無所得。只是當時之人甚是忌憚婦人干政，再加上柳如是的身分令台灣上下很是不滿，若是教人知道她在張偉身後出謀劃策的，反是將她往火爐上推了。

嘆一口氣，將柳如是一雙柔荑握住，向她笑道：「這件事是和政治有關，這態大人能讓我短期內不受煩擾，送這麼點禮物，算不得什麼。更何況其中還有深意，夫人妳安心在府內管理家事，快點給我生個好兒子，便是妳的大功德，外面的事，讓我來打理便是了。」

柳如是初時尚且連連點頭，待張偉說到生個好兒子，卻是面紅過耳，急忙抽出雙手，啐了張偉一口，急步進了那放置禮物的廂房之內。

張偉卻是怕熱，此時天氣已是酷熱難耐，他立於廂房之外過道，吹著穿堂風等候，一直待跟隨的僕役們將四個放置了冰塊的大銅盆捧將進去，方才搖著摺扇信步入內。

一入門內，因外面光線甚亮，乍一進門，立時是黑乎乎一片，張偉閉上雙眼，稍停片刻，方睜眼四顧望去，只見三間廂房之內擺滿了黑壓壓的各色禮物，什麼黃金步搖、琥珀枕、雲母扇、琉璃屏風、九真雄麝香、七枝燈、西洋大鏡、大東珠、百年人參，林林總總擺了一屋，再加上事先備好的金塊和現銀，算來價值當不下二十萬銀，這麼昂貴豪闊的大手筆，也難怪柳如

是忍不住要動問。

張偉卻只是略掃幾眼，便向柳如是笑道：「甚好，這些禮物辦得甚好！夫人當真是盡心竭力，生受我了。」

見柳如是不語，料來是心疼這些財物，張偉暗笑一聲，心道：「女子到底在這方面不如男人，不知道捨不得孩子套不住狼。」

便又向她笑道：「成了，妳這便回房去吧。我先前請了何爺過來，料想他此時已快到了。這些東西還要讓他過目，妳先回去的好。」

柳如是料他還有事要與何斌商量，不方便留她在此，因笑道：「你們又不知道要商量什麼，只怕又要耽擱很久，我去準備酒菜，留何爺在府裏吃飯，如何？」

「嗯，妳想的是，快些去吧。」

柳如是見他神不守舍，料來是盤算與何斌商量的大事，當下也不再多說，向他微微一笑，便逕自去了。

張偉見她去了，便屏退下人，只自己孤身一人留在房內，只待那何斌前來。

第三章 硝化甘油

現下只想到製做成炸藥包，用來攻城時挖開城牆，放入炸藥包炸城之用。你還記得當時咱們攻台南，一夜間用上千漢軍挖了老大一個地道，放入過千斤的火藥，這才將城牆炸開的事？有了這種火藥，只需幾十斤，就能將老大一截城牆炸得飛上天去。

「廷斌兄，禮單這就送過去麼？」

何斌進房來不久，兩眼尚且不能視物，只得稍待片刻，待仔細打量過房內備齊的禮品，方向張偉輕輕一點頭，答道：「辦得不錯。這便差人抄錄下來，送將過去。」

張偉微微一笑，向何斌道：「這些東西好是好，不過老熊知道是拿這些玩意買他的命，只怕也是遜謝不迭，卻之也恭了。」

何斌長嘆一聲，向張偉道：「何其太忍。我與熊文燦交往還算和睦，其人雖是貪財，爲政

其實不苛，這人，還是有些才幹的。」

張偉無所謂地一笑，對著何斌笑道：「爲大事者，也顧不到這些情分上的事了。」

何斌點頭道：「這個我自然明白。」又忍不住向張偉問道：「這事情的首尾我大致明白。不過，到時候朝議下來，咱們的時間夠用麼？」

張偉霍然起身，負手在室內轉了幾圈，方看向何斌，沉聲道：「時不我待，與其坐待機會擦身而過，倒不如行險一搏！況且，此時與咱們初來台時截然不同，也說不上是行險。」

他見何斌終不能釋然，乃又詳加解釋道：「諸葛孔明以三分天下的隆中對留名千古，奈何一生不敢行險，空城計被迫行之，未敢接納魏延出小道直入長安的計謀，終於將中興漢室的一線希望葬送。於今的天下大勢，正是如此。若是我不出奇計，只等著天下大局殘破，然後方出面收拾殘局，那麼勢必勞師費事，征伐擾民，多少繁華城鎮，頓成鬼域，家人父子，流離失所，良民百姓，成爲路邊骸骨！」

何斌顯是很爲他這番話打動，咬牙沉吟了半晌，方向看著自己的張偉點頭道：「你說得極是。大不了咱們打敗了，退回來就是。憑著漢軍水師的力量，天下何處不可去得？又有誰能登陸台灣？」

張偉露齒一笑，向何斌悠然道：「天下大勢如同一盤棋，現下都被我給盤活了！後金、大明、義軍、再加上洋鬼子之間也是亂哄哄的，咱們看似在暴風深處，危險異常，其實這暴風眼之內，卻是最安全的地界啊！一兩年內，局勢大有不同，然後大事可期。」

「就是如此，仍需謹慎。一步踏錯，反受其禍。」

「若是諸事順遂，一年左右局面可致大定，若是有什麼牽扯，就難說得很了。」

兩人談談說說，將諸多細節商討已畢，立時便命人抄錄禮單，先行送到廣州城內熊文燦處。

這送禮亦是有學問，先行將禮單送到，然後再看熊文燦的意思增減，這也是張何二人給他送禮的老規矩。只是此番禮物厚重之極，只怕那熊文燦一見之下，勢必將眼珠子也彈將出來了。他一生貪財受賄，最愛那黃白之物，最終便是死在張獻忠所獻的金銀珠寶之上，此時歷史轉了一個小彎，卻又讓他死在張偉所送之物上，怕也是其命中注定的晦氣了。

此事說畢，何斌便要告辭回府，卻聽得張偉向他笑道：「廷斌兄，此事務必要保密，便是府中親信，亦不要明言底細。」

何斌哼道：「這還用說嗎？你連柳如是亦不給知聞，難道我就那麼不知輕重不成。」

張偉一笑，不再糾纏此事，又向何斌將試製炸藥一事說了。

何斌雖是不懂，卻也知道這種炸藥研究出來，勢必將漢軍實力提高老大一截，沉吟半晌，兩眼熠熠生光，手中摺扇不住敲打著掌心，向張偉問道：「照你的說法，咱們有了這炸藥，一炮轟將過去，敵人不得多死好幾百人？還有那火槍，縱是穿上重甲，只怕也擋不住了吧？」

張偉搖頭道：「話不是這麼說。這種火藥威力比黑火藥大上幾十倍，不過我無法批量出產合用的子彈，只能用來做發火藥，射程和射速加上穿透力，是有所高。不過，到底還不能完全發揮它的效能。」

「那只能用來做引火藥，或是做開花彈用？」何斌扼腕道：「這也太過可惜。咱們漢軍的大炮威力原本就是當世第一了，縱是大上幾倍，也並不足爲奇。若是能在火槍上有質變，那才是真讓人欣喜。志華，我不懂軍事，難道你不能想想法子，把這種上好火藥好生利用起來？」

「此事我亦在想，現下只想到製做成炸藥包，用來攻城時挖開城牆，放入炸藥包炸城之用。你還記得當時咱們攻台南，一夜間用上千漢軍挖了老大一個地道，放入過千斤的火藥，這才將城牆炸開的事？有了這種火藥，只需幾十斤，就能將老大一截城牆炸得飛上天去。」

何斌笑道：「我如何不記得！這法子當時誰也不知道，現下大家說起來，還道你英武天縱呢。」

張偉正自慚愧，卻又聽何斌笑道：「那炸藥包不能扔出去麼？近戰之時，若是敵兵離得過近，大炮轟之不及，又恐誤傷我軍，扔幾個炸藥包出去，倒能起阻敵之用吧？」

「妙啊！廷斌兄，你這主意當真妙極！」

他擊節讚嘆，立時站起身來，繞著何斌轉了一圈，笑吟吟道：「我前幾年也想過手榴彈一事，因黑火藥威力太小，爆力不夠放棄了。既然有了硝化甘油，總算能開始製作了，廷斌兄，你可當真是了不起啊！」

當下也不聽何斌連聲的謙遜之辭，立時向門外呼道：「來人！」將記憶中的手榴彈模樣和想出來的原理寫於紙上，將給聞聲而進的親兵，吩咐道：「將這個交給孫大人，和他說，先用黑火藥做出幾個來，讓我拿去兵營試用。」

他興奮之極，心中一直擔憂的火器兵種威力不大，與清兵交戰恐不如意的煩惱終於得到解決。以漢軍的訓練水準和火器之精良，原本就高於明軍甚多，再輔以威力極大、轉動方便的火炮，又有近戰用的手榴彈，完全可保同等兵力下可以擊敗滿清騎兵，再加上後金被他襲擾一番，實力大損，他一心想擊敗又一直頗爲懼怕的強敵，終於在未與之正面大規模交戰之前，就有了真正的制敵本錢。

張偉瞇起雙眼，盤算著：「皇太極去年一冬，想必難過得很。我留了一隻小船隊在皮島，去年他損失過大，沒有心思來去尋皮島的麻煩。那遼東苦寒，皮島只恐會結冰，與海岸連在一起，到時候清兵衝將上去，留的那幾百人加幾艘小型炮船，只怕立時就被消滅，倒不如大張旗鼓撤了回來，讓他放開手腳入關搗亂去。就叫他大搶特搶，沒有幾年的工夫，也休想恢復元氣。就算他到時候恢復了元氣，我占了大陸先手，又有何懼？」

因向何斌笑道：「四處用兵，所費甚多，攻下瓊州後又需兵力駐守，不如削減些爲好。呂宋那邊需防西葡兩國反攻，萬萬不可削減。倭國駐軍可減少一半，皮島駐軍和艦隊盡數撤回，

這樣也可省些耗費，廷斌兄意下如何？」

「軍事上的事情我一概不問。既然你說可行，那自然就可以了。省銀子的事，我哪能反對呢。」

「嘿嘿，這是自然了。」

何斌抬腳出門，向張偉告辭，順口又道：「咱們的工廠，貨賣得很好，南洋和倭國那邊是供不應求。現下船隻又多了，貨源卻是不足。有不少商家急得跳腳，開船到南直隸那邊去買。這可是大筆的財源浪費了，當真是可惜。」

張偉詫道：「這事情我也聽人說起過。原料我想你必定會想辦法的，難不成咱們就坐視著財源被人家搶走麼？」

何斌皺眉道：「我也想擴大規模，只是現下台灣從軍的青壯男子甚多，農村勞力原本就已不敷使用，工廠甚麼的，又需大量的工人。就說那布廠，一台機器就需一個紡紗工，就這樣，還不夠織工使用。所幸織布用男工，那紡紗大半用女工，又可令其在家自紡，若是不然，只怕織廠開一段就得停一段，那可真正是急死人了！」

他這麼一說，張偉也是一嘆，一時卻也無法可想。他自然想造出蒸汽機來，用現代製造業來壟斷全球的布匹市場，只是一台蒸汽機好造，相應的配套物什卻是想也別想。就說那鐵絲和螺絲釘，說起來簡單，造起來卻是萬萬別想。

只得隨口安慰何斌道：「等過兩年，只怕工人多的你用也用不完了。」又想起在老照片裏見過的女工紡紗的照片，向何斌問道：「咱們多弄些紡車，讓那些農村婦人們在家無事就紡，總該夠用了。」

何斌苦笑道：「有這麼簡單就好了。你當我沒有想辦法麼？只要心靈手巧的婦人，多半都在家紡紗了。只是一個紡錘，她就是拚了命地搖，一天又能紡出多少來呢？」

張偉與何斌辦的布廠之中，大半是織布機，那些工人用紡好的絲來織布，張偉雖巡視多次，卻一直沒有注意那些絲是如何紗出來的。此時聽何斌一說，詫異非常，便向他問道：「咱們紡紗就用一個紡錘？難不成十個紡錘不比一個快麼？」

何斌噗嗤一笑，答道：「十個紡錘當然紡得比一個快，只是一架紡車上就只能橫裝一個紡錘，你當是梭子呢，一台織機上可以裝上許多。」

張偉恨恨一頓足，知道是自己一向用心於兵事，又是文科出身，一向對這些機械製造什麼的不用心。他雖不懂紡織機如何製造，現代織造業的運行卻是一清二楚。那歷史上有名的珍尼機也就是一個英國木匠無意中發明。現下的所有紡機都是橫列著一個紡錘，是以婦人們怎麼拚命織，也無法趕上梭機紡線的速度。只需將原本橫列的紡錘豎立起來，一並排多放上十個八個的，用簡單的裝置使其運轉起來，紡線的速度立時增加幾倍。既不需要機械動力，也沒有什麼高深的原理。

此事原是張偉疏忽，只因他通過貿易賺錢甚是容易，設立工廠不過是將造出來的商品拿去貿易，比轉手更加賺錢罷了，完全沒有進行工業革命的打算和期望，對一些最基本的可以實現的改革，也沒有進行過。

當下也不與何斌多說，拉了他便直奔織布廠而去。尋了幾個高手木匠，將自己想法說出之後，立等他們試製。

只不過一個時辰工夫不到，一架可同時開動十個紡錘的新式紡機立時製成。尋了一個婦人試用，那些個紡錘同時運動，中間鐵筒內的棉花一層層的被紡錘拉起，成爲均勻的棉線。

那婦人喜道：「大人，這可當真是了不得，這樣紡法，我一個人可抵得過十個人呢！」

何斌亦是喜道：「如此這般，咱們台灣的織布廠織布的速度遠超過內地的作坊，不但是南洋，就是內地的棉布市場，咱們也能搶了下來！」

那英國便是透過改良過的飛梭織布機和珍尼紡紗機搶占了全球的布匹市場，獲得了大量財富。只因速度快，使用的人手少，成本大大減低，織出來的布匹又甚是精細耐用，運到海外，便是暴利。不過在十九世紀之時，面對中國落後的土布製造業卻是無法可想。因小農經濟，家家都有紡機，自織自用，洋布雖好，卻是要花錢去買。再加上清政府的貿易禁入，對洋貨進入內地市場有頗多限制，是以英國人無往而不利的織布傾銷，在中國卻是碰了一鼻子的灰。無奈之下，竟改用鴉片來獲取中國的白銀，當真是卑鄙無恥之極了。

待紡絲之事解決後，張偉又令人依山傍水，將織廠遷了過去。雖沒有蒸汽動力，台灣卻有甚多流速足夠的河水可用。以水流帶動皮帶，以皮帶轉動織機，既方便快捷，又省了許多人力。至於其他可行的流水線生產，分工合作等現代企業加快效能、節約成本的辦法，自然也是全數用將出去。

何斌與吳遂仲等人對張偉的這些奇思妙想自是讚不絕口，卻不知他暗地裏慚愧不已，這些舉措原本早就該當施行，卻因他從不將這些事放在心上，又一直懶怠去想，是以方才一直拖到現今才辦，若是他想清楚現代的思維方式和辦法才是最重要的，而遠非一台古老原始的蒸汽機，想來這些年來台灣的發展，又是另外一副模樣了。

諸事順暢，張偉自然也是心中安慰。想那皇太極在冰天雪地裏熬過缺衣少糧、部下離心的一冬，此時又要費盡心力想著入關搶劫，又擔心自己由皮島再抄他後路。張偉立時下了手令，命人去皮島傳令，將皮島上下撤空。一則可令皇太極放開手腳，二則也省些耗費，又總比冬天時被回過神來的清兵衝上島去斬殺一空的好。就算是些老弱疲敝的原駐防明軍，到底現下也是張偉治下，白白送給人斬了腦袋，也是主將無能。

皮島駐軍徹底削撤，倭國駐軍減少一半之事，張偉也曾頗爲猶疑。現下荷蘭人雖已依約撤走，不像去年大張旗鼓地入長崎城內，與倭國方面勾結交通，意圖對台灣方面的駐軍不利。此

時長崎那邊風平浪靜，倭國人雖是大量黃金白銀外流，卻又得了大量中國物美價廉的貨物，之前是農夫滿意，時間漸長，就連下級武士亦對中日貿易帶來實惠暗地稱好。他們用中國瓷器，穿中國衣，抽台灣菸廠的捲菸，用台灣火柴，雖然每月從大名那裏領來的幾石糧食大半換了銀子流水般用了出去，可就是不買中國貨物，不一樣要用？

下層民眾不管什麼銀根緊縮，銀價漸漸上漲，只需吃得飽，生活日用品廉價實用，哪管國家的白銀儲備是多是少。至於商人，原本就對幕府鎖國不滿。他們原本做的大好生意，被德川家光一紙鎖國令斷了財路，那些大商人還可以用賄賂加走私繼續撈取好處，中下層的商人，只能忍痛接受大商人和大名的盤剝，現下幕府被中國的張偉將軍打敗，幕府捏著鼻子開放貿易，俗話說商人無祖國，大量的貨物運了進來，大筆的銀子賺在手裏，歡喜尚且不及，又哪裡肯爲國家精打細算？

張偉的漢軍軍情部雖不能打入倭國內部，卻用聯絡官員的身分安插了大量細作在江戶城內，用重金收買情報。上層的內幕自然是打聽不到，但也能知道幕府近期內沒有什麼可疑動作，再加上整個倭國情況的分析彙總，面對大陸爭霸即將開始的壓力，張偉乃下定決心，決意從倭國撤回左良玉及三千將士，只留千餘人及數十門大炮，由江文瑨多築炮壘，強化防禦即可。

台灣所有的炮壘材料，比起當時在全球四處搭建炮台，以炮台輻射四周，壓制土著的歐洲殖民者更加先進。以石灰燒煮之後，再輔以細沙凝結，便是最簡單的早期水泥，可比當時的普通沙石炮台堅固的多。張偉初時建築炮台，便以此法炮製。

「大人，末將惶恐，怎敢勞大人親自來迎！」

左良玉此時三十餘歲年紀，正是壯年，數年間在倭國與江文瑨搭檔。與那倭國倭人勾心鬥角，剿平海匪土寇，大仗雖是一場沒有打過，小磨擦與政治角力，卻是一息未停。是以此次回台，眉宇間已不復當年在遼東時的那股悍勇之氣，俯仰抬頭之間，已深沉警覺許多。

張偉見他額角間隱隱露出幾根白髮，雖知古人營養不良，韓昌黎三十餘歲時便自嘲齒牙動搖，卻仍是忍不住嘆道：「良玉，汝當是我麾下的一方美玉啊！」

他一把將左良玉拉起，與他攜手同行，邊行邊溫言道：「我與文#通信來往較多，總因他是文人總督，凡政務外交，都以他為首處斷而行，是以這幾年來，與你反是過往甚少。」

見左良玉神色如常，不似受了委屈模樣，張偉暗讚一聲，心道：「果然是好角色，我晾了他幾年，現下倒將他歷練出來了！」

心中暗讚，口中又道：「以你的大才，原該重用！打遼東，我便想將你調回來，可惜倭國那邊也需人鎮守，我才能放心。打呂宋，用的正是神策衛，敵軍卻實力太弱，不值得的。」

他嘆口氣，用手輕拍幾下左良玉肩頭，笑道：「只委屈了你！漢軍以軍功賞爵，我雖不能封公封侯的，卻也設了十級軍爵，你只是駐守長崎，沒得仗打。賀瘋子都是中尉啦！」

左良玉與賀人龍素來不睦，此刻聽得張偉言道賀人龍爵至中尉，終於忍不住眼角跳上幾跳，沉聲向張偉道：「末將現下還只是元戎士，與賀將軍還差著官首、千夫、執戎、軍衛四等，請大人給末將機會，只要有仗讓末將去打，末將準保能掙個柱國回來！」

張偉設立十級軍爵，最低的上造，斬敵首一級便可獲得，獲上造者，見官不拜，可佩劍而行，田賦依律減免，至元戎士，田賦永免三分之一，可製家徽。因功獲柱國爵，則儀比漢軍將軍，永傳子孫。漢軍除了薪餉豐厚之外，士卒臨陣肯用命拚殺的原因，亦是因有軍爵制度在。得到軍爵，子孫萬代可以享受先祖拚殺帶來的好處，這在家族利益最高的中國，當真是難以抵擋的誘惑。

張偉爲防漢軍如明軍那樣爲爭首級而自相殘殺，又加以登城、陷陣、勤謹、破敵等賞爵之法，是以漢軍臨陣，上下用命，拚死向前。只要打勝了，全軍都可以獲「破敵」之功，臨陣破敵，衝鋒在前，勝敵之後，便可以獲「陷陣」之功，三陷陣之功，便可獲上造之軍爵。

這些軍爵大半是依臨敵破陣後封授，是以左良玉在倭國多年，雖然駐防有功，卻只獲「勤謹」之功，若不是破了幾股海盜，只怕連元戎士之爵也得不到。

張偉聽得左良玉慷慨激昂，力請出戰，卻是不置可否。沉吟半晌，方向左良玉笑道：「莫急，仗有的你打！」

他盯著左良玉雙眼，沉聲問道：「若是有朝一日，我讓你刀兵指向大明內地，你該當如何？」

逼視著左良玉閃躲的雙眼，又道：「成祖有靖難之役，若是有朝一日，朝廷對我行亂命，要派緹騎取我首級，你該當如何？」

左良玉這幾年遠離張偉，張偉又是有意晾他，要讓這位明末名將受一受冷落，經一些世態炎涼。歷史上左良玉少年得志，早早便做到千戶官。後來因事犯罪，被捕入獄，幸得明末大才子侯方域之父侯恂時任尙書，位高權重，因賞識左良玉爲人，一語搭救。左良玉經此一挫，性格漸漸變得沉穩厚實，漸漸坐至湖廣總兵。因攻打張獻忠有功，被封爲「平賊將軍」，成爲明末將軍中坐第一把交椅的人物。

張偉因賞識他的才幹，又唯恐他此時年紀閱歷不足，在漢軍中發展過順，不利於他成爲獨戰一方的大將，是以有意將他放在倭國賦閒幾年，一則磨練，二則讓他多管些民政，瞭解政治角力，倒也是與任江文瑨爲長崎總督一樣的道理。

張偉曾與何斌閒談時評價道：「左良玉暴急多慮，勇而少智，雖根底深厚，心思也算細膩，到底遼人出身，與曹變蛟、賀人龍並無大異。若不稍加磨練，亦不過一衝鋒陷陣的勇將罷了。這樣的將軍，我有的是，是以我要磨磨他的性子，到時候再看罷了。至於文#，智將耳。與左良玉放在一起，兩人互相砥礪，將來都是我手中的利刃！」

凡事有利則有弊，這些年左良玉遠離在外，雖是略知台灣情形，卻非親身經歷。他明朝將

軍出身，張偉又豈能不防他對崇禎尚未離心？是以甫一見面，劈頭就問，倒是打了左良主一個措手不及。他雖料到張偉必有此一問，卻不料如此快捷，又如此不加隱諱。

左良玉只是略一沉吟，便覺張偉眼中已有殺氣，心知答的稍遲，便是不可測之深禍大難，便抬頭挺胸，直視張偉，鄭重答道：「末將眼中只有大人，沒有皇帝！大人指東便東，指西便西，斷難沒有二話！」

張偉「哈哈」一笑，向左良玉略一點頭，不再說話，攜著他手向前攢行。

左良玉只覺得自己手心滿是汗水，當真是又黏又濕，難受之極，輕輕用力抽了一下，張偉卻只是大步而行，毫不放鬆。

待行過碼頭，張偉命左良玉與他同車而行，直奔桃園漢軍軍營，馬車粼粼而行，左良玉偷覷一眼張偉，只見他面無表情，端坐於旁。心中凜然而嘆，不過幾年光景，這位大人已與親赴遼東面見袁崇煥與皇太極時大爲不同。當年張偉雖是權柄在手，身上已有居上位者的威勢氣度，到底年紀還輕，行事舉止尚有輕佻，又有以勢壓人、刻意爲之的弊端，與海納百川、胸懷博大且英武睿智的皇太極一比，立時高下立判。便是比之公忠爲國、凜然有君子大人之風的袁崇煥，也是稍遜一籌。是以當年左良玉甫一見他，也並不如何心服。幾年光陰恍惚而過，此時的張偉靜時如同一汪清澈卻又深不見底的潭水，沉靜自如；動時又如同呼嘯而過的大風，吹擊拍打得令人耳鼻口舌都難以自持，渾欲要向他跪倒行禮，方覺心安。

古人君主思想甚重，皇帝威凌天下，臣子見了自然戰戰兢兢。固然是皇權獨大，讓人畏懼，亦是因做皇帝久了，自然而然有一股君人風度，令人見之生畏。張偉以一後世普通人回到明末，原本不過是平常氣度，這些年過來，別說是權柄在手，威福自用，便是死在手下的冤魂，亦早以十數萬計，屬下眾官及漢軍上下，包括全台百姓，哪一個不把他當皇帝也似地敬畏？這些年過來，便是他無心爲此，身上也自然有了有別於平常人的特質，倒也不是平白吹噓。

待車行至桃園軍營，當先有近七千黑衣漢軍持槍而立，見張偉攙左良玉下車，那些漢軍將士便一起持槍向張偉行禮，由各級校尉及都尉帶著，齊聲呼喝道：「末將等拜見大將軍！」

左良玉聽得一愣，卻聽得身邊親兵道：「總兵大人在月前便自號爲『漢軍大將軍』，並沒有報給朝廷知曉。」

見左良玉橫他一眼，那親兵忙又道：「小人不敢亂說，這是適才大將軍身邊親衛與小人說的。」

左良玉不再理會，專心看向張偉。

此番他一上岸，便知張偉必有舉措，被他一徑帶到桃園兵營，也知此番必有要務相托，心中雖稍覺納悶，卻也是激動不已。

身爲明朝中層軍官，對關內外的明軍實力，左良玉自然是心知肚明。以漢軍實力，若是排

除滿清入關可能，半年內便可橫掃全國，建立政權。張偉若是一心效忠皇帝，他反是十分失望了。此時張偉王霸雄圖之意漸露，身爲他手下大將，建功立業，博個公侯之位，想來也不是太難，若是在崇禎手下，別說那明朝政治黑暗，無根無基者難以出頭，就是出了頭，做得一任總兵官，大不了也就是世襲都督僉事的恩賞，哪有爲新朝出力得益更大？

他微微冷笑，心道：「大明兩百多年天下，此時已顯露滅亡之象，跟著眼前這位大人，得個封妻蔭子，富貴榮華吧。」

又想到自己現下不過是個元戎士，那接自己回台的軍艦艦長反是個千夫，自己爵位比人家還低上一級，依著漢軍軍律，本陣兵馬，以位爲尊。非直接統管的，則以爵爲尊。是以左良玉雖是漢軍神策將軍，卻不得不主動向那小小艦長行上一禮，心中當真是憋屈異常。此時張偉召他回台，想必是要委以重任，左良玉想到此處，只覺心腹間熱騰騰一股躁氣蒸騰而上，只想張偉現下一聲令下，由他領兵殺到北京方好。

這左良玉雖然歷練多年，心智手腕已是深沉許多。上得台北碼頭之後，被張偉又揉又搓，此刻又站在這近七千漢軍精銳之前，他又豈能不熱血沸騰，心思翻動。

正胡思亂想間，卻聽得張偉吩咐道：「左將軍，請上前來！」

他立時大聲答道：「末將聽令！」雖不知張偉喚他何意，卻是不敢怠慢，靴聲橐橐，已是奔到張偉身前。

張偉向左良玉微微一笑，大聲喚道：「來人，取左將軍的大纛來！」

他一聲令下，立時有十餘人從那軍陣中奔出，手持近三米高的黑色大纛，上書一字：「左」，左良玉正看得目眩神迷，便聽張偉向他笑道：「左上將軍，請受纛吧。」

他不知道張偉用意，卻也不敢違命，向身邊親兵一擺手，已是有十餘親兵奔將出去，將那旗纛接住。

他這邊甫一接住大纛，卻聽得對面漢軍大陣齊聲呼道：「末將等拜見左上將軍！」

左良玉正自迷糊間，卻聽張偉在他耳邊笑道：「你不明白麼？昨日我下了軍令，漢軍日後必有大戰，現下是一衛三軍，將來必定不止，是以我下令將各衛將軍改稱爲大將軍，比如周全斌，爲神策衛大將軍。賀人龍和肖天，仍爲右將軍和後將軍。而你，則臨時授以上將軍，節制留駐瓊州的肖天，左後兩軍近一萬五千人，統歸你節制！日後便是再行加派，也是歸你節制！」

他將話說完，便在左良玉肩頭一拍，將他向前稍稍一推，笑道：「左上將軍，上前受禮吧！」

左良玉只覺得胸腹間一股熱氣直衝上來，眼角立時變得又苦又澀，向張偉鄭重一點頭，大步向前，大馬金刀直立於神策左軍的大陣之前。

待整個漢軍大陣皆向他行禮已畢，左良玉折身而回，向張偉單膝而跪，沉聲道：「末將左

良玉叩見大將軍，但有所命，無不謹從！」

張偉微微一笑，伸手將他扶起，笑道：「不必著急，在此說話不便，咱們去節堂說。」

當下命漢軍大陣回營，張偉又命兩名衛尉領著幾名親信校尉跟隨而來，一同向節堂而去。

待行到節堂門前，卻見幾個婦人正呆立於節堂門前，見張偉領著一群將士迤邐而來，忙各自奔到張偉面前跪了，齊聲道：「請大將軍饒命！」

張偉不提防間嚇了一跳，見幾個婦人中依稀有見過的，似是金吾衛某都尉的眷屬，因針線不錯，其夫難得見張偉一次，她卻經常被柳如是召入府中同做針線，是以張偉對她倒是眼熟。便沉聲向她問道：

「那李家娘子，妳怎地跑到軍營之內胡鬧？」

又向周遭呆站著看的漢軍諸將士喝問道：「今日誰把守的營門？嗯？怎地把婦人百姓放了進來？當真混帳，快叫過來！」

見那李氏欲張嘴說話，張偉擺手道：「妳的事一會兒再說，妳且先住嘴。」

不消一會兒工夫，把守營門的果尉狂奔而來，見張偉神色難看之極，嚇得立時跪倒在地，向張偉請罪道：「末將知罪，末將知罪！」

「喔？你也知罪麼？」

「是，末將因顧及李都尉帶末將入伍，一向照顧有加，一時糊塗將幾位嫂嫂放了進來，尋馮將軍求情。末將該死，請大人責罰！」

張偉聽到此時，已是明白事情首尾。想必那李都尉犯罪，被馮錫範抓了起來，那李氏是正室，帶了幾個妾侍前來尋馮錫範哭泣求告，守門的果尉想來是那都尉手下，顧及情面將這群女子放將進來。誰料張偉今日帶左良玉前來軍營，被他撞見。這幾個婦人見是張偉前來，想必已在馮錫範處撞了一鼻子的灰，是以無奈之下，竟然敢尋張偉求告。

那果尉原本拚著被軍法部剝職拿問的罪過，要相助保全老上司的性命。雖明知道馮錫範執法如山，從不恂私枉情，一時不察仍將這些婦人放了進來。此時見張偉臉色鐵青，顯是怒火勃發，立時便要處置自己。聯想到這些時日來漢軍調兵遣將，顯是要打大仗，歷來當此緊要之時，爲將者都會斬殺犯法部屬，以肅軍紀。他此時違法犯紀，又撞在張偉手中，料來必會被拖下去處斬，當下嚇得腿也軟了，雖勉強維持著跪姿，卻是半邊屁股已歪倒在地上，只中只不停喃喃念道：「末將該死，末將該死……」

張偉原也是怒極，想著當場便要處置這個膽大包天的果尉，見他嚇得如此模樣，又想到這些婦人原是被馮錫範拒之門外，心中一動，已是轉了無數念頭。

因大聲命道：「來人！」

他一聲怒喝，周遭侍立的親兵料想他是要處置那果尉，是以一邊有人應著，一邊便奔來幾個，將這果尉架起，只待張偉一聲令下，便可拖到校場砍頭。

那果尉自忖必死，連求饒也省卻，只泣聲向拉他衣物的親兵們求告道：「兄弟，下手漂亮些，讓哥哥死個痛快。」

有一手持砍刀，因在遼東悍勇拚殺，斬殺滿人無數，因其勇武被提拔到張偉身邊護衛的親兵小頭目粗聲答道：「老哥，你也是爲了顧全兄弟的情意，方落到這個地步，只要爺不特意吩咐，自然管教你一刀斷氣。」

那果尉聽了他的回答，心中不知道是何滋味，只是喃喃而謝，卻已是語不成句了。

正鬧騰得厲害，卻見張偉一瞪眼，喝道：「誰教你們拿他！來人，去傳馮錫範出來！」

眾親兵神色難堪，立時將那果尉放開，派出一名腿快的向節堂內飛奔而去，不消一會兒工夫，便見馮錫範隨著那親兵快步而出。

「末將馮錫範，叩見大將軍。」

「唔，你起來！」

馮錫範目光一掃，便知是今日之事正巧撞上了張偉，他生性陰沉，張偉不開口，他便只是靜立一旁，默然不語。

「馮將軍，你身爲軍法部的首要將軍，漢軍十餘萬人，凡觸犯軍法者，無不由你處置，怎地這軍營內亂哄哄如菜市一般，你如何管的法？嗯?!」

馮錫範先是苦笑，繼而將頭一垂，向張偉道：「末將治法不嚴，乃至軍內視軍法爲兒戲，願受責罰。」

張偉知其中必有緣故，馮錫範執法甚嚴，從來不顧情面，這幾個婦人竟然能入營，那果尉雖是講上司情面，卻也必有所因，馮錫範不直接將這幾人趕出，而是放諸節堂之外，也是大違常理。故沉聲問道：「到底是怎麼回事，你速速講來，我不怪你。」

馮錫範知道瞞不過他，只得將心一橫，向張偉答道：「這幾個女人，手持著夫人給的印信，道是夫人有命，赦李都尉無罪！」

見張偉神色大變，顯是不知此事，馮錫範稍覺心安，乃又向張偉道：「末將想，大將軍委以重任，將軍法一事交給末將處置，大人常說，漢軍打勝仗不靠武器，也不能全靠軍爵恩賞，人總是怕死，若沒有軍法擋在後面，誰不想苟且偷生？是以軍法乃治軍首要之務，軍法不嚴，則軍心必壞！夫人雖然身分貴重，到底不明白軍中細務，恐是被小人們矇騙，是以末將把這幾名婦人趕出，正想著要去給大將軍回稟，您卻已經過來了。末將若是處置的不對，便請大將軍責罰就是。」

張偉頷首道：「你做得很對！回頭我命人送百兩黃金至你府中，賞給你！」

又向那幾個跪在地上，已是嚇得發抖的婦人們冷笑道：「我不知道你們是怎麼撞對了木鐘，主意竟敢打到夫人的頭上。我也不問你們怎麼矇騙於她，想來是欺她不出府門，心地慈善，求她救你們丈夫一命，當真是可惡！」

又向馮錫範問道：「那李都尉犯了何事？」

馮錫範咬牙道：「貪墨！軍資軍糧如同自家的一般，比價在千兩之上，依大人軍律，當斬！」

「很好。這樣的蟊賊不殺，留著何用？就依你的處斷，拖到校場殺了吧！」

他一聲令下，原本關押在內堂的那李姓都尉立時被拖了出來，由馮錫範驗明正身後，立時大集在營的漢軍將士，將那都尉拖到校場漢軍大旗之下。

那幾個婦人眼見相公被刀斧手拖拽而去，那膽小的立時嚇得暈將過去，唯有那李姓婦人膽子稍大，因與張偉相見數次，心裏還留存希望，兩眼看向張偉，本想求情，卻見張偉向她獰笑道：「妳再敢擾我軍法，也休想活命了！」

那女子嚇得一暈，當下再也不敢亂發一言，只想起自己勢將中年守寡，心中哀苦，忍不住低聲啜泣起來。

張偉不顧身邊諸將請求，只向馮錫範道：「這是你的事，我不干涉！」

那馮錫範也不再請張偉親自發令，騎了戰馬奔赴至場中，見那李都尉垂頭喪氣跪於場中，當下也不多話，向著候命的刀斧手令道：「殺！」

那兩旁看斬的漢軍將士聽了，只覺得他從牙縫中擠出的這個殺字來，竟然凜然帶有金石之音，各人都是肅然而立，唯恐在這心如鐵石的軍法官面前違了軍紀。

那刀斧手得了軍令，立時將手中大刀揚起，手起刀落，在半空劃出一刀晃眼的刀光，圍觀的漢軍將士只覺得白茫一閃，再定睛一看，見那李都尉的人頭已是飛出老遠，脖脛中的鮮血噴得老空，各人看了心驚不已，一時間竟只覺得兩眼中除了血色，再無他物。

那果尉原本便自忖必死，此時見了對都尉尚且毫不留情，頃刻間已是人頭不保，當下更是嚇得屁滾尿流。

張偉因向監斬而回的馮錫範問道：「馮將軍，私放百姓入營，該當何罪？」

「回大將軍，該當褫職候代。」

張偉很是意外，想不到處罰如此之輕，轉念一想，知是以前漢軍門禁不嚴，常放百姓入營參觀，是以對私放入營的處罰並不嚴重。

他沉默不語，旁邊侍立諸將已是知道他嫌處罰過輕，各人便紛紛叫道：「馮將軍，此罰過輕，縱不殺他，也需重責軍棍，將他罰做小兵，這樣才是。」

馮錫範也不看張偉神色，只冷冷答道：「軍法所規定如此，我亦無法。大將軍若要直接處罰，先免了我的軍法官，便可隨心處罰了。」

眾人原以爲張偉必會勃然大怒，斥罵馮錫範犯上無禮，卻見張偉向他展顏一笑，讚道：「說得好！軍法便是軍法，我亦不能隨心所欲。馮錫範，衝你這句話，加賞你百兩黃金！」

左良玉此時大概已明張偉用意，是要當眾如此，以使眾將從此惕遵軍法，不敢以身試法，

因躬身向張偉笑道：「大將軍選的好軍法官，當真是有識人之明！」

他這幾年身在倭國，漢軍改革雖然倭國駐軍也當遵行，施行起來卻頗有些偏差，因心中暗自警惕，自此之後，不敢再隨意有違軍令。想到級別雖與他差得老遠，那派駐倭國神策衛駐軍的軍法校尉那冰冷的目光，背地裏不知報了自己多少違令之事，又想到張偉設立軍情部，軍中細作暗探遍佈全國各地，便是倭國，想來也有不少，想到此處，已是汗透重衣。

卻聽得張偉向他笑道：「左良玉這話說得很是，今天的事，教我十分欣喜。」

各人正欲湊趣，隨著他話頭附和幾句，張偉卻斂了笑容，正色道：「軍法一事，諸位也需慎重。我只怕各位以身試法，今日隨侍我身邊，來日卻成校場之鬼，到那時，我雖傷心，卻也是救不得的。」

各人正自凜然稱是，張偉又道：「諸位，隨我入堂，還有軍機大事，要與諸位商量！」

第四章　圖謀瓊州

見左王二人皆沉默不語，知道毫無理由的起兵反向明朝，只怕這些心腹大將都還有些排斥心理，便向左良玉命道：「良玉，召你回來，佈置瓊州屯兵，都是王尊德這封密奏引發。若是朝廷信了他的奏報，派兵進剿，瓊州那邊無有大將，我不能放心。」他臉上掠過一絲青氣，向左良玉令道：「一旦事有不虞，戰事一起，你便率兵拿下兩廣和雲南！」

眾將依命魚貫而入，待張偉坐定，各人依職位高低，在節堂按順序而坐。

劉國軒出海南未歸，張鼐巡視台南防務，周全斌施琅鎮守呂宋。此刻的節堂之內，倒以左良玉爲尊，那左首第一的位置，便由他坐了上去。

左良玉自歸附張偉之後，編入周全斌所領的神策衛內，由小小的都尉升至校尉將軍，上將軍，現下雖是爵位不顯，以職位來算，在漢軍內已是僅次於周全斌施琅等人。若論信重，張偉特地將他從倭國調回，左遷至神策上將軍，命他節制原本的同僚肖天，自然也是對他的忠誠和能力信任非常。此時坐在左手邊第一把座椅上，雙手搭於膝上，雖然極欲想去撫摸這楠木雕花座椅的花紋木理，感受一下它的舒適，卻又將身子扭捏幾下，只是不肯去摸。

張偉見他神色，心裏暗笑，知道這祿位爵賞干係甚大，當真是一舉一動，乃至坐哪一把椅子，都需付出汗水，甚至生命。凡爲人者，哪有不想竭力往上爬，坐在他人之首的道理？田產、家宅、嬌妻美妾好酒美食，哪一樣不和職務爵位有關，無論古今，世人皆在這些事上勞心勞力，勝者爲王。憑他什麼大道理，什麼濟國救民，也沒有銀子加女子更令人心動。張偉馭下之道，寬嚴相濟，以爵賞祿位相誘，軍法爲罰，終將這一眾人傑牢牢籠絡在手。

因見各人坐定，張偉輕一頷首，自有親兵上前，將瓊州府一地的地圖張掛起來，又將張偉依記憶命耶穌會士繪製的明朝疆域草圖掛於其旁。因中國內地太大，沒有大量的時間金錢人力物力，絕難在短期內繪成整個大明地圖，無奈之下，只得用當時的簡陋地圖加張偉的記憶，製成這張全圖，饒是如此，亦是當時唯一的一張明朝疆域全圖了。

「大人，瓊州全境三府十縣已被劉國軒將軍拿下，屬下的龍驤衛依次鋪開佈防。對面的廣東全無動靜。依末將看來，在沒有接到朝廷指令之前，那些兵將定然不會有何異動。」

王煊身爲參軍部的將軍，大幅的地圖一掛出來，他便步行向前，手揮指劃，將龍驤衛的佈防位置，對面廣東鎮兵的調動配置頃刻之間說完。甚至糧草補充、兵員傷亡等事，也是片刻間說得清楚明白。

張偉讚許地一笑，向王煊道：「你做得好。參軍參軍，就是要在這些事上多下工夫。」又氣道：「我設各衛司馬，原本將後勤一事全交給司馬進行，可保糧草彈藥不至匱乏，今次攻海南，我交給國軒進行，後勤一事立時就出了紕漏。原本漢軍作戰，都是我領兵，此番以龍驤一衛而出，一衛的司馬無法統籌全軍，後方補給諸事掣肘，仗打了十天，瓊州全境已被國軒攻克，第二撥彈藥補給方由台南兵工廠往瓊州起航，這還了得？若是當地的明軍稍加抵抗，多拖延幾天，內地的明軍必會上島，到那時，漢軍再精銳，赤手空拳能打得過人家麼？」

他聲色俱厲，與會諸將雖事不干己，近年來卻已是很少見張偉如此大發雷霆，各人都將頭低下，唯恐在此時觸怒張偉，那可真是楣運當頭了。

只聽得張偉厲聲道：「設漢軍司馬，統轄管制所有的後勤補給一事，庶已可以改善？我擬用軍機處的卓豫川為漢軍大司馬，諸位以為如何？」

這卓豫川少年老成，溫儉馴良，雖然在軍機辦事，位卑權重，卻從不以職權傲人，與台灣各部衙門關係相處的甚好。與漢軍各部司馬亦是常打交道，各部將軍雖不瞭解，倒也聽過其人其行。現下張偉將他由文職改轉武職，一下子升為諸軍將軍同列的高位，諸人先是眼紅，繼而想到後勤一事繁蕪難辦，也非得卓豫川這樣的人來篳路藍縷，左右逢源。

當下由左良玉帶頭，各人一齊起身向張偉拱手道：「大將軍睿斷，末將等自然遵命。待卓

大司馬上任，一定全力襄助，不敢因循疏怠，請大將軍放心。」

張偉冷笑一聲，命各人坐下，懶洋洋說道：「你們如此，我自然十分放心。那卓平康已接了我命，帶著補給糧草先赴瓊州去了。未來瓊州還有大戰，後勤補給一事很是重要，輕忽不得。」

他長嘆口氣，向一臉漠然的諸將強調道：「打仗，打的其實還是錢糧！」中國古代行軍作戰，雖然小說家言過「大軍未動，糧草先行」的話語，卻歷來對後勤一事不甚重視，對後勤官員也甚少敬重。張偉雖提高各衛司馬的地位，卻仍不能革除這幾千年來的積弊。各將都對左良玉眼紅不止，對卓豫川這位文官突任大司馬卻只是泛泛，便可一見其中端倪。

因見左良玉坐於眼前，神情已是稍顯焦躁不安，張偉知他此刻已知瓊州方向將來必有大動作，否則不會有如此種種的舉措，那瓊州雖大，人口卻是不多，又有不少黎族，柔懦無用，只需兩千漢軍加近岸炮壘，一可內防瓊州百姓，二可足制內地明軍反撲。現下又是加派士兵，又以大司馬前去查看糧草補給一事，想來這瓊州會成爲一大戰場。左良玉身爲統兵大將，每日裏日思夜想的，正是能統領大軍，四處征伐，在倭國窩了這麼多年，此時天大的機遇擺在眼前，又教他如何能沉得住氣，能一直沉默不語，只待張偉交代，已然是了不起的心胸氣度了。

張偉知他心思，站起身來，向隨行而入的諸將交代些細務，便揮手令道：「左良玉與王煊留下，其餘人都下去吧。」

他一語令下，各人自然是凜然遵行，當下便各自起身，亂紛紛向著節堂外魚貫而出。間或有幾個瞟了踞坐於堂上的左良玉幾眼，或是羡慕，或是嫉忌，甚至是敵視。

「孟子說得好啊！一個人，是否是仁善純良，從眸子就能看得出來。其心正，則眸子眊焉。良玉，適才看你的眼神，可未必都是表示善意的哪。」

「大人說笑了。良玉一定和睦同僚，方能不負大人的苦心。」

張偉瞇著雙眼，對左良玉的話不置可否。

倒是王煊笑道：「左將軍也不必放在心上。不招人忌是庸材，將軍受些指斥，甚至刁難，正說明將軍是難得的人才，受到大人的愛重。」

張偉輕搖右手，止住兩位愛將的客套，霍然起身，指著瓊州地圖，向左良主與王煊道：

「打下了瓊州，不僅僅是得到了優質的鐵礦，還有幾十萬百姓，良田無數！若是我以此為滿足，以台灣、呂宋、瓊州三島，幾百萬的百姓是我治下良民，還有水師和十幾萬漢軍，這天下誰能奈我何？」

他此時雖未稱王，卻已擁有相當於內地數省的土地和百姓，手下擁有精銳之極的漢軍士卒，有著除了荷蘭以外實力最強的水師，工廠礦山與貿易給了他豐厚的財源；加上倭國長崎、蝦夷殖民地。若是以此自保，別說是十年八年，只怕再過幾十年上百年，明朝和關外滿清都對他無可奈何。是以這一番話出口，左王二人皆是默然點頭。

「朝廷的消息現下還沒有，不過我早便買通了原兩廣總督熊文燦，只需他上奏朝廷，言道瓊州海外之地，海盜甚多，需要漢軍水師前往彈壓。再有廣東沿海官員，我大多已派人打點過了，國軒用兵之初，也是用海盜的服飾。欺上不欺下，朝廷好矇，其實下面的官員早就心知肚明。羅汝才的軍情部，還有高傑屬下的知聞曹，都有密報給我。」

說到此處，張偉將懷中密藏的幾封高羅二人的密報掏了出來，遞給站在身邊的王煊。

王煊略掃幾眼，立時神色大變，又交與那左良玉觀看。先忍不住向張偉道：「這個王尊德當真是可惡！我道大人怎地命參軍部擬定戰役計畫，原來竟是他鼓動朝廷對付大人！」

左良玉卻看得比王煊仔細的多，細覽半晌，方默然將那密報遞還張偉，沉吟片刻，方向張偉言道：「大人一向與熊總督交好，現下那熊總督離任，繼任的自然會打壓他的舊人。一來肅清舊氛，方便任用新人，二來也是藉此非議大人、打壓熊大人的意思。」

見張偉不置可否，又道：「聽說那王尊德是溫體仁溫閣老的黨羽，大人你又與首輔錢閣老交厚，現下溫閣老一心想做上首輔的位子。以王尊德來刁難，也是想拿住大人的把柄，以便將錢龍錫與熊文燦打掉。」

他輕輕瞟一眼張偉神色，躬身道：「這只是末將的一點淺見，未知大人以爲否？」

張偉讚許地一點頭，向他笑道：「沒錯。你這幾年和那些狡猾的倭人打交道，當真不是白打的。王煊只是個軍人，這些政治上的勾當，他自然不會曉得。」將手中由屬下情報人員辛苦抄錄而來的奏摺輕抖幾下，輕蔑一笑，向王煊道：

「你也不必氣憤。他說我有梟雄之心，將來必反，這話原也說得不錯。你們想，若不是朝廷現下內外交困，就憑我擁兵自重，割地為王，能容得了我麼？我若不想法子進取，只怕欲做富家翁而不可得！這事情你們不必理會，我自會料理。」

見左王二人皆沉默不語，知道毫無理由的起兵反向明朝，只怕這些心腹大將都還有些排斥心理，便向左良玉命道：「良玉，召你回來，佈置瓊州屯兵，都是王尊德這封密奏引發。若是朝廷信了他的奏報，派兵進剿，瓊州那邊無有大將，我不能放心。」

他臉上掠過一絲青氣，向左良玉令道：「一旦事有不虞，戰事一起，你便率兵拿下兩廣和雲南！」

「末將遵命！」

「不要猶疑，不必先行請示。廣東那邊一有異動，你可相機行事！」

「是！」

「廣東兵弱，你當可一鼓作氣，迅速敉平。廣西比之廣東雖然貧瘠，兵額也是不足，糧餉也少，不過你不可掉以輕心，歷來明朝強兵，以廣西兵最為人稱道。朝廷北邊有事，多半都會調廣西兵馳援，且廣西以山地為多，地形複雜，大炮移動不易，你可千萬小心！」

「末將不敢大意。」

「雲南瘴痢之地，又有沐家世代鎮守，甚得民心。不過雲貴地區太過貧困，那沐家打打土蠻也罷了，倒是不足爲患。爲將者，當臨機處斷，我此刻吩咐的仔細了，只會束縛住你手腳，凡事相機處斷吧。」

張偉略顯疲態，命王煊將參軍部預先擬好的作戰細節交代給左良玉，這兩廣與雲南的衛所兵也有二十幾萬人，雖然現下的明軍吃空額嚴重，衛所逃亡之兵甚多，到底是三省之地，總督麾下標兵和廣東、廣西、雲南都設有總兵官，算來也有能戰之兵五六萬人，漢軍以一萬五千餘人，加上一百多門火炮，打起來也並不輕鬆。

張偉心中暗自追悔，若是早些想起硝化甘油一事，研製出威力更大的火力來，臨陣之時大炮一轟，加上威力遠過於明軍的火槍，還有那手榴彈往敵陣一扔，只怕就是二十幾萬足額明軍，也不是一萬漢軍的敵手了。

直待夜色籠罩，外面早就漆黑一片，節堂內早就燈火輝煌，張偉聽得倦了，已是昏昏沉沉，朦朧中只聽到王煊輕聲喚道：

「大人，末將已經將參軍部擬好的計畫盡數向左將軍交代了，大人若是倦了，可以回府歇息去了。」

猛然一睜眼，只見王煊與左良玉立於身前，神色亦是疲憊之極，便向兩人笑道：「我原說與王煊一起交代，沒想到竟睡過去了。」站起身來，向左良玉勉慰道：「昆山兄，好生去做！」說罷出得節堂，向從人親兵大聲吩咐道：「快駕車過來，送我回府！」

車窗外夜色朦朧，張偉斜倚在車內厚枕靠墊之上，看著窗外馬車疾馳而過時拉出路燈光影，兩眼被那燈影折射得熠熠生光，馬車全不顛簸，在筆直平滑的官道上風馳電掣般疾行，拉著張偉向著自家府邸而去。

若論張偉心思，今夜頗不想回到府中，他處置了那犯法都尉後，又將私開營門的果尉交由馮錫範處置，對夫人干涉軍務的事無一語置評，諸將圍在他身邊，雖見他神色如常，卻也是不敢發一語。這般的將軍家事，還是由著張偉自己頭疼最好，一句話說錯了，在夫人那邊留下什麼惡劣印象，卻也是沒來由。

張偉當時不言，實則心中當真怒甚，柳如是小小年紀，成婚不久，竟然敢干涉他的軍處，這當真是令他意外，又很是憤怒。當時頗想立時就回身前去質問於她，待轉念一想，又頗覺此事沒有表面這般簡單，柳如是在台灣無根無基，一個孤身弱女子來台，雖然與那李夫人有過交結，到底不是什麼真正深厚的交情，卻如何肯為她觸怒張偉。

想來想去，張偉甚是煩悶，在車內頓足喝道：「掉轉馬車，不回府了，去何爺府上。」

此時已交子時，那車夫雖是納悶，卻也不敢違拗，當即調轉馬頭，向著何斌府邸方向馳去。

待張偉親兵叫開何府大門，張偉跳下馬車，大踏步由正門而入，穿大堂入儀門，直奔何斌

書房而去。

待他行到一半，何斌已被驚醒，披著夾衫由兩個小廝掌著燈籠迎將出來。見張偉一臉怒色，何斌詫道：「志華，出了什麼大事？是瓊州戰事不順麼？」

張偉這麼一弄，鬧得動靜甚大，何府上下人等皆已起身，那稍有頭臉的已跟在何斌身後，各人都納悶不已。這些年來，漢軍無往不勝，縱有小小折損，亦是打得敵人灰頭土臉，潰不成軍。張偉此番如此，若說不是出了大事，又何必深夜這麼直入何府，各人都想：「漢軍也會打敗仗麼，這可當真是了不得！」

卻聽張偉向何斌強笑道：「廷斌兄，你誤會了。」又向何斌笑道：「好些日子沒來尋你，今夜晚了，我還沒有用過飯，想了一想，來尋廷斌兄小酌也好。」

何斌聽他說完，當真是哭笑不得，剛要抱怨幾句，卻又見他神色不對，便轉身揮手道：「都給我回去，一個個都沒個規矩！」

喝退下人，便要過燈籠來，親自掌燈將張偉迎入房內，讓他坐下，又喝令下人準備飯菜，亂了小半時辰，方向張偉問道：「志華，究竟出了甚事？」

張偉長嘆口氣，將白天的事向何斌仔細說了。

何斌聽得發呆，過了半晌，方向張偉笑道：「婦人家心軟，一時不察，派人去赦人性命，沒有仔細思量過，一心只想救人的性命，這也是有的。」

張偉輕輕「唔」了一聲，頗有些意興闌珊，向何斌苦笑道：「如是她一向知禮守規，怎地這次如此糊塗。」

何斌聽他訴苦，雖然心中也暗怪柳如是不該如此，卻只得強打精神，勸慰張偉。絮絮叨叨說了半夜，張偉原本就睏倦之極，若不是心中有事，哪裡能支持著到何府來。再加上小飲了幾杯，早已是兩眼發澀，聽何斌念經也似的勸解，雖強打精神，卻也支撐不住，慢慢歪倒在何斌書床的臥榻之上，兩眼一閉，已是睡將過去。

見他睡得香甜，何斌知是最近部署瓊州及兩廣雲南戰事令他太過疲累，再加上心中鬱鬱，早就不堪重負，是以他不打招呼頭一歪便睡，何斌見了也不惱，只吩咐下人小心侍候，他自回房，與驚醒的夫人議論感慨一番，又警告夫人不得聽信他人言辭，亂撞木鐘，這一亂又是個把時辰過去，突然想到明早還需早起，立時吹滅床邊蠟燭，與夫人相擁而睡不提。

待窗前一縷朝陽透過空隙穿入房內，由一絲絲細弱的白光逐漸變得強烈，熾熱，直曬在何斌身上。

此時正交盛夏，待何斌熱得滿頭躁汗，猛然驚醒，卻發現天已大亮，那太陽光已是強得刺眼。

因婦人怕冷，何府雖有從內地用大船運來的大量冰塊，藏於深達十米的地窖之中，別說是

泡酸梅湯等解暑之物，便是每天用大銅盆擺滿一屋也是盡夠。只可惜那何夫人女流體弱，雖酷暑天氣，卻不准何斌宿於此處時放置冰塊，夜間還好，這一天亮，便把何斌熱得一頭大汗。

看一眼夫人，何斌搖頭苦笑，沉聲問道：「外面是誰伺候？」

「回爺的話，是奴婢。」

知是何斌要起身，也不需他提點，門外侍候的丫頭梅香端著青釉瓷蓋碗，輕輕將門推開，一閃身行到何斌身前，將那蓋碗遞給何斌，讓他漱口。

待何斌一口將漱口水吐在她隨後端來的痰盂之內，又遞上銅盆，絞好毛巾讓何斌淨臉洗面。

何斌一聲不吭，待洗漱已完，在那梅香胸口上摸上一把，只聽得那梅香在房內輕聲啐了一聲去遠了。

行到內院角門之處，見每日裏跟隨的管家已侍立在門外，何斌黑著臉問道：「昨天吩咐過今兒要早起，怎地這會兒都沒有叫起？你這老東西越發的怠慢差使了！」又問道：「你張爺呢，可起身了？」

「回爺的話，張爺天還沒亮就起身了，小人原本要叫醒老爺，張偉說昨晚已然驚擾，還是不要再打擾爺的好。適才小人提醒梅香姑娘喚醒老爺，梅姑娘說了，已是喚過幾次，老爺卻是不醒，只得罷了。」

何斌自鼻中哼了一聲，算是饒了他這一過，又問道：「張爺走時，神情如何？」

那管家答道：「倒是沒有看出什麼不對，縱有，小人是什麼牌名上的人物，哪敢緊盯著張爺看。」

「也罷，咱們這便去各工廠巡視。」他沉吟一下，吩咐道：「前些天興建的那水力織布廠已經開工，咱們便過去那邊。」

他出府登車，連早點亦不及用，只令人在路邊食檔買了些充饑之物，胡亂塞了肚子便罷。

何斌每日除了需署理財務一事之外，各家工廠礦山也需他常去巡看。一則他於這些地方都有股份，自己也是上心。二來張偉現下一門心思用在軍務上，這些事情也當真是顧不過來，衙門之外，也只得請何斌多費心罷了。

此時何斌乘坐於四馬高軒之上，心裏卻只是納悶：「志華該當如何處置柳氏呢？若是因此一事便休了她，也未免太過嚴重。」

他略想一想，覺得以張偉的性子，多半會將柳如是逐出府中。張偉這些年來大權獨掌，縱是何斌等赴台元老亦是謹慎處事，唯恐在此事上觸了霉頭，這柳如是一介女流，又如何敢去捋這虎鬚。想到此處，雖說自己是大媒，卻也不便說話，也唯有搖頭嘆氣罷了。

他這邊擔心不已，張偉府中卻是一團和氣，全然看不出昨日風波給張府帶來的衝擊。柳如

是雖覺張偉神情有些古怪，哪想到他此時心中翻江倒海，正思慮著如何處置她昨日的過失。

張偉原本打算一回府便發作，立時將柳如是訓斥一通，逐出府外暫居，待日後悔過再接回來。待回府一見了她，卻終是不忍。勉強擠出笑臉敷衍了幾句，用罷早點之後，便在內堂與柳如是閒談，聽她說些府中雜事。

因聽她談談說說，張府中上下人等也有近兩百號人，除了張偉用來在府中隨侍辦事的書辦、會計、軍事參謀之外，還有一百多號丫頭老婆子，及長隨家丁等上下人等，皆需柳如是操持管制。柳如是現今不過十七八歲年紀，雖然古代女子成熟的早，此時已是俏麗少婦模樣，到底是在小家子長大，又是年少臉薄，哪裡能管束得住這麼些人。若不是張偉以前治家如用軍法，下人得罪動輒便被發到大屯山脈各礦裏去做苦力挖礦，此時雖然早已不行如此酷法，到底餘威尚在。只是張偉若不在府，柳如是指揮起下人來卻並不能如意。張府下人哪一個不是手眼通天的人物，柳氏在他們眼裏，出身卑賤之極，私下裏議論起來，都道張偉一時被她美色所迷，將來必當後悔云云。是以除了柳如是身邊的貼身丫鬟，餘者竟無一人可以托以心腹，使喚起來，也是諸多麻煩。

張偉知柳如是面軟心慈，從不肯在自己面前訴苦告狀，每日有閒，便與柳如是說些家務之事，聽出話風便狠勁整治了幾個。他越是如此，柳如是越發不肯說下人的閒話，與張偉閒談也只是泛泛而談，全然不肯將所受的委屈說出。

張偉無法，也只得作罷，心中對這比自己小了近十歲的柳如是越發愛重。只是今日心中有火，平素裏看得順眼的那張臉，卻不知道怎地變得陌生可厭。

正想著法兒發作時，卻見柳如是抿嘴一笑，突然向張偉道：「聽了你的主意，讓那莊妃做了管家婆子，她倒是十分能幹，那些丫頭婆子的，被她整治得服服貼貼。」

「唔。她到底是曾經的後金汗妃，做這麼點小事，倒是委屈她了。」

張偉自是知道這莊妃心性智謀都不下於等閒男子，自從將她與宸妃從遼東搶來之後，因見這兩名女子氣度不凡，顯然是滿人中的貴戚女子。待遼東風聲稍稍平息，便派了人過去打探，各方面情報一綜合，再加上張偉又親自與她們打過幾次交道，自然是早已知道這兩人蒙古女子的身分。

宸妃身體一向柔弱，又在遼東一戰時受過傷，身體已是虛弱之極，每日只是在張偉府中後院偏廂房內養病。那莊妃年紀尚小，初來時對台灣及張偉很是抗拒，又因宸妃病體難支，兩人一直都有尋死的念頭。若不是張偉命人寸步不離的看守，只怕這兩人早已成了他鄉之鬼。

待一年多的光陰一過，宸妃倒罷了，莊妃到底是少年心性，又因與柳如是年紀相近，才情亦都是一等一的女子，兩個便相處的甚是熟捻，交情亦日漸深厚。待柳如是與張偉成婚之後，莊妃與她的來往更是自由方便許多。因見柳如是在府中不受敬重，操持家務甚是勞心費力，莊妃閒極無聊，竟自薦要幫她操持家務。張偉雖覺好笑，卻也想讓她分心，免得一不小心，再去

投井上吊，那可白養她們這些時日了。

想起宸妃身體一日不如一日，張偉心中一陣煩悶，便向柳如是問道：「那個宸妃怎樣了？」

柳如是皺眉答道：「昨兒夜裏又咳血了，聽早上請來的大夫說，她原本身體便弱，又受過刀傷，加上從遼東來台，水土不服，心情鬱卒，若是不趕緊想法子，只怕是撐不過今年秋天了。」

「嗯，若當真是如此，這也是沒有辦法的事。」

張偉心中沉吟思索，那皇太極秋天時必將出關搶掠，年前方回遼東，此役過後，他大汗及皇帝的權威方能如張偉襲遼前鞏固，到時候，宸莊兩妃方有利用的價值。現下就是與皇太極接洽聯絡，只怕也是白搭。

他正在思索，卻聽得柳如是向他笑道：「我想給宸妃姐姐討個情，放她回遼去吧，可成？」

張偉忍不住一陣冒火，便冷冷答道：「這事情妳不要多管！」又向她冷笑道：「妳還是多費些心，管管內務，難不成妳讓人家莊妃給妳管一輩子家！」

柳如是漲紅了臉，被張偉說得啞口無言，他從未以如此的語氣向柳如是說話，此番話說得又損又狠，當真是毫不客氣。縱是當年柳如是以丫頭的身分服侍，也未受過他如此的冷待。故兩眼中含著淚水，卻是不敢和他抗辯，只蹲身福了一福，蒼白著臉答道：

「是，如是知道了，自此再也不敢多嘴了。」

她雖不和張偉辯論，張偉卻是不肯放過她，又向她惡聲惡調斥道：「我不知道妳每日裏想些什麼！該操心的妳不操，不該管的，偏生將手伸得老長！」

他猛然站起身來，向臉上一絲血色也無，使勁咬著嘴唇的柳如是怒道：「我原想妳是年少無知，一時心軟，現下看來，竟是妳太不安分！府裏的事妳不肯用心，外面亂七八糟的事妳管得倒多！」

柳如是原不肯和張偉吵嘴，她雖年幼，心裏卻一直存著要做賢妻良母的想法，是以對家事很是上心，如若不然，也不會勞動好姐妹大玉兒爲她幫手。此時張偉這麼夾槍帶棒的大罵一通，柳如是終忍不住，漲紅了臉向張偉泣道：

「我原也不想多說，不過是看那宸妃姐姐要死的人，這才多嘴向你討了句人情。你若不肯，也便罷了，左右是你的軍國大事，我爲姐妹盡盡心而已，何苦這麼大發雷霆！」

又向張偉福了一福，冷笑道：「爺真是好威風，好殺氣。如是怕了，還是離您遠些的好。」說罷轉身便行。

張偉一時竟被她弄得呆了。雖是心中仍是發怒，卻隱隱然如同見到那個傳說中桀驁不馴，特立獨行的河東君，比之一向在他身邊溫柔婉約，唯唯諾諾的柳如是，竟是天差地別，便向她

喝道：「妳回來，我有事同妳講！」

見柳如是扭轉過身子，卻是不肯回頭，張偉嘆道：「好了，不要再氣了，快些回來。」

他只覺得身上燥熱，將手中湘妃灑金摺扇打開，用力搖上幾搖，卻是半絲涼風也無，只得將手中摺扇放下，把身上長袍脫下，頭臉上熱汗卻仍是不住往下滴落，因喊道：「這鬼天氣，當真是熱煞人！」

柳如是噗嗤一笑，向身邊的通房大丫頭吩咐道：「快取些我適才備好的冰鎮酸梅湯來，給爺去暑降火。」又施施然走回張偉身邊，嬌笑道：「怪道你火氣這麼大，原來是熱的不成？」

張偉哼道：「若是這樣，我能衝妳發火？下人們我都不肯無故折辱，拿來出氣，妳是我明媒正娶的大房娘子，難不成我拿妳出氣不成？」

舒適的喝上一口冰涼酸甜的酸梅湯，向柳如是嘆道：「這台灣我委實是住不得了，待將來咱們在江西廬山建個大屋，一到夏天便去上山避暑，可好？」

柳如是點頭笑道：「南京也熱得很，是以我倒覺得此地也不甚熱。你既然耐不住熱，將來不做官了，尋個避暑勝地去住，也是正理。」

張偉輕輕一笑，卻也不去反駁她「不做官」云云的話語，柳如是雖然聰慧，張偉卻有意不與她討論軍國大事，閒暇時只是吟風弄月，讓她彈些曲子，說些詩文，或是說些家常話語。張偉勞累一天，難不成回家後還對著一個政治型女子更添煩惱不成？是以哪怕柳如是有再大的能耐，張偉亦是下決心不讓她參與政事。此時看著她嬌俏的臉龐，心神一蕩，差點兒便要拉著她手，告訴她或許她就是將來的皇后。

心中激蕩，卻又將臉一板，向柳如是將昨天的事詳細說了，待說到那李都尉仍然被殺，柳如是神色黯然，向張偉道：「原本是想著救他一命，誰料還是被你下令殺了。」

張偉一陣火大，忍不住又怒道：「妳不知就裡，就不要亂說話！他貪汙軍餉，縱是神仙說話，或是有一百條命，昨天也非得殺了他不可！」

柳如是原本要辯解，卻是臉色微紅，向張偉賠罪道：「是，我再也不敢摻合進這些事裏，再也不多嘴了，大人您就別生小女子的氣了，可成？」

張偉聽她認錯，臉上顏色稍霽，正思量著要再訓導她幾句，卻聽得內堂窗外有人笑道：「可笑柳姐姐一心爲他，可惜那人卻是不領情，俏媚眼做給瞎子看了。」

「大玉兒，妳找死麼，敢這麼同我說話。」他話音一落，卻見那莊妃大玉兒笑嘻嘻挑簾而入，向張偉略一抱拳，便大刺刺坐在柳如是身邊。

張偉忍不住一笑，指著她笑道：「妳一個嬌滴滴的大姑娘家，不學咱們漢人女子的禮儀，卻學這副怪樣！」

那莊妃原本在遼東生活，遼邊苦寒，她雖是相貌美麗，皮膚卻是略顯粗黑。在台灣將養了一年多，初始時尚不習慣，現下已是諸事順心，又學了諸多漢人女子的裝飾打扮，加上精心保

養，原本就俏麗的臉龐越發顯得吹彈可破，因天熱，穿的也甚單薄，俏麗的鼻臉上亦是細密的汗珠。

見張偉盯著自己看，那莊妃在肚裏啐了一口，怕柳如是上心，急忙向張偉道：「偏不學你們漢人女子的習俗！」又傲然道：「你就是抓了我，我仍是大汗的女人，怎麼可以向你這南蠻子行禮。和你耍笑取樂罷了，你還當真了。」

張偉笑道：「罷了罷了，這大熱的天，妳巴巴跑來，到底有什麼正經話說？什麼叫俏媚眼做給瞎子看？」

莊妃正要說話，卻見柳如是滿臉通紅，擰住她手，便笑道：「好好好，我不說還不成？由妳自個兒來說。」

張偉一頭霧水，卻不知道這兩個美女在搞什麼鬼，納悶道：「到底是什麼事，如是，快同我說！」

柳如是漲紅了臉，向張偉道：「我上個月就停了經，前兒請了大夫來，道是我懷孕了……」

她低下頭來，扭捏著道：「昨日那李家娘子過來，說起她男人的事。我原本也不想管，後來聽大玉兒說起你當日在遼東殺人，現下又行軍法之事，殺人太多有傷天和，恐對我肚子裏的孩兒不利，是以將信物給她，恕了她男人的性命，以爲孩兒祈福。」

她聲音細若懸絲，若不是張偉張著耳朵，當真是難以聽到，待聽到她說起懷孕一事，聲音雖小，在張偉耳朵裏卻不亞於雷鳴一般。他猛然起身，幾步竄到柳如是身前，抖著手扶著柳如是的身子，顫聲問道：「如是，妳懷孕了？妳當真是懷孕了？」

那莊妃大玉兒一把將張偉的手彈開，向張偉嗔道：「把你的髒手拿開！小心讓如是姐姐染了時氣，到時候可不得了。」

張偉知她雖是年幼，卻已在十五歲那年便生過一個孩兒，只是半年便夭折而亡，聽了她的話，倒退幾步，向柳如是大笑道：「好好，好！我張偉也要有孩兒了！」

柳如是嫣然一笑，向張偉柔聲道：「希望是個男孩兒，能如他父親一般，建功立業，英雄了得。」

「男或女倒無所謂，只是我要有孩兒了，嘿嘿，當真是令我高興，嗯，我委實是高興的頭暈。」

他興奮之極，以手扶額，向柳如是柔聲道：「是我錯怪了妳。妳的想法沒錯，不能怪妳。嗯，法外赦人還是不可取，不過，我要詔告全台及呂宋、瓊州，凡我治下子民，官府送給牛酒，大脯天下，讓百姓爲我的孩兒祈福！」

搓一搓手，又興奮想道：「這可當真是好兆頭，好兆頭！我正要做一樁大事，上天便賜我孩兒，我倒罷了，不信那些無聊之事，但在下面的官員百姓、漢軍將士眼裏，可就大大的不同

了。」

想到此處，又是一陣臉紅，心道：「我當真是在這權術政治裏浸泡的久了，自家生個孩兒，居然也想到這上去。」

他高興之極，連聲吩咐，立時傳令給吳遂仲，將適才的意思交代給他，便台灣、呂宋、瓊州等地，凡是張偉治下的漢人百姓，一律由官府分發牛酒，要普天同慶寧南侯有了後裔，並令治下所有的道士和和尚帶著百姓祝醮，爲這個未出世的孩子祈福。

待消息傳出，台灣的文官武將便立時由吳遂仲與左良玉領頭，分批入張偉府邸祝賀，然後便是官學教授及學子代表，富商百姓，乃至荷蘭與英國駐台灣的使節、在台的外國人代表、耶穌會士，川流不息入張偉府中祝賀。

過得幾日，張偉自邀了何斌、陳永華等一眾知交好友，在府中設宴慶祝。

待倭國、呂宋等地接到消息，周全斌與施琅等人自也備了禮物送將過來，待各處承了張偉之命，大脯天下，更是弄得天下騷然，便是連遠在北京的崇禎皇帝亦知道寧南侯張偉夫人有了孕，下朝議會商，要群臣商議，給張偉什麼樣的世襲官爵。

「寧南侯的爵位，自然是給長子繼承，其子，我看給他世襲的都督僉事，也便罷了。多少總兵官辛苦一輩子，不就是爲了博一個都督僉事餘蔭？當年戚帥是多麼大的功勞情分，朝廷也沒說讓他的兒子封爵，張偉不過襲擾了一次遼東，陛下便要多給恩賞，這當真是逾越太甚！」

「啓東兄，你這便是有所不知了。皇上現下一心想敉平北方亂民，將女真賊子擋在關外。至於張偉，雄居南方，擁強兵十數萬，子民數百萬，掌握了整個南方的對外貿易，富甲天下。皇上對他甚是忌憚，可偏生越是如此，越得好好籠絡他才是。不然的話，這會兒惹惱了他，逼得他造起反來，那可怎麼得了！」

劉宗周冷哼一聲，兩眼看向端坐於身側的錢謙益，向他怒道：「受之！你怎麼也如此糊塗，豈不聞養虎為患的道理？對張偉這樣有梟雄之心，反意漸顯的亂賊，咱們正要勸皇上好生彈壓防備，他不是有南海貿易麼？咱們斷了他的貿易，不准他的商船靠岸，遷海民入內地，就憑他那幾個小島，能養得起多少軍人？此時對他處處容忍退讓，正是漲了他的野心和氣焰！一個娼門女子懷孕，這才幾個月，就弄得天下騷動，這還了得！」

「啓東兄，豈不聞經有義，亦有權？現下咱們哪有力量行你那些計謀，待敉平流賊，皇上勵精圖治，天下歸心，又何懼那個彈丸小島上的土寇？更何況張偉一直在海外，絕不涉足內地，就說明他也沒有造反之意，只是跋扈而已。」

錢謙益在崇禎元年時為禮部侍郎，因是東林領袖，清流翹楚，又一向廉潔自愛，官聲甚好。崇禎攆走天啓皇帝留下的內閣班底之後，便下詔組成新任內閣，錢因名聲甚好，被崇禎賞識，下詔由禮部侍郎入內閣為大學士，當真是一步登天。

他正在風春得意之時，卻惹怒了同期入閣，欲爭首輔之位的溫體仁。他看出皇帝賞識錢

謙益，唯恐將來其成爲自己的攔路石，於是想盡辦法，僞造了錢謙益貪汙的證據，著人上告皇帝。那崇禎最恨人貪汙，偏生他的政府官員貪墨成風，連堂堂宰臣都是如此。當即也不管是真是假，下旨斥責，若不是周廷儒等人營救，錢謙益只怕連性命亦是難保，當即被罷職回鄉，冠帶閒居。

此時天下大亂，崇禎對首輔錢龍錫很是不滿，周廷儒此時正被賞識，一心要擠掉溫體仁，謀那內閣首輔之位。錢謙益知周廷儒貪財，再加上頗有些交往，於是送了兩萬銀子，又隨身帶了大量現銀，來京謀起復一事。他知劉宗周剛直不阿，若是知道他以這種辦法起復，只怕立時會將他驅逐出府，是以絕口不提。

兩人對坐無事，說起皇帝下令朝議張偉世襲爵位的事。兩人性格及思維方式皆是不同，劉宗周是古板到極點的理學大家，對明朝忠心不二，一心要爲皇帝翦除一切可能威脅明朝統治的人，而錢謙益卻是一心想著個人利祿，凡事以皇帝的想法爲先，自然與劉宗周說不到一處，兩人爭得口乾舌躁，卻只是無法說服對方。

待說到三更時分，劉宗周見錢謙益仍是堅持己見，便向他冷笑道：「受之兄，有一件事，我現下還沒有得到證據。只是聽溫體仁略說過一點，我不喜風聞奏報，待有了實據，自然會將張偉的所爲，盡數呈報給皇上知曉，到那時，任是誰也回護他不得！」

第五章 昏君庸臣

崇禎臉色已是很難看，覺得很難再聽這老頭子嘮叨。他知這何喬遠是泉州人士，而泉州則是明朝每年出海船隻最多，出外謀生僑民最多的港口城市，是以何喬遠為家鄉說話，圖個老來虛名，回鄉之後也得些現實好處罷了。他想來想去，便認定了何喬遠目的在此，因冷冷道：「朕知道了。不過海禁一事是祖制所定，有大誥在前，朕不敢胡亂更改。你且退下！」

錢謙益知劉宗周固執，不易說服。他雖是對張偉略有好感，卻也不値得爲他與劉宗周爭拗。況且大學士溫體仁新得帝寵，因其「孤立、無黨」備受皇帝讚譽，溫體仁要對付張偉，想來是與大學士錢龍錫爭位，此時摻合此事，斷無好處。是以與劉宗周敷衍幾句，當即便告辭而出。

看著他青衣小帽神色匆匆而出，劉宗周輕輕一撇嘴，斥罵道：「利令智昏！」他對錢謙益

當真是失望之極，原以爲他貪汙一事定是被人汙陷，現下想來，倒也是五五之間了。

待第二日朝會，劉宗周與禮科給事中盧兆龍、工科給事中王都等人極力反對皇帝優撫張偉，各人都道：「張偉雖未露反跡，到底是擁兵自重的藩鎮，朝廷若不早圖，反而加以祿位，卻是向張偉這樣的武夫示弱，這萬萬要不得。」

那王都更是慷慨激昂，在朝堂上力陳道：「張偉梟雄之心，以未生之子大脯全台軍民，便是那呂宋，因有其部駐軍，亦是鬧得沸沸揚揚，如此聲張滋擾，卻是爲何？陛下今日再對其進行額外恩賞，看似能撫其心，實則壯其膽矣。唐明皇恩寵安祿山，竟讓貴妃以其爲子，口稱『胡兒』，明皇又以四鎮與其節度，不可不謂深恩厚德，後事如何？祿山竟反，鐵騎狂衝而至潼關，唐室一夕之間失卻半壁江山，唐皇徒爲人笑耳。今陛下與寧南侯恩義不立，君臣間亦不相得。張偉海外歸來，與當年胡兒一般，遲早必反！今陛下欲以高官厚祿籠絡其心，臣恐徒爲後世笑耳。」

他說到此時，崇禎皇帝已是神色難看之極，只是聽他說得有理，卻也不好發作。

王都不顧皇帝反應，他身爲工科的給事中，有建言直諫之權，再加上身爲清流，犯顏直諫方顯風骨，是以不顧皇帝臉色，繼續沉聲道：

「此時北方已亂，江南負擔大明財賦大半，張偉手下有這樣的強鎮雄兵，再加上其人也算得上雄才大略，陛下認爲他不敢窺探江南麼？若是江南有警，則明朝危矣！臣以爲，現下賊兵雖是勢大，到底是烏合之眾，陛下該當命熊文燦駐節襄陽之後，一定要南防張偉，可以不必入川。南京爲大明陪都，陛下可詔命南京兵部尙書及南直隸的各總兵、指揮使司清軍釐兵，整頓軍伍，隨時關注台海動向，一旦那張偉有甚異動，便可與熊文燦成犄角之勢。再命福建、廣東沿海督撫遷沿海的商人百姓入內，禁絕中外貿易，禁絕洋人入境，禁絕台灣貨船停靠，斷了張偉的財路。如此這般，方可保江南半壁。」

待他說完，崇禎覺其說得很對，正欲開口讚許其見，依其言而行。又見奉召來京的南京工部左侍郎何喬遠出班奏道：「陛下，臣以爲，王都之言雖是有理，卻是因噎廢食之舉。」

他此語一出，不但皇帝頗是意外，便是那王都等人，亦都驚詫不已。適才王都所言，正是劉宗周與門生弟子及各科的給事中、都御史等清流儒士商討出來的方略。各人都對明朝的現狀憂心不已，明末讀書人風氣尙佳，雖然迂腐，但亦有東林黨這樣關心時事的政治組織，比之清朝萬馬齊喑卻又好了許多。

各人商量之餘，都道當前明朝兩大患，一者是滿清女真，二者便是台灣張偉。至於農民軍，各人都是士大夫出身，現下農民起義雖然鬧得沸沸揚揚，各人卻都對官兵剿滅這場農民大起義充滿信心。

事實也確是如此，只要皇太極與張偉不出來搗亂，不管張獻忠與李自成如何蹦躂，到底還是打不過明朝的正規軍。各人商量良久，最後便決定趁著此次朝議發難，不但要令皇帝打消撫慰張偉的意思，還要施行各種辦法進行限制，縱是現在就逼反張偉，也比他在海島上好生經營，日後實力越發壯大來得更好。他們書生議政，雖然也算得上頗有見識，卻只是低估了張偉軍力的實力和張偉一統天下，重振大漢聲威的決心罷了。

以劉宗周為首，這群言官御史及各科的給事中，無疑是朝中清流的代表，這些人大半廉潔自律，操守過人，很得同僚的敬重。除非是魏忠賢那樣的閹人，先天就被這些嚴峻峭刻的士大夫所拒絕之外，哪怕是朝中大老，那錢龍錫、溫體仁、周廷儒之流，對這些清流儒生也是敬重有加，分外拉攏。

在封建社會，能控制清流輿論，就等若是在皇帝和百姓心中有了良好的口碑。張偉之所以要儘量拉攏官紳儒士，也是因為這些人雖是文弱之極，手不能提四兩，但若是在鄉里振臂一呼，卻比任何人都有用，千載之下，儒家雖不是宗教，實則已經有了比宗教更禁錮操控人的力量。此番在朝堂之上，這些清流們一致行動，所陳奏的又多是商量好的對策，比之往日空言無物強上許多，是以連崇禎亦被他們說服，那些閣臣中如錢龍錫收受過張偉大筆的賄賂，原本是要為他說話，當此之時，卻是半個字也不敢說出口，唯恐被這些抱成團的言官們當堂指斥。此時這何喬遠突然站出來說話，那些與張偉交好，又或是受過他拉攏好處的官兒們立時精神一振，一時間各人均是眉開眼笑，心道：「嘿嘿，看你們這些後學末進，如何與這何喬遠抗辯。」

何喬遠自少奇偉不凡，好學不輟，萬曆十四年二十來歲年紀便中了進士，歷任刑部主事，禮部員外，廣西布政使司，在戶部右侍郎任時辭官回鄉，身上只餘一兩白銀，爲官清廉自守如此，爲當時士林稱道不已。回鄉之後，整個福建省的官紳皆上門來拜，又著書授徒，與東林黨最早的領袖鄒元標等人被人稱爲「四君子」。

他不但資歷在這朝堂之上最老，論起在清流的地位名氣，亦是遠遠超過後學晚生劉宗周等人甚多。是以此時別人皆不敢開口說話，唯有他凜然而出，直接指斥王都所言不對，開口反駁。若是別人，只怕這些言官們立時便會群起而攻，而這位德高望重的境山先生一出，那王都等人面面相覷，卻也是無法可想，只得呆立一旁，聽他說話。

崇禎帝見是何喬遠，便點頭道：「你有話，儘管講來。」

何喬遠出班奏事之後，卻不說話，顫巍巍從懷中掏出一封奏疏，遞呈上去，崇禎打眼一看，卻見是《開海禁流疏》。

崇禎打開略略一看，見是恭楷的蠅頭小字，密密麻麻寫了滿紙，因不耐煩細看，便又張口向何喬遠道：「奏疏朕回宮再細看，你且先來說說看！」

「陛下，臣以爲南方之事，海禁爲禍甚大，唯有開禁之事，弭盜安民，莫先此舉。」

「何以見得？」

「陛下，自太祖皇帝列十五不征之國，因倭國屢犯海禁，又由我天朝子民出海而去，成爲

異國之民，成了背棄祖宗的刁民，是以太祖頒海禁之令，除了留下泉州等港口開放之外，本朝制度就與那南宋截然不同，寸板不准入海。官司也不抽稅，海關亦無釐金收入。再有鄭和下西洋後，宣宗皇帝因大學士夏原吉奏說寶船一事勞民傷財，其弊甚大。宣宗皇帝准奏，燒了南京寶船廠，就是連造船的圖紙，亦是一張不留。自此之後，我大明沒了官師，沒有能戰的水師，致有嘉靖、萬曆年間倭人入寇，四處燒殺搶掠，海上竟無半個大明的水師官兵抵擋！」

崇禎聽他說到此處，仍然是不得要領，卻因這位老臣德高望重，也不能喝斥，只得勉強一點頭，道：「說得甚是，朕知道了。」

「陛下，想來陛下還不明白臣的意思。臣是說，有海禁百餘年後，海上有警竟致不能抵敵，那麼海禁何用？閣臣夏原吉原意是要節省用度，方裁撤船廠，大明不造大船，那麼倭人入侵之後，我明朝受的損失，失去的財物金銀，豈不是遠遠超過幾個寶船廠的浪費麼？」

海禁一事，自明太祖以來已然略有爭論，卻從來沒有人敢在朝堂上公然反對，若不是何喬遠身分超然，只怕立時就有人上前與他理論。饒是如此，這太和大殿上仍是議論紛紛，各人均想：「這何老頭子從南京趕來，怕是熱得暈了頭了。」

崇禎臉色已是很難看，覺得很難再聽這老頭子嘮叨。他知這何喬遠是泉州人士，而泉州則是明朝每年出海船隻最多，出外謀生僑民最多的港口城市，是以何喬遠爲家鄉說話，圖個老來虛名，回鄉之後也得些現實好處罷了。他想來想去，便認定了何喬遠目的在此，因冷冷道：

「朕知道了。不過海禁一事是祖制所定，有大誥在前，朕不敢胡亂更改。你且退下！」

何喬遠見殿上諸人全然不解其意，皇帝及諸臣皆是一頭霧水，心中當真氣急。他原本亦是一呆書生，辭官回鄉之後，倒是對民生有了更直觀的瞭解，知道明廷的財賦大半來自江南田賦，而難得的一些礦山和工廠卻已在萬曆年間被神宗派出搜括的宦官黃門打擊得奄奄一息，此時雖然略有恢復，卻已是不復當年盛況。

論起富庶，江南無一城市可與泉州相比。待他聽說張偉在台灣大力發展貿易之事，親自攜了門生子弟，乘船出海，至台灣參觀一番。回鄉之後，綜合其對北方及江南、泉州各處爲官的瞭解，苦思良久之後，終下定決心要上疏皇帝，要令大明如同張偉那般的對外貿易，依他的想法，若是以明朝來做張偉那個彈丸小島所做的事，定然是事半功倍。到得十幾二十年後，整個南方定然富庶非常，那建州和賊兵起事，自然也會輕鬆被敉平。

不顧皇帝和群臣的反感，他皺著雙眉，仍站在大殿中心，向著皇帝陳辭道：

「臣意以爲，海禁一事好比治水。禁不如導，國家不准寸板出海，實則海上商船不絕，大半是那些敢死之徒拚命出海，販賣貨物至南洋。因暴利誘人，無法禁絕，從世宗年間的汪直，到現下的鄭芝龍、張偉，哪一個不是從這海外貿易裏得了暴利，成爲富甲天下的巨富？國家與其仍是持禁，倒不如開放海禁，公開貿易，設立有司收取稅賦，則利潤不歸走私商人所有，而歸國家矣！以個人的實力，又如何同國家相抗？只要陛下開放海禁，則貿易暢通，諸事順諧，

天下金銀源源不斷入我大明府庫，則可以足財賦，備軍餉，平亂民，抗外夷，其利甚大！」

說到此處，他伏下身子，向皇帝叩首道：「臣的話說完了，伏惟陛下明鑒決斷。」

崇禎早就不耐煩，若不是看他三朝老臣，年事已高，滿頭白髮仍是勤勞國事，自己也曾親下諭旨，誇讚他「老成體國」，又將他召來北京諮問國策，早便將他喝斥退下了。因皺眉向他道：「國家以農桑爲國本，斷乎不能以工商爲重。先生退下！」

見何喬遠仍想說話，崇禎忙向劉宗周道：「你來說說！」

「陛下，臣意與陛下同。國家當以農桑之業爲本，我朝立國兩百餘年，未曾與百姓爭利，也不是一樣致天下太平？現今國事紛擾，首要還在教化人心，刷新吏治，撫流民，治軍備，徐圖更改之。何大人所言雖是有理，到底是劑猛藥，需天下太平，諸事順諧之時，再議不遲。」

「朕意亦是如此！即刻著有司商議海禁一事，勿使滋擾百姓爲要。」

他沉吟一下，覺得此時觸怒張偉到底不妥，又道：「那張偉公忠體國，還算得是勤謹事上。賜其都指揮使司的世職，好生撫慰著，不使其滋事生亂。至於江南兵備一事，著南京兵部尚書切實整頓，著左都御史劉宗周巡按檢視，務要確保江南無事！」

這次廷議過後不到半月，張偉於台灣已是知道經過。與何斌閒談說笑時提起，渾當是笑話，倒是從呂宋回台述職的施琅聽了之後大驚失色。見張偉與何斌二人神色自若，渾然不把此事放在眼裏，急道：

「這事情可非同小可！若是朝議之後當真遷海民，毀船廠，禁絕商人出海，咱們在台灣的工廠雖然還能賺南洋貿易的銀子，不過內地出產的商品出不來，咱們這裏造出來的布匹、菸捲、火柴入不得內地，再加上人員來往斷絕，別說賺錢，咱們簡直就成了睜眼瞎子啦！」

張偉搖頭微笑不語，何斌卻先啃一口西瓜，向著施琅嚷道：「尊侯，不必著急。這是從冰窖裏剛起出來的，汁多肉甜，是咱們台灣出產的上好西瓜。你在那呂宋椰子吃的多，這玩意是好久沒吃到了吧？」

施琅面色凝重，勉強吃上一口，向何斌答道：「是，那裏甚少這麼好的西瓜，我已命人帶了種子過去，呂宋天氣比台灣還熱，估計也能生出不錯的來。待長了出來，自然要命人送給兩位兄長品嘗的。」

又納悶道：「怎地你們現下涵養城府這麼深了？這才多久沒見，二位就歷練得如同宰相一般了。朝議的事，竟似全不理會，倒真教人佩服。」

張偉見他舔唇咂嘴吃得香甜，卻又凝神皺眉的想著朝議的事，因大笑起身道：「尊侯莫急，這點兒小事還難不倒咱們！」

他向一頭霧水的施琅解釋道：「別說從朝議有結果到派出大員出巡地方，到知會地方官員準備，到真正實行，以大明官僚習氣，拖沓無能的辦事能力，你道真能將咱們逼死麼？」

輕蔑一笑，向何施二人道：「書生見識！當真是可笑之極，世宗時倭人犯境，一直到萬曆年間，朝廷何嘗停過海禁？汪直那會兒，大明國力還是強盛之時，都管不了走私商人，這麼大的國家，辦起事來有那麼容易的？」

「這倒也是。不過當真施行起來，於咱們還是大有不便就是了。」

何斌見張偉神色，知道他要與施琅交代大事，便起身向四周圍侍的下人揮手道：「都下去，沒有傳喚不要進來！」

見下人皆魚貫而退，房中再無外人，張偉乃向施琅正容道：「你說得對，雖說咱們不怕，到底還是有諸多不便。從朝議來看，現下的這些所謂的正人君子對咱們都是一肚皮的成見，想拉攏，是很難了！」

何斌向施琅問道：「你來台之後，可去那些菸廠和絲廠、布廠看過了？」

施琅點頭道：「全數都看過了。這菸廠也罷了，我不吸菸，對這些東西殊無興趣。這絲廠和布廠當真了不得，也虧志華兄想的出來！依我看，若是朝廷不禁海運，咱們三年內，就能把江南的幾千家絲布作坊打垮，整個大明南方都得穿用咱們的絲布！」

「不錯，若是給咱們多來幾十萬工人，多造幾千家水力工廠，別說是中國，就是全南洋，那些白種夷人的地盤歐洲，都得穿咱們製造的絲布了！」

「廷斌兄，現在台灣便有過萬的織布工人，每年出產的數量已足夠往內地銷售了。這絲布不比他物，只要家裏還有點餘錢的就得買來穿用。江南絲布都是幾十幾百人的小作坊，生產的方法也不如咱們，成本比咱們高出許多。咱們的布運將過去，立時就能把全南方的紡絲織布業打垮！到那時，銀子還不是想怎麼賺就怎麼賺。」

張偉聽他二人說得熱絡，卻忍不住打斷兩人話頭，向何斌笑道：「廷斌，帳不是這樣算的。若咱們真的那麼做了，不給別人留條活路，只怕不是賺錢子，是大把的賠錢啊。」

他擺手道：「比如那些布廠作坊什麼的都破了產，那些失業的工人怎麼辦？」

施琅詫道：「這可是朝廷頭疼的事了。他們不是說什麼大明以農桑立國，不以工商爲重，不與小民爭利麼，這些人，正好可以回去種地。」

張偉從鼻孔中哼將一聲，向施琅道：「誰說江南是朝廷頭疼？那麼大一塊富庶之極的地方，留給朝廷去破壞浪費麼？當初我若不是在台灣一手一腳的苦拚苦熬的，而是把江南那幾個省給我治理，五年內，我能蕩平南洋，二十年內，能教大明疆土擴大十倍！四十年內，我能教有太陽照射的地方，都有漢人的疆土！」

何施二人知他說的雖是狂放，卻也並無誇大之辭，他當初與何斌施琅赴台創業，除了十幾條小商船，百餘名手下之外，再無他物。縱使連住的地方，也是臨時搭建的茅舍。現下不過六七年光景，台灣已有百多萬人，十餘萬軍隊，可用來縱橫四海的無敵水師艦隊，襲遼東，伐倭國、戰呂宋、奪瓊州，皆是無往而不利。地盤越來越大，手下文臣武將無數。除了行事手段

稍顯霸道，治台方略皆以法理而行，不以那些儒生所云的王道教化之外，當真是全無缺點，是千百年來少有的大英雄，大豪傑。

只是張偉脾氣也是怪，屬下無論是何人拿這一番話來誇讚逢迎，皆被他罵得狗血淋頭。他常道：「我算的什麼！只不過是運氣好罷了。別說不能與前賢相比，縱是袁督師的才略，也是遠過於我！」

別人不知道張偉自覺是因來自未來，知道歷史發展的方向，占了先手方無往而不利，是以不喜人誇，各人被罵之餘，反又誇讚張偉謙遜，不肯比肩前賢，張偉縱使聽到，也是無可奈何了。

何斌見張偉叉腰四顧，一副豪氣干雲模樣，因失笑道：「志華，這會兒又不是在桃園兵營校閱，何必如此。」又笑道：「初識志華時，覺得不過爾爾。不料倒當真讓他幹出一番事業來！此人別的長處也罷了，唯有這眼光見識，當世無人可及。是以不論是做什麼，我何斌總歸押他這一注就是了。」

說罷目視施琅，待他說話。

施琅知道此番召他回來，必有大事。此時何斌有拿話試探之意，便忍不住哂然一笑，向何斌道：「廷斌兄，你何時也學得這麼狡猾！」又看一眼張偉，又笑道：「難不成是近墨者黑麼！」

三人一齊笑了一回。施琅方正色道：「自天啓四年起，我的性命便交托給志華兄了。蒙兄不棄，一直視我爲腹心，施琅不是不知好歹之人。台灣有才有德之人甚多，唯我從當年的鎭遠軍統領到現下的水師總管，一直這麼做將下來，可不都是志華兄信重於我，方能如此？兩位大哥有什麼話，只管說來。便是現下讓我帶著水師去炮轟北京，我也只管遵命去做就是。」

「那倒也不必，咱們就要對江南動手了！」

施琅待張偉話音一落，便急問道：「此事非同小可！你們可考慮過整個南方明軍實力？北方明軍動向如何？關寧鐵騎若是被調過來又將如何？明軍水師雖弱，不過要是荷蘭和英國被大明說服，與他們勾結起來對付我們，又該當如何？還有，最令我擔心的便是關外的皇太極，若是他趁著這個機會，毅然入關趁火打劫，咱們不是爲他人做嫁衣？縱是守住南方，可是北方也必將不保，必將成爲南北對峙之勢！」

張偉聽他連珠炮似的問完，一時卻不急著做答，向著何斌點頭道：「尊侯這些年獨當一面，確是長進了！」

施琅聽他顧左右而言他，不禁急道：「到底如何，你們商討的到底是何計謀，此事該當如何進行，又如何考量我適才說的那些？志華兄，你倒是說明白些可好？」又拍腿埋怨何斌道：「廷斌兄，我一直說你老成厚道，怎地今日也來與弟調笑！」

張何二人見他著急，不禁相視一笑。

那何斌笑咪咪開口道：「若論些陰謀詭詐的事，志華倒是與我商量。那事情我與他已經辦妥，現下只待時機一到，便可發動。你所說的起兵藉口，已全無問題。至於軍事上的安排與打算，志華想必是與漢軍的那幾個參軍，甚至與江文瑨書信往來商量，其中的奧妙，我也不懂，倒不是故意與志華一起來捉弄你。」

他擠擠眼，向施琅笑道：「志華他近來總算是有了後嗣，心情大好之下，比前陣子變了許多。若是半年之前，只怕喚了你過來，草草交代了便是，哪有閒心同你說笑！」

施琅聞言大悟，亦是微笑道：「原來如此，廷斌兄此語甚是有理，今朝踏破旁門，方見此間真意啊！」

他將心情放鬆，張偉卻已慢慢斂了笑容，向施琅正容道：「攻打大明的事，現下除了你，便是陳復甫與江文瑨、張載文、王煊、卓豫川等人知道。今日與你商量之後，萬萬不可令他人知曉，若是現下就泄了密，其禍非小，你要仔細！」

施琅鄭重點頭，答道：「這是自然！」又詫道：「怎地連復甫兄也知道此事？」

「復甫的才幹機智，還有對天下大勢的眼光，絕不在我之下。此番攻明之事非同小可，我哪能不與他商量！僅是他給我出的『靖難』的大義名分，以用來說服那些頑固不化的老古董們，便是絕頂的好主意。」

見施琅納悶，張口想問，張偉擺手道：「這些你且不管。你現下要做的，便是將呂宋島上的一萬二千名漢軍，運回六千人來，以充實漢軍的實力。」

「那麼呂宋怎麼辦？萬一那西班牙與葡萄牙聯軍攻打過來，那又該當如何？」

「西葡兩國的動靜，我已聽英荷兩國的駐台使節說了。那西人國王聽說呂宋被咱們攻下來，人也殺個乾淨，自然是暴怒異常。當即便要出兵過來攻打咱們。只是知道咱們的陸軍實力後，卻一時又犯了躊躇。海軍的實力，他雖仍在我之上，不過想在南洋同我打，還需調動本土與南美的力量，組成聯合艦隊，再加上最少三萬人以上的陸軍，方可與我一戰。失去呂宋後，那西班牙的收入降了一大截，正是財政緊張的時候，哪有錢去擴軍，哪來的錢同我打消耗戰！加之那葡萄牙人原是被西人兼併，並不心服。在南洋和澳門又有大把的利益，哪肯為別人賣力拚命？是以他們吵了個把月，卻是全無結果。以最新的消息看來，他們多半是要再想別的法子，直接和我火併的主意，是想也別想了。」

張偉皺眉道：「我只覺其中有些不對，定然是被那西班牙人尋到了我的破綻，只是我想來想去，卻是百思不得其解，也只得罷了。漢軍撤回六千來，其實也不甚緊要。留著一萬多漢軍，原本是因呂宋局勢不穩，用來彈壓當地土著。現下呂唯風幹得不錯，聽說他在當地招募了不少漢人軍人，以大刀長矛加少量的鳥槍土炮，組成了靖安軍，又拉攏了不少土人首領，分而化之來統治。再加上全呂宋島上星羅密布的漢軍堡壘炮台，全呂的局勢已是穩定，比之當年西人統治還更勝一籌。」

「這話不錯。那呂唯風確實是能力超卓，又是難得的踏實肯幹。再加上兄長派去的官學子弟和台灣精幹官吏輔佐，還有當地漢人協助，呂宋那邊已是固若金湯了。他徵集了幾十萬民伕，在宿霧和馬尼拉港修了大量的炮台長壘，西班牙人就是來了，也最多打打海戰罷了，想要登陸作戰，我看非得有五萬人以上。隔著幾萬里海路，想也別想！」

他略一遲疑，又道：「只是此人很是囂張跋扈，在台灣時就有些恃才傲物的模樣，在呂宋更是了不得，簡直就是一言九鼎，有時連全斌也要吃他的虧。還好對兄長的交代卻是從不敢駁回，比如那尋金礦一事，雖然幾個月來只尋到一個小礦，卻是一日也未曾停過。至於銅礦，已開始鑄成銅器，並在呂宋發行銅錢了。我還聽說，兄長你打算在台灣也發行呂宋的鑄錢？」

張偉點頭答道：「正是。咱們現下每年得的金銀不少，不過百姓到底不能日入斗金，有些物什，用金銀交易也很不便。比如那燒餅油條，總不能讓人用銀子結算。現下咱們用的是大明鑄的銅錢，銀賤銅貴，吃虧甚大！待我正式舉兵起事時，便開始由呂宋鑄銅，銅四鉛六，鑄成大漢通寶。內地銅銀比價是一千二百文兌一兩銀，咱們的成本比內地小的多，估計實價是九百多文便可抵一兩銀。依著一千文兌一兩的官價，仍是可以占不小的便宜。」

他將手中摺扇搖上一搖，扇起一陣涼風，向著何施二人笑道：「做生意久了，什麼事都打算盤。其實若是攻下江南，整個南方都是我的地盤，那時候用銅錢搜括百姓的銀子，實則還是在搜羅我自己。這銅銀比價如此之高，還是因大明的銅礦開採的不好，流通時又被雁過拔毛，成本太高！」

何斌笑道：「銅價高，百姓花一千二百文的銅子才能兌換一兩白銀，官府卻是只收銀子，比價卻是依著官價，生生的就盤剝了兩百多銅錢。內地百姓生活甚是艱難，辛苦從土裏刨食賺的幾個銅子，就這麼著進了官府的腰包。這樣的朝廷，不亡才是沒有天理！志華能想到搜括百姓就是跟自個兒過不去，將來就是稱王稱帝的，想來也是惠澤天下，斷不至有鼎革一事了。」

張偉嘆一口氣，黯然道：「從周王定鼎，始有華夏，有漢秦之威烈，有唐宋之富強。哪一朝的開國帝君不是勵精圖治，希圖讓百姓過上好日子？唐太宗貞觀之治時，斗米不過三四文錢，一年的列刑犯人不過二十九人，行遍大江南北不需持刃，這是何等的恢宏氣度！左右不過六七十年，天下又復大亂。如此周而復始，中國每三百年必大亂，兵凶戰危，多少典籍被焚，宮室被毀。我聽那些個夷人說起故國，竟有千多年的建築保存至今，而中國的秦漢唐宋，又有哪一朝的宮室留存下來？是以我一則絕不會盤剝百姓以自娛，亦不會自詡為聖君而不行改革之事。前一陣子我令人在《太學報》上商討興亡之事，雖然爭來辯去的沒個結果，到底大家暢所欲言，將來總歸有個制度出來，不使興亡更替的老路在我張偉手中繼續下去。」

何斌聽他感嘆，想起一事，向張偉問道：「聽說那黃宗羲要寫一本書，叫什麼《明夷待訪錄》，說的是君王以天下奉一人，最是無情殘暴之人，需要以文臣遏制帝權，尊士權、開言路、不以帝王一人為尊，而是與士人共治天下。這可是出於你的授意？」

他嘿然一笑，指著張偉笑道：「這定然是你的計謀。讓這毛頭小子出頭，借他父親的聲望來行此事。可憐那黃尊素一世道學，兒子卻被你拐得不務正業，成日裏只顧著忙這些，學業經書都拋到一邊。他老子來尋我幾次，只說要舉家回南京，求我通融，我也只得敷衍罷了，卻是被他攪得頭疼！」

張偉嘿然一笑，道：「我管他！這些老夫子，士農工商中他們最大。除了念上幾本死書，對政治軍事，乃至人情世故，工商貿易一概不懂，偏又以救天下而自詡，當真笑話。比如那劉宗周等人，論起品行來一等一的好，然而好心辦壞事的人就是他們。那孫承宗和熊廷弼是何等的人才？鎮守關外時，就是這些文官起勁攻擊，什麼勞師費餉，畏敵不前，硬是逼得皇帝撤換，當真混帳！我雖不能斷然將他們如宗族那般剷除，想我事事聽從他們的計較，卻也是休想了。我便是不放人，能將我怎樣？不過是背地裏嘀咕幾聲罷了！」

施琅見張偉與何斌說得熱絡，由呂宋撤兵一事又扯出長篇大論來。他是單純的武夫，對這些事絕不關心，因向張偉急道：「咱們還是說出兵的事，可成？既然那呂宋依兄弟的意思可以撤兵回來，那麼我的水師，想來也是可以回來？」

「正是。留下些近岸的炮船，防著走私和哨探敵情就是。水師主力回台，準備隨時策應南方戰事！」

第六章　莊宸二妃

莊妃小心翼翼地在宸妃背後墊上絲綿被面的棉被，因宸妃身體極是虛弱，加上這小院周遭都是樹木，故而雖然是酷暑天氣，房內卻仍是十分陰涼，是以宸妃夜間還需蓋上薄薄的棉被，此時用來墊在身後進食，倒也方便許多。

他思維被施琅拉將回來，背著手在房中轉了幾圈，又令道：「先派回幾艘大艦來，保護台灣運往瓊州的運輸船，大陸戰事，我軍勢必將以少搏強，漢軍倚仗的就是先進的火器和犀利的火炮，後勤補給一事很是重要。稍有不慎，便是漢軍致敗之由。若不是我早有準備，早前買進了最適合運輸的晉江馬，又造了大量的載重馬車，縱是有海路補給，一萬多漢軍在南方的作戰補給，也不是件容易的事。」

「至於水師主力，自然要派大用場！漢軍實力雖強，明軍也有幾股強兵堪與一戰。但明朝

全無水師，咱們的水師可堪大用。你此番回呂宋後，將防務移交，託付給可信任的屬下，立時便要帶著水師主力回台備戰，你可明白？還有你的四千水師陸戰兵種，海上陸上都可作戰，是我苦心建立以備大陸爭戰所用，這可是一股隨時可以出動，瞬息千里的突襲力量，將他們全數撤回。水師艦船該修則修，多加訓練，只要我一聲令下，便可立時出動！」

「是，兄長放心。漢軍水師原本就是精銳，既然大哥有吩咐，我立時回去準備就是。」

張偉搖頭道：「現下不過九月，北方戰局正是僵遲，那皇太極多半在十月之後方能入關。現下起事困難頗多，皇太極入關之時起事，會被人說支應女真，別說會幫了這些女真人的忙，就是名聲上也不好聽。是以能拖則拖，估計著此時那劉宗周還未從京師動身。他便是來了江南，憑他也難以整頓數百年的積弊，倒是可以全然不理！海禁一事，年前亦斷然難以發動，待他們預備開始時，咱們就能動手了。」

施琅先是低頭默算，半晌方抬起頭來，被海風吹得黝黑的面孔略帶一絲激動，向張偉問道：「這麼說來，發動的時間該當在年後了？」

「現下看來，應是如此。我與廷斌安排的事，也該當在年前發動，待年後朝廷有了舉措，咱們正好借此起兵！」

當下兩人談談說說，擬定了許多細務，待到了中午時分，柳如是親自在外叩門，向房內笑道：「幾位大人，軍國大事商量完了麼？就是沒完，在府裏不比外面，還是先用飯的好，用完了飯，再商量，可成？」

三人原本還不覺得，因談的都是關係台灣及眾人前途乃至性命的大事，何斌縱是不懂軍務，亦是睜大了眼細聽。此時聽那柳氏一說，各人方覺得腹中饑餓，看看時辰，原來早已過了午時。

張偉便笑答道：「有勞夫人費心，咱們這便出來。」說罷向何施二人一笑，道：「咱們也是許久未在一起，就這麼著，今日無醉不歸！」

張偉親自打開書房房門，與何斌施琅兩人迤邐而出，見柳如是笑吟吟站在庭院之中等候，便歉然道：「我們幾個一說事，便忘了時辰，卻教夫人跟著挨餓了。」

「這算得了什麼，伺候飲食原本就是我的分內事。」柳如是見施琅呆著臉站在書房門前階上，忙向他笑道：「施爺，這一向可好？」

施琅呆了一呆，見是柳如是致意，忙笑答道：「有勞嫂子動問，我諸事都好。嫂子有孕在身，今日叨擾，施琅很是過意不去。」

柳如是不再客套，微微又向何斌福了一福，便告一聲罪，領著十幾個丫環婆子穿角門而去。

依張偉心思，原本是要她做陪，不過古人規矩甚大，絕沒有讓女子陪著幾個男人喝酒吃飯的道理，是以笑咪咪看著她離去，對何斌、施琅道：「兩位，請吧？」

施琅自台灣赴呂宋已久，原本與張偉商議大事尚且不覺，此時見了柳如是溫柔賢淑，想起自家娘子，又想到雖然戰事尚遠，卻需自己即刻赴呂宋指揮撤兵一事，再加上需在台灣整束水師，是以時間甚緊，在台灣至多待上三五日便需上路。此時心情自然不免有些異樣，見柳如是遠遠指揮著僕役往此處送上酒菜，忍不住心裏一酸。卻怕張偉何斌看出，急忙尋個話頭來說，向張偉問道：

「志華兄，嫂夫人身邊的那女子是哪一位？是兄長新納的妾侍麼？」

張偉扭頭一看，見是莊妃侍立在柳如是身邊，她因身分畢竟與眾不同，是以穿著打扮與尋常僕婦截然不同，站在柳如是身邊顯得分外顯眼。因在外不便，便將施何二人讓到內堂設宴之所，待僕役們將飯菜送上，方將莊妃一事與施何二人仔細說了。

何斌卻已聽張偉說過，施琅因一向在外，張偉自不會巴巴的將這些小事告訴他，是以反是頭一回聽說。

沉吟半晌，方向張偉鄭重勸道：「咱們去年剛在遼東大殺大搶的，這女人雖是蒙古人，到底蒙漢之間關聯甚深。咱們衝到他們汗宮，燒殺搶掠，這其中未必沒有她的親人好友！她年紀雖小，聽兄長說起其行事，也不似無知婦人，現下不但不求死，不想逃，反倒盡心竭力的幫著嫂夫人治理家政，小弟以爲，此事斷然沒有這麼簡單！」

張偉聽了一笑，又將莊妃鼓動柳如是赦免犯罪軍官一事說了。此刻不但是施琅，便是何斌亦是面如沉水，向張偉急道：「你既然知道她不簡單，又何苦如此？尋個小院，將她與那宸妃一併關將起來，待時機一到，令皇太極贖她回去便是！」

「正是因她心計深沉，我才故意留她下來，試上一試。現下心中有數，自然會多防備她。她一個小小女子，能翻起什麼大浪來不成！放到外面，這才真正令我不放心，要麼將來監禁她終生，不得離台，否則放縱她在外面亂竄，台灣的底細全數被她知道，那才是了不得的大事。留在府裏，我又派了心腹家人暗中監視，倒要看她能翻出什麼大浪來！」

施琅與何斌聽他如此一說，方覺放心，當下便不再多說，三人在房內邊飲邊說，施琅一直待諸事議定，又喝得微醺，向張偉告一聲罪，急匆匆回府去尋自家娘子去了。

那莊妃大玉兒卻不知張偉早知道她心懷不軌，陪著柳如是伺候完張偉等人飲食，命人裝了幾個精緻小菜，放在紅漆托盤之上，命一個老婆子端著飯菜，隨著回自己所居住的偏院而去。

她居處與張府其餘家人不同，這小院是張偉特意為她與宸妃所建，原本是一個三間的廂房，張偉令人在廂房四周建起青瓦馬頭牆，又令人在院中植些花草樹木之類整飾，雖不如她們在汗宮的宮殿，卻也別具風味，住起來亦是頗為舒服。

只是張偉雖不擔心這兩人能逃出府去，卻甚是擔心她們仍要尋死，因而在這院子內外安排了十幾名健壯僕婦隨侍，若是這兩人有甚異動，便可立時將她們制服。

待莊妃進了院門，逕自入了廂房裏屋，命送飯的婆子將飯菜放下，便吩咐道：「妳下去吧，我親自餵飯，不需你們了。」

那宸妃身體病弱已久，雖張偉四處延醫醫治，又不惜重金購買人參等大補的藥材給宸妃進補，卻仍是無法令她的身體好轉，病情一日重過一日，若非張偉盡心，莊妃每日亦是悉心照料，只怕早便死於非命了，張偉因知其是心病，無法用藥醫治，偶爾過來探看，也只是長嘆一聲，便即離去，至於放莊宸二妃回遼一事，卻是提也不提。

「海蘭珠，吃飯了。」莊妃小心翼翼地在宸妃背後墊上絲綿被面的棉被，因宸妃身體極是虛弱，加上這小院周遭都是樹木，故而雖然是酷暑天氣，房內卻仍是十分陰涼，是以宸妃夜間還需蓋上薄薄的棉被，此時用來墊在身後進食，倒也方便許多。

宸妃此時臉色比之初來台灣時又差了許多，原本紅潤健康的膚色已是變得臘黃，因許久沒有喝水，上下兩片嘴唇都乾裂開來，見莊妃進來，她勉強笑上一笑，嘴唇上已是隱隱裂出一道道血絲。

莊妃見她如此模樣，忍不住埋怨道：「姐姐，妳怎麼還是這樣倔！咱們要想活著回遼東，還是得好好將養身體才是！」

她落下幾滴淚珠，向宸妃道：「難道不想見到那一望無垠的草原，不想見到疼妳愛妳的大汗？活下去吧，姐姐！只要活下去，才會有希望！」

她這一番話早說了無數次，初時宸妃尚為之動容，勉強自己進些食物，喝些中藥。待時間長久，這些話早失卻了效力。宸妃淡淡聽她說完，也不答話，只向著她微微一笑。過了良久，方張口道：「妳今日這時辰才回來，又是給那小女南蠻子幫忙去了？」

這宸妃脾氣甚倔，當初被俘至台後，一心尋死，水米不肯進。後來還是張偉下令，尋了這些婆子來強迫灌餵食物，一天天下來，方令得她又重新進食。只是拿定了主意，在張府做些灑掃的粗活，以勞力換取食物，方吃的安心。待身分暴露，張偉下令厚待於她與莊妃，吃的用的穿的住的都頗是優厚，宸妃卻是不肯領情，每日仍是粗茶淡飯，而且決不使喚張偉派遣過來的僕役。是以此時雖然渴得嘴乾唇裂，自己無法起身，卻不肯讓僕役幫忙。那些老婆子丫頭對她殊無好感，各人也不理會於她。莊妃平時裏不忙還好，可以隨時照顧，一時有了事情，比如今日，就只能讓宸妃先苦捱了。

莊妃拭去淚珠，知道無法勸回這個脾氣倔強的姐姐，便只得將她扶好，用小調羹一口口餵她吃那些備好的飯菜，宸妃腸胃已是甚弱，葷腥之類早就消化不動，只是吃些清淡小菜，喝些調配的補粥。待莊妃一勺勺地將紅棗糯米粥餵完，又挾了幾筷筍片香茹這類的小菜讓她吃了，用絹綢手帕將宸妃嘴角上的飯漬擦淨，方才完了此事。

宸妃倚躺在床上，待莊妃收拾完了，方向她嘆道：「大玉兒，妳成日裏這樣為人操勞，何苦來著。那張偉心狠手毒，斷然不會放咱們回去，妳又何苦為他賣命。」

「我也不全然是爲這個。咱們若是每日裏坐困於此，才是一點機會也沒有。我常跟人接觸，也是想尋找機會。」

她眼中射出寒光，向宸妃道：「姐姐身體這麼弱，萬一有個好歹，我一定要尋機會讓那張偉爲妳償命！」

宸妃長嘆口氣，猛咳了幾聲，蒼白的臉上泛起一絲絲紅暈，向著莊妃柔聲道：「大玉兒，妳還真是小呢。十幾歲的年紀，肯忍辱負重，動腦筋方法做事，這一方面，姐姐就比妳差得遠了。不過，妳到底年輕，被人利用也不知道。那張偉是何等樣人，知道妳的身分後能不防備？這些婆子是防著我多還是防著妳多？妳每天出來進去的，是不是一直有人盯著妳？還有，妳打聽消息，是不是沒有人敢和妳說外面的事，縱是相處好的，也休想得到半點消息，可對？」

她年紀比莊妃大上許多，雖看起來溫柔嫻淑不理外務，其實心思縝密細緻不下莊妃，至於城府心機，卻是又強上許多，能得皇太極愛重，甚至與她商討軍國大事，哪裡能是等閒的女子？此時莊妃被她一說，她又不笨，當下在腦子裏略想一想，便已是什麼都明白了。

因見莊妃泫然欲泣，輕輕拍拍她手，安慰道：「這也怪不得妳，妳心熱，年紀又小，難免會有破綻，是以方被張偉看穿。」

那莊妃此時氣極，一張秀麗的面孔漲得通紅，絞著雙手道：「虧我還當真拿那柳如是當姐妹，原來她是與張偉合起來哄我，拿我耍樂。我原看她可憐，年紀與我相近，卻不知道心機深沉至此。」

「這倒不是。」宸妃又猛咳幾聲。又想起那次柳如是親來探望的事。柳如是未與張偉大婚之前，便已知道莊宸二妃身分，因張偉身分不便，她倒是常與二人接觸，想著法兒百般安慰，不使二人尋死。

到得後來，莊妃到底年紀尚小，雖是深恨張偉帶著兵馬在遼東燒殺搶掠，卻對柳如是再無芥蒂。宸妃雖不如莊妃一般，卻對柳如是亦肯敷衍幾句。柳如是與張偉成婚之後，更是沒有忌諱，有事沒事總要來探看幾回。便是在十幾日前，得知宸妃體弱，柳如是巴巴的令人帶了從走私買來的長白山人參，還有些遼東土產，親自給宸妃送了來。那一日，她便是坐在現下莊妃所坐的地方，以其一慣的儀容神態，微笑著為宸妃排解心事，後來見宸妃懶怠理會，卻也不惱，只是將東西留下，便告辭而去。

宸妃自然不知，那一日柳如是來探望之後，甫一出門，便輕聲說道：「男人的事，總不能讓女人承擔苦難。」以她的心思，敵國相爭還不斷來使，便何況只是兩個弱女子，持了這個想頭，後來便相機勸張偉放她們回去，只是張偉不肯罷了。

那宸妃只知柳如是心思單純，雖然才學智慧並不下於眼前這個精明強幹的妹妹，心卻是與尋常女子無二，在政治上是極幼稚的。

「大玉兒，妳莫要急。那柳如是沒有妳想的那麼厲害，依我看來，她也只是那張偉的牽線

木偶，依她的性子，心裏若是有事，臉上總是瞞不住的。妳聽我說，還是要和她多接近，攛掇著她勸張偉放咱們回去。即使不能如願，能讓他們夫妻不和，也是妳的功勞。那些丫環婆子不敢和妳說話，妳不能和她們說麼？別論好壞，把府裏的消息有事沒事的和那些進來做散工的人嘮叨幾句，不就傳出去了？」

她沉吟著，又接著說道：「姐姐的身子是不成的了，估計著是回不去了。待妳有機會回到遼東，一定要好生提醒大汗，這張偉將來必定是咱們後金國的死敵，一有不慎，只怕女真和蒙古兩族，都會毀在他的手上。」

莊妃納悶道：「姐姐怎地好像知道這張偉必定會放咱們回去？他若肯放，只怕早便放咱們走了，又何必一定要等到今天。」

「那是他在等，等著最好的時機。咱們姐妹好比是漢人所說的奇貨可居，現下他不放，定然是時機未到。妳道他那麼好心，就這麼把咱們放府裏養著？」

「是，姐姐既然知道，那就好好的將養身子，待咱們回到遼東，才能親眼看到大汗爲死難的八旗，爲咱們姐妹所受的委屈，報仇雪恥！」

她兩人說得熱絡，因房門緊閉，內室的窗子又打開了，防著人在窗外偷聽，是以放心說了這麼許多。卻不知道張偉早就令人在她們搬來之前，便在特意爲她們搭建的土坑下面留了孔隙，此時這兩人說的話，早被人聽了個清清楚楚，抄成了節略，送與張偉觀閱。

「嘿，這宸妃也算是個角色！竟然知道自個兒是奇貨可居！」

張偉嘖嘖兩聲，將手中的節略一扔，躺回書房中的太師椅上，輕輕撫著額頭，心中默想道：「皇太極出兵之前，我便是告訴他這兩人在我處，只怕他也是沒有心思索回。待他從山東回去，幾十萬百姓和幾百萬的金銀在手，不出意外，便是連魯王也被他捉去，失去的聲望想來是一戰而回，我便在此時，在向明廷動手之前，詔告天下，把他兩個老婆在我手裡的事公之於眾。一則他威望受損，二來心愛的女人在我手上，難免會影響他的心緒。這人一世雄傑，唯有『情』這一個字，能令他慌亂。」

想到此處，他輕輕一拍手，府內隨侍的長隨立即應聲而入，垂著手問道：「請爺的示下。」

「去，把那西洋畫師給我叫過來！」

那長隨應了一聲便去，立時便將張偉在台灣眾洋人中尋得的優秀西洋畫師叫了過來，一聲稟報後，得了張偉應諾，那畫師便躬著身子進來，向張偉先是鞠了一躬，方操著半生不熟的漢語問道：「將軍大人，請問有什麼吩咐？」

張偉原本在閉目沉思，此時不免張開雙眼瞅他一眼，卻見他身著明朝的百姓服飾，青布布衣，白布褲、藍布裙，白布襪、青布鞋，戴皂布巾。見張偉看他，便垂頭討好一笑。

原本他金髮碧眼的，穿著漢人衣飾就頗爲滑稽，此時又以近一米九的身高做此媚態，張偉

當真是笑不可遏，指著他大笑道：「當真好笑，這身衣服穿在你身上，當真是有趣！」又笑道：「你是我府裏的畫師，不知道是誰惡作劇給你弄了這麼一身衣服。這麼著，一會兒我令管家給你做一身士人的服飾，也好看一些。」

見那洋人連連點頭稱是，卻是一臉茫然，顯是不知道士人衣飾與這一身百姓裝束有甚不同，卻也不與他再說，只是問道：「我前番吩咐你的事，一直也忘了問，你辦得如何了？」

那洋人一臉茫然，一時卻想不起來。張偉每日用他之處甚多，雖不常見面，指令卻是一個接著一個，他哪裡能想起是吩咐的何事，便低聲問道：「可是大人吩咐的，要將府中後花園畫面油畫，讓夫人鑒賞的事？」

張偉頓足道：「狗才！這種小事我巴巴的喚你過來？是後院那兩個蒙古女人，我讓你仔細觀察，必要畫得形似神似，你辦得怎樣了？」

那畫師嚇了一跳，已想了起來，此事是張偉親自召他前來交辦，哪裡敢怠慢，急忙答道：「這事情我已經辦好，畫成了幾幅，只等著將軍查驗。」

「立刻令人取來！」

待那幾幅西洋油畫取來，張偉令人懸掛起來一看，當即便點頭微笑道：「論起人物寫真，還是西洋畫來的好。很好，已是與真人無二了！」

若是中國畫師，此時定然要遜謝幾句，那大鼻子聽張偉誇讚，卻只是笑咪咪點頭稱是，令身邊隨侍的張府長隨們不免又在肚裏鄙夷幾句。卻聽張偉吩咐道：「立時尋幾個人來，將這畫送去用拓板拓了，印它個幾千張，我到時候有用。」

眾人雖不明白張偉印這許多幅畫有何用處，卻是不敢怠慢，立時便有幾人捧了畫出去，尋了印刷師傅拓成木版，用油墨去印。

揮手令眾人退出，張偉看著這兩張懸於房中的兩名蒙古女人，後金大汗的寵妃畫像。雖是常見那莊妃，此時在畫上看來，見她兩眼笑咪咪看著前方，神情當真是純真可愛之極，又哪裡有什麼心機智謀了，活脫脫便是個十來歲的少女模樣。

他嘆口氣，將兩幅畫軸收了，知道是那洋鬼子搗的鬼，將莊宸二妃畫得青春可人，美豔端莊。想來是不知道張偉的意思，以為他貪圖兩女的美色，畫了在房中時時觀賞。

心中雖是略有不忍，心知自己為了打擊敵人，已將這兩名女子推到了風頭浪尖上。就是將來與皇太極達成協議，將這兩女放回去，只怕她們知道內情後，也是要恨自己入骨了。

呆立了半天之後，方自失一笑，心道：「你們女真人蒙古人不知道搶我們漢人多少女子，當年北宋末年，就連欽宗皇帝的皇后都被當時的女真人逼姦，多少宗室貴女被那些野蠻生番凌辱強姦，老子對你們，已經是客氣之極了！」

他在房中只管發呆，過了半晌之後，卻聽得門外有人走近了稟報道：「請爺的示下，爺一早就吩咐了，午飯後送走何爺施爺，就要去官學裏主持冠禮，現下時辰近了，不知道爺是去還

是不去？」

張偉大聲答道：「去，自然要去！現在就備車，我洗漱更衣後，立時便過去！」說罷立時令人送上漢軍將軍的袍服，他自去洗漱準備。

自從張偉決意動手起兵反明，那什麼寧南侯與龍虎將軍的袍服，便再也不肯穿戴。

待他洗漱換裝完畢，神清氣爽的由東角門而出，坐上早已備好的四馬高軒的大輅官車，四周已有三百名調齊的親衛圍住。張偉在台灣出行，有時或帶幾十名衛士，或是寥寥幾名，甚少有將身邊親衛召集齊備，穿戴整齊的事。此時鬧出這麼偌大動靜，這四周的百姓都是殷實富商，又或是台灣官佐居於此地，是以各人雖不敢上前圍觀，卻是各自由家中往外探看，一時間人頭攢動，當真是熱鬧非凡。

那駕車的車夫見張偉已坐穩，揚起鞭來，便待打馬前行。卻見馬車旁竄出一個士人裝扮的老者，揚手叫道：「張大人，且住。」因張偉近來放開言路，尊禮讀書人，那車夫不敢莽撞，只是向那人喝道：「什麼人，小心教車撞了！」

卻見那人推開上前阻擋的親衛，向車內端坐的張偉叫道：「張大人，請先止步。黃某有事要與大人商議。」

張偉轉頭一看，卻見是黃宗羲的父親黃尊素前來攔車，心中轉念一想，便知道是爲了離台一事而來。本待裝傻不理，卻又見他身後高攀龍、黃道周、吳應箕等在台的知名儒士盡數來到，想來是因近來官兵將高迎祥、李自成及張獻忠等人困在北方，南方已是無警，這些人當年來台，多半是因爲仕途失意，南方賊寇橫行，是以舉家遷台。此時江南風平浪靜，一個個便想離台而歸。各人開初還是只尋台北知縣史可法，後來方知史可法只是搖頭大老爺，全然沒有辦法。無奈之下，又尋了何斌等人求告，待後來乾脆有事沒事便來求見張偉，希圖由他發話，放各人離台而歸。張偉知他們用意，哪肯接見，每日裏只推是忙，敷衍了事。此時這些人竟不管不顧，埋伏於張偉府門之前，適才動靜鬧得大了，各人立時便奔將過來，由最著急的黃尊素帶頭，將張偉馬車擋住。

他雖不欲理，卻也只得令各人上前來，向這群海內大儒笑道：「各位先生，怎麼今日有閒，在此處閒逛？」

黃尊素急道：「大人，咱們哪有心思閒逛！只因小兒大比之期將近，若是大人還不放我們離去，這一耽擱又得三年！請大人下個手令，放咱們離台！」

他當先開口，其餘各人亦都上前，因都是飽學之士，有的曉之以情，有的動之以理，一時間唾沫橫飛，微方大義，說得張偉頭暈，忍不住在心裏嘀咕道：「這些人，平時自詡『無事袖手談心性，臨危一死報君王』；當年聞警，一個個溜得比兔子還快，現下沒事了，就想著回去，哪有這麼便宜的事！」

因向各人笑道：「諸位定然以爲張偉要強留，實則不然！」他皺眉道：「我哪是如此不講

道理的人？只是前番在呂宋與西夷交戰，近來傳來風聲，那西人已是派了大股船隊前來報復。不但呂宋、台灣，便是大明內地的沿海，也隨時會被突襲！如此兵凶戰危之際，各位先生都是國之瑰寶，我豈能放心讓大家冒此奇險離去？」

他這麼鄭重其事一說，各人又都知漢軍與西班牙人在呂宋結了生死大仇，將呂宋島上的西人盡數殺死。現下張偉言道西人大舉前來報復，各人雖疑他是托詞狡辯，卻也是不敢全然不信。除黃尊素仍堅持要即刻離台，其餘各人卻是心生遲疑，不似適才那麼堅持。

張偉亦是不耐與他們久纏，又笑道：「下午是台灣官學第二批弟子畢業與成年的冠禮，這批學子大半要入台灣講武堂深造，成爲我漢軍的頂梁柱，我已應了何學正的請求，要親自前去給學子們助興。諸位老先生都是前輩達人，不妨一起同去，爲這些末學後進一助聲威！」

當下也不待他們同意，便努嘴命道：「來人，給諸位先生備車，與我同去官學！」

由他一馬當先，身後諸親兵跟隨，又將那些儒生半推半送弄上車去，張偉忍不住肚裏暗笑，心道：「這一次官學畢業的聲勢，可比上一回大了許多。」

待到了鎮外官學門前，卻見何楷引領著一眾官學教授於正門前相迎。

張偉遠遠便命馬車停住，踏了腳蹬下來，急步向前幾步，對著何楷拱手笑道：「何兄，恭喜恭喜，自《古周易訂詁》之後，又有《詩經世本古文》一書，何兄大才，爲我台灣讀書人揚眉吐氣啊！」

第七章 大清來使

跟隨前來的滿人少年英傑索尼忍不住驚嘆道：「光這些青石路面，還有路邊的宮燈，便得需多少銀子？還有這大路兩邊，全是修飾整齊的高樓，咱們花了那麼多銀子重修的鳳凰樓不過兩屋，這路邊竟有五層的高樓，每棟房屋的正門前都懸掛著燈籠。此時雖是半夜，竟然不覺其暗！」

何楷自張偉強令改革官學後，總是心有芥蒂，此時見張偉滿懷真摯，又見他身後跟了一眾名儒而來。他不知道這些人原本是尋張偉鬧事，卻被他強迫帶到此處，心中欣喜，便向張偉回了一禮，笑道：

「這也是大人你注重文事，何某不過是隨喜罷了。有身後的那些大家在此，何某的小小成就，又算得了什麼。」

兩人寒暄一番，又等了身後諸人到得前面，方才一起攜手入內。由官學內主道而入，直奔行禮的操場。卻見那操場內站了黑壓壓近萬名官學子弟，年紀由七歲到十八歲不等。除了三百餘名十八歲的男學子要行冠禮外，還有數百名十五歲行及笄禮的女學子。

張偉雖致力改革，不准女子纏足，強令台灣的女童入學外，其餘卻也無能爲力。台灣各衙門斷然不肯收女學子爲官佐，各商號工廠也不會聘請女學子爲書辦會計。張偉倒是有心在漢軍內使用一些女學生爲護士，卻不料不但家長們不幹，便是學生亦無有願者。無奈之下，只得規定女童滿十五後，便可由官學而出。讓她們學些字，不做睜眼瞎子便是了。

當下由張偉在一女童頭髮上插了一根簪子，那女童蹲身向張偉行了一禮，便算是及笄禮完全。其餘各女都依次由師長父母插上簪子，依次向張偉行了禮退下。待女學子退畢，張偉眼前便是已全數換上了漢軍戎裝的三百餘名男學子。

講武堂因是軍官學校，由官學子弟入內學習，初辦之時學生和教員都是不足，學生甚少。前兩期畢業的百餘名學子因水師急需專業人才，已是全數被施琅帶走。現下一次就有三百多學子入學，張偉又是明確表態，這些學子兩年後一畢業，便是漢軍步兵中的低級官佐。

這些學生能文能武，論起學識能力自然是比那些老粗軍官厲害許多，看著這些雖嫌稚嫩，卻努力挺起胸膛，身著厚重的皮甲，按著腰間大刀的學生們。張偉向隨侍在身邊的何楷笑道：

「何學正，你看看，昨兒他們還是胎毛未盡的孩童，今日就成了糾糾武夫，其間變化何其大也！」

他此時興奮，卻忘了何楷是正根的進士，雖然心厭魏忠賢等閹人而棄官不做，到底是滿肚子的之乎者也，此時張偉將他的這些得意弟子盡數充入講武堂內，將來必定要在戰場廝殺，這讓一慣看不起武人，又一向以文統武的明朝讀書人如能能夠贊同？當下咳了一聲，向張偉道：

「好戰之國必以戰而亡，大人以武立台，卻不能以武治之。武力固然是重要，還是需要文治。這些孩子……」

張偉不待他說完，便擺手笑道：「好了好了！算我的不是，竟然向何學正說這些，咱們還是為他們行禮吧。」卻是忍不住哼了一聲，向何楷道：「那些洋人可沒有什麼萬般皆下品，唯有讀書高的說法。大丈夫生處亂世，該當提三尺劍平定天下，何必做尋章摘句的蠹蟲！我不但要在官學內提充人才入講武堂，還要新立少年講武堂，由七歲便入學，讀書寫字的同時，便可以學習軍伍之事。待成年後，便不需再學，立時就是我手中的利器！」

他這番話甚是刺耳，何楷等人乃至身邊諸人都聽到，除了張偉帶來的隨身親衛，各人都是臉上變色。

張偉略掃一眼，已知各人心中所想。嘆一口氣，心道：「怎麼幾百年過來，這些明朝的書生比之唐朝那些敢出塞求功名的詩人們，差得這麼多呢！我苦心孤詣的拉攏他們，優撫他們，卻仍是不成。除了少數一些年輕士人之外，再無人肯用心看，用心想，都只是些拘泥不化的古

董！」

他咬咬牙，將心裏翻騰的怒火強壓下去，無論如何，掌控全國之前，是不能和這些士人翻臉成仇的。只是想到那些無恥投降的文人們，那些在揚州閉目待死，眼看著親人被殺，卻連句話也不敢說的文人士紳們，心中忍不住一陣陣的光火，連帶看著何楷都覺得分外刺眼。

何楷卻不知道張偉的心理，突然見他惡狠狠看向自己，卻是不明所已，倒也不如何懼怕。只是向張偉拱手道：「請大人主持冠禮儀式。」

待張偉將一個個繁蕪的儀式主持完，筋疲力竭的往外行去，卻聽那三百多行過冠禮，象徵著已是成年男子的漢軍講武堂的學生們隨著教授們齊聲念道：「始加曰，令月吉日。始加元服，棄爾幼志，順爾成德。再加曰……」

就在張偉於台灣籌備伐明之事，務必要一戰而定天下大局的緊要關頭，南洋傳來了英荷交惡，開始惡戰的消息。雙方在南洋的實力都是強橫之極，英國由本國和印度派來了大量新造的大型炮艦，這些最少每艦都有六十餘門火炮的大型軍艦被分爲一二三四幾個級別，統稱爲戰列艦，無論是訓練還是裝備，又或是人員編成，縱隊分列，信號傳遞等等細節上，都遠遠超過了同爲海上強國的荷蘭。

英國人不愧是天生的海洋民族，因知道對方實力強橫，縱是英國全力造艦，亦最多與荷蘭持平。若是改造商船為火炮，荷蘭當時的商船噸位為世界之首，英國人又如何能夠抵敵？是以只是多造大艦，每船多裝配火炮，又精心研究戰法，制定戰術條例，務求在實力之外，最大限度的增強己方的海軍實力。

這次英荷海戰的發起，卻與歷史上英荷第一次大海戰爆發的理由有著驚人的相似。在通過葡萄牙人控制的麻六甲港口時，在南洋有著獨霸地位的荷蘭軍艦「巧遇」了英國艦隊，實力強橫的荷蘭人下令英國人降旗致意，方能通過。驕傲的約翰牛如何肯低頭？當下一言不合，立時乒乒乓乓開起火來，英軍當場便擊沉了兩艘荷軍軍艦，大勝而歸。

在雙方都找尋藉口開戰之時，這樣的小衝突便立時引發了全球性的英荷海戰。早有準備的英國立刻便對荷蘭宣戰，收得消息的英國人立時出動了駐守在泰晤士河港口的駐本國的強大艦隊，前往封鎖荷蘭的出海口，又派出輕型艦隊，往北歐打擊荷蘭的商船船隊。雙方的大型艦隊交戰數次，均是損失慘重，英國人雖是戰術先進，當先採取了集中艦隊，用縱隊依次攻擊的戰法，卻也無法將實力雄厚的荷蘭人打垮，雙方在歐洲陷入了僵持。海軍是如此，對商船的攻擊亦是如此，你來我往，無數艘英荷兩國的商船被軍艦攻擊，沉入大海。

待歐洲戰場的消息傳到台灣之時，已是崇禎三年的年尾，張偉於凜凜冷風之中收到消息，心中當真是狂喜不已。如此這般，南洋英荷成對峙之勢，而葡萄牙與西班牙必定會趁著荷英海戰，荷蘭在南美勢力大弱之機，搶戰南美的殖民地。相比之下，呂宋雖然是重要的轉口殖民

地，卻也不是什麼必爭之地了。

凌晨的台北碼頭卻不似內地碼頭那般沉寂，那白天裝不到貨的，便只能依著到岸的時辰，以編號唱名，依序上碼頭裝貨。若是碼頭官員三唱不到，那麼便依次類推，往後延號。以前還有船主睡過了頭，來遲了片刻，便只能重新算時辰，重新排號，這一耽擱就是好些時日。做生意的誰不知道手快有、手慢無的道理？於是雖然現下是寒風凜冽，仍是有幾十條大大小小的商船不顧天黑風寒，在橫亙於暗夜中的台北碼頭之外，憑著號籤排隊，等著裝好貨物出海。

「這幾位大爺，這邊請。」

幾名身著青布胖襖，頭戴氈帽的長隨在碼頭上垂手侍立，因見主子從船上跳上碼頭，各人忙上前攙扶。卻聽那早前就在碼頭等候，衣著模樣與那幾名長隨相同，頭戴瓦楞帽的張偉總管向那依次跳上碼頭的貴客笑道：

「幾位爺辛苦。我家主人正在府中恭候大駕，請各位隨我來。」

打頭的那人雖是身著錦袍，頭上卻亦是戴了頂不倫不類的氈帽，聽那張府管家說完，也不答話，只是在鼻孔中冷哼一聲，抬腳便隨他由碼頭向前而去。

他雖不言聲，隨他一同上岸的諸人中，卻有一人嘎著嗓子粗聲罵道：「娘的，好大架子！自己不來也就罷了，只派個管家過來，什麼東西！」

那張府管家老林跟隨張偉已久，還是張偉在澎湖行商時便跟隨在他身邊，最受信重的一位老人，別說尋常的台灣官佐要敬他幾分，便是何斌施琅等人，尋常也不敢得罪，只有張鼒等人沒事叫他幾聲「老貨」，還被張偉訓斥過。

那張偉從不折辱下人，又哪能容得別人在他的家僕頭上作威作福？這老林聽得那幾人如此無理，眼角一跳，已是決心讓他們吃吃苦頭。張偉家法甚嚴，什麼撞木鐘、收紅包這些事，老林自是不敢，不過以管家的身分，想讓客人吃些苦頭，那又有何難？當下也不答話，帶著這幾人及他們的貼身長隨，一眾十餘人迤邐出了碼頭，待到了通關驗貨之處，卻聽那守關的官吏遠遠向他們喊道：

「什麼人，吃了熊心豹子膽了！台北海關夜間禁止上岸，膽敢闖關者重罰，不知道麼？」

那守關的官吏邊向他們呼喊，邊向身邊隨侍的書辦令道：「寧書辦，過去看看，看是誰這麼大膽，當真是混帳！」

寧完我卻是不動，向著那關吏一彎腰，低聲稟報道：「爺，這事您甭管。適才是張府管家過了關門，說是代張爺接貴客來了。」

這寧完我原本是遼東遼陽人氏，二十來歲便曾中舉。後來後金犯境，攻下遼陽。他一時避居不出，後見皇太極施仁政得人心，正一心想著出仕後金，光耀門楣之際，卻又因漢軍襲遼，正好將他與其餘遼東漢人一起抓來台灣。眾遼人初來之時還很是怨恨，家園被毀，又被漢軍一路趕豬趕羊一般驅趕而來。各人都道來台之後必然還會受苦，誰知一到台灣，卻是比在遼東舒

適許多。什麼耕牛、種子、農具、房屋木料，乃至土地地契都準備的停當。雖然因遠來遼人太多，官府難免有照顧不到之處，缺東少西的再所難免，不過地賦不收，雜稅沒有，亦沒有田主逼租，衙門催科等事。眾遼東漢人原本是二等奴才，平日裏做牛做馬方得一飽，這台灣規矩雖多了些，不過只要小心謹慎，不犯律法，比之當日在遼東來，簡直是有天壤之別。是以不到半年，第一季的糧食收將下來，各人感嘆台灣土地肥沃，收成豐厚的同時，不免吃得肚滾腰圓。到得此時，對當初張偉強逼遼人來台之事，再無一人抱怨。時日久了，便是寧完我這樣的死硬分子，亦是對張偉心折不已，佩服萬分。

他孤身一人被漢軍捕來，分了幾畝地卻是不善耕作，眼見鄰居農人一個個收得滿倉滿院的糧，他也不在意。到底是讀書人出身，不想在土裏刨食，辛苦的過活。閒居良久，一直待台北招考吏員，他興沖沖跑去應考。料想以自己的舉人底子，怎麼也能進鎮上的大衙門辦事。誰料接了考卷，卻與自己拿手的八股沒有半分關係，什麼詩詞歌賦的一概不考，只是考策論，還必須從台灣實際出發，不得子曰詩云。至於什麼明算、明律、明史、天文地理醫術，這些他看不起的雜學更是一竅不通。

好不容易按照想法寫完了策論，其餘便是一題未答。黑頭黑臉的看完了榜，幸好祖上積德，他寫的一筆好字，策論也頗過得去，於是被分在三等，分配來這台北海關充做書辦，做些抄寫公文的活計。至於薪俸更高的會計，他因不會算術，只得看得眼紅罷了。

「喔，你怎地認識張府管家？」

那海關的通關吏只是個未入流的小官，因嫌天冷，便縮在房內偎著火盆取暖。知寧完我心思靈活，不是笨人，對他的話已信了九成，又懶得去看，便懶洋洋烤著手，又向他問道：「不對啊！什麼貴客值得林大爺來接。平常大人要見什麼客，只派個小廝或是門上的二爺來接便是，哪需要林總管親來。」

寧完我原本是遼人，台灣冬天的這種風寒自是不放在眼裏，搓著手呵著冷氣回話道：「今兒這事是怪！林總管爲人最是和善不過，雖然是大人的總管，平時裏和和氣氣，從不拿大。適才進關來，幾個與他相熟的書辦上前說笑，老頭子只是板著臉不理。」

他沉吟道：「沒準是什麼秘密差使，老頭子生怕泄了密呢。」

「成了，咱不管這些！依著大人的規矩，便是林總管也該當驗關，防止挾帶，走私！」呵幾口白氣，向寧完我吩咐道：「小寧，這天冷得凍掉鼻子！我可是不敢出去，這點小事，你去幫我辦了，回頭事完之後，做哥哥的買點豬頭肉，再弄點老白乾，請你小子好好喝上一頓！」

他們說話間，那一行十餘人已走近了海關大門，因未得關吏允准，那幾個守門的靖安司官兵只是不肯放行。

寧完我與那關吏只聽得那林總管遠遠喝罵道：「關吏呢？今兒是不是尹喜當值？跑哪兒鑽

沙躲寒去了？」

那關吏嚇了一跳，無論如何也不敢過去找罵，只得向寧完我催道：「老弟，你快去，問清楚緣由之後，再回來同我說！」

他是上司，寧完我哪敢違拗，當即苦笑一聲，拿起桌案上的牌票、毛筆、印泥等物，將頭上官帽扶正，掀開房門處懸掛的棉布擋風，一溜小跑奔向關門之處。待氣喘吁吁跑到，那林總管早已等得不耐，怒道：「你們這些沒調教的，當值的時候也敢亂跑！」

寧完我脾氣甚倔，此刻又被訓斥，反激起他心頭怒火，當下向那林總管略一抱拳，笑道：「林管家，依照海關的規矩，無論何人不得深夜入關。咱們在這兒當值，不過是備明早天明進驗關，這會兒您來了，小人因怕誤了大人的公務，這才跑來伺候，管家若嫌遲了，明早通傳給海關署，自會有人理會。哪怕就是罷了小人的差使，也是不敢怨恨。」

他雖說得客氣，話裏卻藏著刺，這林總管不依規矩，趁著關門未閉前來接人。按理來說，該當在碼頭邊上的客舍旅店內請客人暫休一晚，明早再行入內。此時他帶著人過來，原本就是他不對，此時既然撕破臉皮，寧完我將心一橫，又道：

「林總管，您有要務在身，小人不敢阻攔。不過，規矩就是規矩，這可是大人常說的。您縱有通關手續，也需得等天明！除非是大人親自來了，依海關律令，方可通行。」

「嘿，小子。你倒是強項！」

被寧完我頂撞一通，那老林卻也不惱，笑吟吟從懷中掏出一樣東西，在寧完我眼前一亮，笑道：「小傢伙，仔細看看，能放行不能？」

寧完我命人掌著燈，仔細往老林手中定睛一看，眼角一跳，躬身向老林行禮道：「既是這樣，請總管出關。」

那老林手中拿的不是別物，正是張偉命人打造的黃金權杖，上刻虎頭，下刻張偉字號，正是張偉身邊除了印信之外最重要的信物。因其重要，若非必要，從不輕易拿出使用。任何人憑著這面權杖，都可自由進出台灣任何一地，調動官員百姓，除了漢軍還需虎符之外，全台上下無不聽令而行。此時老林將這權杖拿出，寧完我自需立刻放行。當下向把守海關關門的由原台灣巡捕營改編的靖安司官兵令道：「手續齊備，開門放行！」

他將關門叫開之後，便低頭侍立一邊，心中暗自鬱悶不已。今日得罪了老林，只怕以後日子難過。正自懊悔間，卻見老林領著一群人出了關門，卻又轉頭向他喊道：「小子，你差使辦得不錯！若是適才隨便就放了我走，只怕你明兒就被開革啦！」

說罷笑嘻嘻去了，寧完我見他不惱，立時覺得胸前塊壘全消。他這差事來之不易，可不想這麼就丟了。待回到房內，不免向那關吏抱怨幾句，兩人說笑一陣後，方將此事揭過不提。

那關吏打幾個呵欠，又向著火去瞌睡。寧完我卻在想：「那些個女真人跑來台北做甚？當頭的那個，應該是貝勒薩哈廉，他來台北，難道是大人要與他們合談麼？」

且不提寧完我在那台北海關號房內苦思冥想，那老林帶了身後一行人出得海關，立時便有數十名張偉的親兵騎馬向前，將他們團團護住。待準備好的馬車趕了過來，老林便將這幾名貴客請上馬車。待馬車轔轔向前，直奔張府而去，他這才鬆了口氣，翻身上馬，緊跟在馬車之後，向張府方向打馬而去。

「這台灣當真是了不起！」

從赫圖阿拉等窮山惡水中殺到瀋陽，又曾經駐節過遼陽等遼東大城，年幼時還曾經到過關內，見識過北京等漢人大城。薩哈廉與佟養性等人原也是見多識廣，此時乘坐著與中國式馬車截然不同的四輪仿西式馬車，借著懸掛在馬車上及大路兩旁的街燈，這些奉命出使台灣的滿清貝勒大臣們，一個個被台灣的富庶所震驚。

跟隨前來的滿人少年英傑索尼忍不住驚嘆道：「光這些青石路面，還有路邊的宮燈，便得需多少銀子？還有這大路兩邊，全是修飾整齊的高樓，咱們花了那麼多銀子重修的鳳凰樓不過兩屋，這路邊竟有五層的高樓，每棟房屋的正門前都懸掛著燈籠。此時雖是半夜，竟然不覺其暗！」

佟養性乃是新編入漢軍鑲白旗的原遼東漢人，從下船伊始，便一直見識台灣的諸多奇景，心中也是驚嘆不已。他年紀已大，不似索尼那麼心無城府，加之又是漢人出身，說話頗多忌諱。此時聽了索尼讚嘆，也只是微微一笑，在靴筒裏抽出一支旱煙袋來，用火石打著了火，逕自吸起菸來。

薩哈廉乃是皇太極禁煙運動的急先鋒，此時出使在外，也不好禁阻佟養性吸菸，只是皺緊雙眉，用手扇了幾扇，憂心忡忡道：

「這也還罷了，張偉以海外通商之利，一年收入不在明廷之下。台灣彈丸小島，治理成這般模樣也不足爲奇。只是聽說那漢軍軍紀嚴明，士卒用命，便是連這些低層的小官吏，也一個個守法聽令，不敢有違律令。張偉的管家都不給面子！諸位，不說明朝的那些貪官汙吏，就是咱們後金，這樣的官吏也不多吧？」

「文官不愛錢，武官不怕死，誠然如此，台灣足爲後金之大患！」

啓心郎索尼不愧是滿人中漢學的翹楚，聽得薩哈廉感嘆之後，反令他泛起酸來。將當年金國的死敵岳飛與宋高宗奏對時的對白念將出來，又感嘆道：

「漢人柔懦已久，自宋時不准百姓攜弓帶箭，遂失武勇之風；自明朝開八股取士，又以數千年來未之有的低俸養官，遂有千古未有之貪風。雖明太祖剝皮揎草的治，明朝的文官卻越來越貪，越來越不把天下事做爲己任。什麼讀書人，什麼忠君愛國，全數是嘴上說得漂亮罷了！我看這台灣與明朝截然不同，誠可畏矣！」

馬車在青石路上微微的顫動，索尼這番話卻沒有得到他想像中應有的應和。除了薩哈廉與

佟養性外，其餘幾個滿人青年官員都乘坐在後面的車上。那幾個僞裝成跟班的筆帖式享受不到坐車的待遇，騎著馬隨著張偉親衛的大隊隨行。

薩哈廉與佟養性都是心機深沉，歷練成精的人物，此時哪有心思與索尼敷衍，兩人對視一眼，卻又急忙閃過眼神，各自低頭不語。

索尼正覺得無趣，撫摸著掛在補服中間的珊瑚朝珠，手心感受著朝珠的溫暖潤滑，心思卻總是靜不下來。他是滿人中的青年英傑，三十不到的年紀已是整個遼東聞名，又是正黃旗下，皇太極對他甚是信重，眼看著便要青雲直上，成爲繼老一輩滿人名臣日漸凋零之後的中堅力量。他踏實肯幹，心思靈動，除了對漢學稍有些過度狂熱外，絕無缺點，在年紀相近的同儕中聲望甚高。皇太極派他前來，也是讓他增加見識，以備大用的意思。只是待到了台北之後，一向自視甚高的索尼，想著自己即將面對的梟雄霸主，卻由不得一陣陣地心慌。

「咱們到了。幾位客人，請下車吧。」

索尼搶先掀開原本蓋得嚴嚴實實的車窗布簾，瞇著眼往外一看，見馬車停在一處黑漆漆的街道之前，若不是馬車上還有車燈照明，只怕是伸手不見五指。

「林管家，這是張大人的府邸麼，怎麼連適才的大道都不及？」

那老林聽出索尼語氣不悅，便笑道：「幾位身分特殊，咱們爺交代了，務必不得讓閒雜人等看到。這也是爲大家好，風聲傳了出去，貴東家尷尬，咱們主人這邊也甚是不便。」

他說得合情合理，索尼乾咽了一口氣，卻是無法作聲。

佟養性在肚裏暗笑，心知是適才得罪了老林，此時被他報復。當下也不說話，打開車門跳將下來。動動發麻的雙腳，待筋血舒暢後，方向老林笑道：「老先生，給咱們帶路吧？」

老林瞇著略顯浮腫的眼泡，掃了幾眼依次下車的這夥滿人，乾笑道：「幾位，得勞煩略等等，待我去稟報過我們家主人，再來延請。」

幾個滿人使者被氣得無可奈何，只見他一搖三擺走到巷子中間，輕輕拍了幾巴掌後，在黑漆漆的院牆中間「吱呀」響了一聲，已有人將門打開，放老林入內。一眾滿人使者雖是遼東苦寒之地出身，原本不將台灣這點風寒放在心上，只是這小巷子裏無遮無擋，正是風口，穿得又少，眼看不遠處張偉大門前燈火輝煌，大家卻在這裏喝風，當真是憤恨不已。

直待過了小半個時辰，方見那小門打開，那老林迎將出來，笑嘻嘻向各人賠罪道：「對不住幾位，教各位久等了。我家主人有請，請各位隨我來。」

幾名使者對視一眼，都無意糾纏這等小事。也不與那老林多話，略整一下衣冠，隨他入內。

這裏面卻仍是黑漆漆的夾道，只是前後兩邊都有人掌著燈籠引亮，再加上兩邊都是高高的院牆，行走起來比適才站在外面喝風強上許多。待行出夾道，已到了張府內院。此時這內院光景卻與往日不同，那些平日在角門處伺候的下人奴僕已是一個不見，從角門值房內外一直到張

偉書房處，皆由張偉親衛沿途把守。

待各人行到書房附近，四周已是燈火通明。薩哈廉當日在瀋陽與張偉有過一面之緣。隔得老遠已看到張偉領著幾人站於書房階下，便轉頭向索尼與佟養性低聲道：「打頭站的那人，便是張偉了。」

說罷急行幾步，見張偉立於階前，端身不動，薩哈廉心中一陣光火，卻是不動聲色，只遠遠向張偉一抱拳，笑道：「張大人，別來無恙？」

張偉當日在瀋陽與皇太極匆匆一晤，轉眼已是數年時光過去。除了那皇太極的模樣仍在腦海裏清晰可辨，縱是偶爾想到死在漢軍刀下的范文程，亦是想不起他到底是何長相。當日鳳凰樓裏滿人貝勒眾多，什麼阿巴泰、濟爾哈朗也還罷了。這薩哈廉恭謹誠篤，遇事不肯上前，雖然因這種個性得到諸多貝勒乃至皇太極的誇讚，此時用他來做外交使節，卻又是很吃虧了。

見張偉怔了半晌，顯是想不起他這位「故人」到底是誰。薩哈廉倒也不怪，心知對方必定想不起自己是誰，又含笑道：「在下是大清國的多羅貝勒薩哈廉，當日在鳳凰樓內得見張大人的風采，不想一別經年，竟成敵我，且水火不能相容，這當真是令人意外之極。」

張偉雖仍記不起當年在鳳凰樓中見著的薩哈廉是何模樣，卻也知道此人是代善之子，甚得皇太極的愛重。原本在張偉料想的使者名單中，此人的排行也在前面，當下打個哈哈，向前迎了幾步，與薩哈廉一起攜手向前，邊行邊道：

「怪道看尊使眼熟，原來是當年鳳凰樓上的舊識，這當真是難得！」

又接著薩哈廉適才的話頭感慨道：「滿人世居關外，幾百年來為我漢人的屏藩，兩族相安無事，豈不是好？偏生天命汗奪我疆土，奴役我漢人百姓。張偉當日便曾向天聰汗言道：若是我朝廷徵調，或有危難，張偉身為大明子民，斷不至袖手旁觀！言猶在耳，君豈忘心？又何生意外之嘆呢！」

他雖與薩哈廉攜手把臂而行，與他談笑風生，說起話來卻是半分不讓。那薩哈廉原本不善言辭，只是以忠義獲得皇太極愛重，又因此番來台事屬機密，是以方派他前來，此時被張偉一番大義凜然的言辭一逼，卻一時拿不出話來辯駁，只是呆著臉不作聲。

那索尼在一旁亢聲道：「張大人，您此話差矣！當年我天命汗發七大恨詔書，為先祖被大明邊將無端殺害事奮然起兵，大人難道竟全然不知？」

「七大恨狡辯之辭，不足為據！天命汗父祖身死，是因協助李成梁攻葉赫部，一時不合被亂兵誤殺。若非如此，憑著當時建州部四分五裂，天命汗能被策封為建州左衛的都督僉事？大明待他不薄！他的那些對手，若不是邊帥們幫忙，加之看他每隔幾年就進京朝貢，忠勤有加，能這麼輕鬆就被他征服吞併？笑話！原本是我大明養虎遺患，現下卻說是大明對不起你們滿人，當真是笑話！」

此時賓主對坐，張偉的親衛們來回穿梭，為房內端坐的漢滿諸人送上茶水。只是房內氣氛

尷尬，兩邊不但沒有語笑歡然，便是連最初的寒暄客套亦是免去，各人屁股尚未坐穩，張偉已是劈哩啪啦將諸滿人訓斥一通。

索尼適才因見薩哈廉無以應對，一時著急便上前將「七大恨」搬了出來，卻不料引得張偉長篇大論駁斥，心中氣極，卻也不懼，憤然道：

「適才大人說滿人世居關外，那麼漢人爲何要占我土地，逼我滿人奉上東珠、毛皮，還需隨時聽調，以備兵事？自遼東有奴兒干都司以來，爲大明征戰四方而死的滿人，屍骨足夠從遼東鋪到台灣！漢人何德何能，要占有我關外膏潤之地，以爲己用？」

看一眼張偉神色，索尼將心一橫，又道：

「大人適才說襲遼一事是爲了勤勞王師，爲明朝皇帝賣命，我看也未必如此！大人坐擁雄兵十數萬，戰船炮艦無數，現下明朝北方賊兵四起，卻未見大人前往助剿？當年襲遼，大人所得甚多，亦未見大人將金銀拿將出來，獻給明朝國庫？大人自設官吏，自立軍號，不聽明朝號令多時，此時倒又是公忠體國，這未免貽笑大方！我大汗以誠待人，當年在瀋陽盛宴相待，以友藩之禮款待，現今大人用如此好笑的藉口來搪塞無端攻遼一事，怎能教人心服。況且兩國交鋒，在戰場上一決雌雄也就罷了，大人將我國兩位皇妃畫影圖形，刻版印刷，在遼東遼西各地廣爲散發，以這種卑劣的手段來削我皇上的臉面，這當真是無所不用其極，太過下作！」

張偉見索尼說得慷慨激昂，唾沫星子四散而飛，猶自不肯住口。忙打住他話頭，向薩哈廉問道：「這位老兄是誰，卻是面生得很。想來當日鳳凰樓內不曾會面？」

薩哈廉略一欠身，向張偉道：「這位是禮部啓心郎索尼，咱們滿人中的後起之秀，當日大人在時，尚未爲官。」

「我原說這位是漢人中的儒生，好一張利嘴！原來也是茹毛飲血，張弓搭箭的滿人！」張偉輕蔑一笑，向目瞪口呆的索尼道：「切不要學那些漢人腐儒！什麼仁義，什麼信諾！別說我與你家大汗原本就是敵國，縱是知交好友，當日的情形也由不得我不動手。現下你說這些，未免太過好笑！」

說罷也不顧那索尼神色如何，略一努嘴，令道：「來人，將我備好的文書遞給諸位使者！」

又向一直默然不語，端坐於身旁等候的袁雲峰道：「逸宸，你與諸位使者商談。他們遠來辛苦，若是一會兒乏了，便派人送到安排好的客房歇息，明日再說不遲。」

說罷向薩哈廉說聲得罪，便自顧而去。他諸事纏身，哪有閒空與這些人閒嗑牙，若不是要看一下皇太極派出的人選爲誰，以確定此事對方肯下多大的血本，又哪需他親自接待。

待他行到房門，只聽那袁雲峰張口道：「幾位過來，也不是尋我家大人閒聊來著，咱們還是只談正事，不及其他，如何？依我家大人的意思，什麼東珠、毛皮、人參、金銀，乃至人口女子都成，總之想把兩位汗妃請回去，貴方就得付出代價。這一點，我家大人絕不會有任何讓

步的地方！」

張偉聽得一笑，隔著窗櫺見那幾個使臣都脫了氈帽，露出油光水滑的大辮子，由風地裏進入放著火盆的房內，一時間又是熱得一頭暴汗。心頭一陣厭惡，嘀咕一句：「率獸食人，人間醜類！」

他出得書房，在門前花圃前略站一站，因見百名親衛如釘子一般兀立周遭，皺眉道：「這麼大費周章，勞師動眾的！」又自失一笑，心道：「由不得他們緊張。私通女真，扣後金汗妃，又畫成畫像在遼東四處散發，雖損了皇太極的面子，令他在後金諸親王貝勒前挺不起腰來，到底此事也損了崇禎皇帝的面子，臣下如此作爲，全然不把他放在眼裏。何況所行之事頗有些陰損，不但是後金那邊大罵我手段卑劣，只怕連本朝這邊的老夫子們，也是搖頭嘆息，大嘆我丟了天朝大臣的臉面吧。」

第八章　神秘贖金

除了軍馬一事他們還需考慮。金三萬，銀五十萬，倒是一口就應了。其餘東珠、毛皮、人參等物，也是按大人要求給付，沒有費我什麼唇舌，只是適才吵得厲害，說是要見宸妃與莊妃一面，這才談判。我好說歹說，答應他們向大人回稟，這才按了下去。

皇太極自秋季出兵，由內蒙科爾沁、喀爾喀等四十九旗中精選的三萬餘蒙古八旗騎兵爲導引，又以滿洲八旗每旗各出七千五百人，近十萬大軍於秋高馬壯時自內蒙繞道出兵，直破喜峰口長城防線，由遵化、昌平、薊州一線狂衝猛打。崇禎帝急切之下，下旨命閒居在家的原大學士、兵部尚書孫承宗起復，以兵部尚書銜入京，誰料傳旨的錦衣衛緹騎尚未出京，已傳來八旗兵繞過京城，直撲河北的消息。

崇禎聽得清兵南下，當真是覺得邀天之幸。京營兵馬雖有二十餘萬，能持刃而戰時不足一

萬。若論野戰，只怕就昌平總兵侯世祿一部幾千兵馬，就能將這二十萬兵營輕鬆擊潰。此時保定、大同、懷來、昌平、薊鎮等各總兵官自保尚且不及，聽得清兵大部前來，各總兵都是棄城而逃，保命爲先。雖然後來命兵部尚書楊嗣昌持尚方劍，出城調集兵馬，將直隸附近的各部總兵官齊集在德勝門、沙窩門等北京城外戍守。到底敵兵勢大，若是十餘萬八旗兵當真攻城，沒有了關寧鐵騎拚命前來護衛，僅憑著直隸附近的這些總兵官及京營兵馬，能守住城池已是求神拜佛，哪裡還敢出城邀戰？

待警訊傳到京師之北，原本對清兵入侵全無感覺的大小城池方開始警備。只是承平已久，士卒疲敝。明朝現下所能動用的精兵強將要麼在關外駐守，要麼在京師附近，要麼被熊文燦、洪承疇、盧象升等人統領著在攻打農民軍。京師以北，已完全沒有一支軍隊能具有稍加抵抗的力量。河北各城守備的明軍皆望風而逃，清兵連下數十城，竟連死傷超過十人的戰鬥也沒有打過。無數漢人百姓及投降的文武官員縞素而降，被千多人，甚至幾百人的小股清兵驅趕著向北方而去。

至直隸高陽，孫承宗卻不知道皇帝意圖將他起復，見清兵犯境，集合了家丁親族，收束城內守衛的明軍，親自守城。小小高陽，竟抵抗了大股清兵十餘日的圍攻。至城陷，孫承宗懸梁自盡，曾鎮守關外，兩抗後金，在山海關城頭手書「雄襟萬里」的統兵大帥，明末文臣中難得的帥才，就這麼壯志未酬身先死。

清兵自高陽後，甚少遇到抵抗。皇太極依既定方針，由直隸入山東，一路上橫衝直撞，燒殺搶掠。一直打到濟南，一戰而下山東省府，濟南戰後，皇太極決定回師，押著魯王及城內所有的明宗室藩王，及投降的山東境內文官武將，再加上五六十萬的百姓，兩三百萬的金銀，珍玩珠寶糧食書籍，隨同十餘萬八旗兵緩緩由原路而回。

至此京師二次有警，好在宣大總督盧象升及監軍高起潛又率領著三萬多精兵強卒而回，與先期彙聚京師的勤王兵馬會和，京師附近的明軍實力用來守備倒是足夠。崇禎唯恐野戰失敗，乃連下詔旨，嚴令各部把守城門，不得出城浪戰。清兵路過，不准接戰，唯令各將統兵於後，收復失地。軍事史上難得的滑稽戲便這麼依帝命而上演。

各地的總兵官勒控兵馬，清兵北行百里，他們便在後面追上幾十里路，務必與清兵保持半日的距離。稍有警訊，便立刻控兵後撤，無論如何不敢與清兵交戰。於是就這樣禮送有加，一直將清兵送出口外，直入草原。

此戰過後，原本因張偉襲遼而暗流湧動的遼東局勢方算是真正的平緩下來。之前有阿敏等人的反叛，使得當時的後金汗國差點便陷入混亂和內戰。幸得皇太極及時在叛亂未起時便將阿敏等人抓捕，又以稱帝建國，改女真爲滿洲振奮軍心民氣，原本收效頗佳。待寒冬來臨，女真諸申死傷慘重不說，原有的漢民奴隸大半被張偉帶回台灣，土地房屋被毀，縱有金銀也買不到糧食。若不是皇太極情急之下不顧朝鮮死活，第三次入侵朝鮮，將朝鮮儲存的糧食搶掠一空，

又使女真八旗兵四處打獵，這才勉強過了一冬。饒是如此，仍是光景慘澹，士氣大跌。由此引發的與朝鮮國的緊張關係，則更令這位新近登基，年號崇德的大清皇帝頭痛之極。

好不容易熬到開春，立時便開耕播種，便是滿人老弱，亦是被迫下地做活。到得秋天秋高馬肥，忍耐了一年多的皇太極又得知皮島的漢軍撤走，納悶之餘又是狂喜不已，除了留五萬多精騎嚴防朝鮮及台灣漢軍外，不顧代善等人反對，帶著滿蒙八旗精銳直入關內。待冬季將至，在明朝內地踐踏了兩個多月的八旗兵滿載而回。一時間遼東士氣大振，掠來的漢民及金銀糧草正是滿清急用之物，準備好的肥沃土地和種籽正好可令這些在滿人眼中豬狗不如的漢人耕作，金銀細軟由皇帝依各旗的功勞分發犒賞。一時間皇太極威望大漲，八旗各親王貝勒接連爲皇帝歌功頌德，各蒙古部落的親王貝勒亦是高呼讚嘆不迭。

正當皇太極志得意滿，力圖刷新政治，精練士卒，來年再度攻明之際，卻突然收到由張偉由台灣送來的宸莊兩妃的畫像。西洋畫不比中國畫，講究的就是寫真形似，那畫師又猛拍張偉馬屁，畫得當真是逼真之極。皇太極一見之後，方知道這兩個博爾吉特氏的寵妃並未在當日瀋陽城陷之日身死，而是被張偉俘至台灣。一時間方寸大亂，呆立半晌，方召集了正黃旗下的一些親信臣子商量。

各人明知道他對宸妃愛若珍寶，便是莊妃亦是疼愛有加，又哪裡敢胡亂說話？皇妃被俘，竟然沒有死節，落入敵人手中被拿來要脅，各人頭疼之餘，見了皇太極神色，知道必然無法勸他置之不理。商量半日，終決定派薩哈廉及佟養性、索尼等人赴台，與張偉商量交還皇妃的條件。

「逸宸，談得如何？」

此時正是半夜時分，離適才接入滿清使臣之時又已過了一個多時辰。張偉卻是未睡，只斜倚在廂房暖閣內的土坑之上，雖然在此久候，卻無絲毫困倦模樣。見袁雲峰入內，便叫下人端了春凳令他坐下，又令人送上參湯，讓那袁雲峰啜飲解乏。待見他長吐一口粗氣，臉上困倦之色頓消，方才笑道：

「遼東那邊很是貧苦，唯有這地龍火炕當真是好東西。台灣的冬天雖短，卻是濕冷，倒也教人難受。我令人弄了這個暖閣土炕，果然好了許多。」

袁雲峰滿肚的心事，哪裡有興趣與他討論火炕的好壞，勉強一笑，答道：「是呢，這屋裏當真是十分暖和。」

張偉知他拘謹，便坐直身體，正容道：「說正事，那些個女真人怎麼說？現下怎樣了？」

「回大人，除了軍馬一事他們還需考慮。金三萬，銀五十萬，倒是一口就應了。其餘東珠、毛皮、人參等物，也是按大人要求給付，沒有費我什麼唇舌，只是適才吵得厲害，說是要見宸妃與莊妃一面，這才談判。我好說歹說，答應他們向大人回稟，這才按了下去。」

「嘿，我估計就算再多要些，那皇太極也定然是令他們一口答應下來。英雄難過美人關

啊，為了這兩個女人，當褲子他都願意！」

袁雲峰雖覺張偉說的不雅，卻也輕輕一笑，點頭道：「正是，看那幾個使臣的神色，對他們的皇帝此番的所做所為，也是極為不滿。只是看來這皇太極非要這兩個女人不可，是以他們也只得勉為其難罷了。」

「除了要見宸妃莊妃，還有什麼要求？」

袁雲峰將手中蓋碗放下，輕輕一拭嘴，強忍著笑道：「說來當真有趣。他們說大人其實並非明臣，清國與明國之爭，原本與大人無關。願意與大人締結盟約，兩家世代友好。我說此事不是我能做主，待回過大人再說。他們倒也無話，只是看那薩哈廉的臉色，卻有些異常，那索尼卻是得意洋洋，想來這主意是他出的。」

見張偉聽得愣怔，便咳了一聲，問道：「大人意下如何？明日便需給他們回覆，晚上就得送他們回去。」

愣了半晌之後，張偉方猛然大笑，一時間竟遏制不住，直笑得喘不過氣來，方才止住，向袁雲峰嘆道：「皇太極也是方寸大亂了！這索尼雖是信臣，又是年輕英傑，到底是個乳毛未淨的小子，派他過來，簡直是大失體面。」

「正是呢。這皇太極也算是一世英主，怎麼一扯到女人的事，就這麼頻出昏招，當真是可鄙！」

張偉聽他如此一說，卻又搖頭道：「逸宸，話不是這麼說。且不聞：『無情未必真豪傑，憐子如何不丈夫』？大丈夫未必沒有兒女私情，皇太極再怎麼英雄，他也是人。他當日沒有一心隨宸妃而去，而是復振父祖基業，已是極了不起了，我心裏甚是敬他。結盟一事，你回覆了吧。想來這也不是皇太極的意思，是那索尼自做主張，想博君王賞識，迂腐！」

他陰沉著臉，心道：「怪不得皇太極立國之初嚴禁滿人習漢俗，禁從漢人風俗，禁改裝，禁漢人禮儀，實在是漢人的文明發展至此時，已是老大之極，積重難返，與五胡亂華時，胡人盡皆漢化時大有不同。這索尼不過讀了些漢人的文章，就弄得如此昏聵。」

袁雲峰舉人出身，算來在軍機處中也算是博學多才，背了一肚皮的詩詞歌賦，卻搜腸括肚的硬是想不起張偉適才引用的那兩句詩，正在凝神細思。張偉看出他神色古怪，唯恐他問及自己這兩句詩是何人所作，忙向他道：

「你累了半夜，也該當回去歇息，明日再與那些女真人商談。嗯，別的也罷了，一萬匹好馬是一定要的！我去年始在蝦夷島上放牧馬匹，那地方的氣候與遼東相似，地廣人稀，幾近沒有人煙。用來大規模的放養馬匹，幾年之後，就足夠把飛騎萬騎擴大，重騎兵與弓騎兵結合起來，方能形成戰力！」

揮手令袁雲峰退出，張偉也自安歇。待第二日與那幾個使臣將條件談妥，又令下人將幾人引至後院，令他們與宸莊二妃相見。

兩名后妃見故國來人，自是激動不已。兩人皆是面露喜色，難以自持。她們雖欣喜萬分，幾名使臣卻深恨這兩人不敢爲皇太極殉節死難，乃至受辱被俘，現下更需得用大筆的金銀戰馬將她們贖回，心中憤恨，面上也不肯敷衍，與宸莊二妃見禮之後，便一個個躬身而退。待佟養性證實這二人就是正主之後，也不在張偉處用飯，便要告辭。

因見天色漸暗，這幾人求去之意甚濃，張偉倒也不留，親自將這幾人送到儀門之外，命人將正門大開之後，便向各人笑道：「諸位，恕不遠送。」

薩哈廉等人勉強向張偉行了一禮，便各自挺胸凸肚，大踏步自儀門而出，直奔正門而去。他幾人初來時被那老林哄到夾道小門而入，心中憋了老大的火，此時不管如何，亦是一定要從正門而出，方能不墮大清使臣的身分。

出得正門，繞過影壁，卻見大門兩側乃是巍然屹立的鐘鼓二樓，雖是傍晚時分，通衢大道上人潮如織，行人來往不絕。只是各人都遠遠而行，不得靠近張府門前。

各人呆立片刻，薩哈廉橫了呆看不止的索尼一眼，沉聲道：「啓心郎，若是心羨台灣繁華，不妨留下！」說罷也不待他答話，又向佟養性道：「走吧！」

兩人將頭頂氈帽扶正，相視一笑，那佟養性見索尼尷尬，便溫言道：「貝勒爺辦好了差使，和你說笑，不要發呆，快些與我們一同上車。」

三人帶著一眾隨眾，繞過張府門前恒表，上了停靠等候的馬車，坐定之後聽得馬車駛動，薩哈廉將車窗放下，方長嘆口氣，向索尼道：「失了這麼多金銀戰馬，換了這兩個女人，我心裏煩悶！」

索尼笑道：「只要皇上重新振作，這些浮財算得了什麼？倒是張偉要這些戰馬做甚，他台灣地小人多，哪來的牧場放牧，又如何令大規模的騎兵奔馳訓練，當真是令人納悶。」

「那張偉占了倭國蝦夷，聽說那地方比之台灣全島尚要大上幾分，又是人煙稀少，用來養馬自然是再好沒有。哼，他想弄出一支騎兵來和我們八旗勁旅對抗？當真是好笑之極！」

「正是。我也是這麼想！是以此番幫著皇上將宸妃與莊妃贖回，損折些財物，又算得了什麼？待到了秋天，咱們再入一次山東，不成就去河南，隨便破幾個大城，只怕又是十倍百倍的回來，不值當什麼。可笑這張偉號稱雄傑梟雄，卻只要這些身外之物，還不自量力，想和咱們女真人比騎射，可笑之極！」

佟養性初時聽他兩人議論，只不作聲。待聽到索尼說到此處，卻忍不住插話道：「這張偉要是如此簡單，也做不出這麼偌大事業。我看此事沒有這麼容易，將來再有什麼難料的變化，也未可知。」

他此話一出，見薩哈廉與索尼神色古怪，心知疑自己因是漢人，故而幫著張偉說話，心中後悔不迭，忙又笑道：「我年紀大了，有些疑神疑鬼。這張偉小小年紀，哪能和皇上相比，收了贖金戰馬，自然是該當放人。」

「人無信不立。張偉此事雖是保密，也休想瞞過所有人。待傳出收了贖金不放人，則天下人的同情心都會放在皇上身上，而張偉，就會成爲一個掠人妻女，霸占不還，背信棄義的名聲！」

索尼雖略有些迂腐，此時的分析卻甚是有理，薩哈廉與佟養性自然亦點頭贊同。三人乘坐著台灣特有的四輪馬車，一路行到碼頭，在夜色的掩護下匆忙登船，直返遼東。

待三人帶著隨員回到由瀋陽改稱的盛京之後，因身負欽命，三人皆不敢回家，立時奔赴由原本被燒毀的汗宮改建的皇宮。皇太極知是三人返回，當下立命侍衛將三人引入。一番問詢之後，得知宸妃與莊妃確實未死，正被張偉囚於自家府邸。皇太極欣喜異常，將三名使臣大讚一番，也不徵詢臣下意見，立時命新任的內院大學士希福籌備贖回宸莊二妃的物品，由內大臣恩格德爾及兩個固倫額附奇塔特及索爾哈押送著，秘密送往台灣。

崇禎四年三月底間，張偉終於收到來自遼東的物資。大量的金銀及遼東特產，還有張偉急需的馬匹，由恩格德爾在遼東徵集了大量民船，一次送至台灣，在台北港口卸了數日之後，方才由台灣海關點檢完畢。

「宸妃姐姐，莊妃妹妹，此番送別二位之後，恐難再見，請滿飲此杯。」

柳如是的肚子已是明顯隆起，懷胎近八月的她，仍是不辭勞苦，親自設宴爲宸妃與莊妃送行。她與宸妃並無交情，那宸妃故意不學漢語，在台幾年，從不與莊妃以外的人說話。是以柳如是雖經常慰問致意，她也至多點頭致意罷了。莊妃卻是與宸妃不同，她年紀比柳如是稍小，柳如是未嫁張偉前，也不過是個丫鬟的身分，是以在府裏張偉一個照應不到，便會受氣。偏生張偉又忙，甚少在家。柳如是又接了張偉指令，讓她常照應著宸妃與莊妃。於是有著很多共同點、年紀亦是相仿的女孩兒便如同姐妹般相處在一起。後來柳如是嫁給張偉，成為侯爵及將軍的一品夫人，卻是一點架子也沒有端，與莊妃仍是姐妹相稱。

莊妃自幼嫁到汗宮，柳如是在花船長大，兩人可都謂是在見不得人的去處長大，交情又焉得不厚。莊妃雖接了宸妃指令，一心要設計刺探張府及台灣情形，對柳如是卻也始終狠不下心來。此時她即將遠行，兩人勢難再見，見柳如是挺著肚子親來送行，亦十分令她感動。

見宸妃端坐不動，知她即將離台，對張偉及台灣的恨意卻又深了幾分，也不顧宸妃臉色，對柳如是站起身來，將那青花細瓷的酒杯端起，一飲而盡，又將宸妃酒杯端起，向柳如是笑道：「如是姐姐，海蘭珠姐姐身體虛弱，我代她飲了此杯。這一向蒙妳照顧，我姐妹與妳雖是敵國，到底還需承妳的情。」

說罷又將宸妃那杯酒飲了，也不坐下吃菜，紅著臉笑道：「我姐妹歸心似箭，就不與姐姐多飲，將來恐難再見，願姐姐生個大胖小子就是了。」

拉著宸妃一齊向柳如是福了一福，格格笑道：「臨行之際，向姐姐行個漢人女子的禮

節。」

柳如是身體沉重，仍勉強自己還了一禮，強笑道：「兩位急著要走，如是明白，既然這樣，就令老林套車，現下就送兩位去碼頭。遼東的船，就等在那邊，待你們一到，便可以開船了。」

宸莊二妃聽得柳如是說完，兩人相視一笑，也不再和柳如是敷衍，除了隨身衣物之外，一物不取，就這麼攜手而出。

那宸妃身子甚弱，被堂外的冷風一吹，已是禁不住渾身哆嗦。那莊妃將她扶住，披上外衣，就這麼攙扶著她一步步向外行去。

「別看了，人都走了。妳有孕在身，快些坐下歇息。」

張偉將柳如是慢慢扶進屋內，又令人在椅上墊了軟褥子，方扶著柳如是坐下。見她眼圈發紅，禁不住笑道：「一個異族女子，我不過是讓妳看著她，沒想妳和她倒真的姐妹情深？」

柳如是勉強一笑，答道：「倒不是爲這個。我與她只是表面上的交往，兩人不同族，她與你又有毀家的血仇，怎肯與我交心。我只是想，兩個女人家，就這麼被關在幾千里外，無親無故的，現下雖被你放了回去，海上風大浪急的，宸妃身子又弱，還不知道怎麼樣呢。」

這數月來，張偉只是用人參給宸妃吊命，對她的病情身體甚少留意，總之讓她活著離開台灣便是。此時聽柳如是一說，心中有些慚愧，只是安慰道：「放心吧。遼東來的是大船，她倆人甚得那皇太極寵愛，路上想必是經心照顧。待宸妃回了遼東，物土人情都是舒心，慢慢自然會好轉過來。」

柳如是原本不作聲，待他說完，卻突然道：「我知道你的打算，待她們倆一走，你便會派人將那些畫像送到遼東，四處散發。先在遼西傳著，慢慢便會傳到遼東。皇太極被削了臉面，威信自然大減。這樣，你今年有什麼舉措，則自然不擔心遼東清國有什麼不利於你的地方，我說的可對？」

也不待張偉答話，又低聲道：「軍國大事我不懂。不過你這樣拿兩個女人來設計，我當真是不歡喜。莊妃也罷了，那宸妃若是知道此事，還有命麼。她一死，皇太極又受一次打擊，輕則大病一場，重則也可能身死而殉，這樣，便更合你意，對麼？」

張偉用意自然在此。那些逼真之極的畫像一至遼西、遼東，瞬息間便會掀起軒然大波，那些親王貝勒，有的對皇太極忠心不二，有的卻巴不得他鬧笑話。大汗及皇帝的寵妃被人俘去，繪影圖形地四處散發，其中種種齷齪情事當真是百口莫辯。如此這般，皇太極自然臉面無光，威信大弱。風聲傳至內宮，宸妃莊妃又如何能承受得起這般的打擊，宸妃早就病入膏肓，此事一出，大半沒命。

皇太極在瀋陽城破後已受過一次打擊，此番宸妃再受了委屈死於眼前，他多半也會身死而

去。如此這般，遼東必定大亂，那些各旗的親王一個個起來爭位，別說沒有精力再度入關，只恐內戰一起，連自保亦不可得了。努爾哈赤的功勞便是將女真各部聯成一氣，如若不然，當年李成梁分而制之，女真各部有叛明者，有攻明者，若不是被李成梁分化利用，拉攏打壓，以女真人的騎射凶悍，又怎能讓明廷兩百多年無憂於關外。

他的打算想法被柳如是一言道破，當下尷尬一笑，向柳如是道：「這政治上的事情，妳還是不要理會的好。妳現下已近臨盆，安心靜養才是。」

柳如是長嘆一聲，知道無法勸服於他，又知婦人干政是大忌，也只得向張偉微微一嘆，不再說話，由兩個老婆子扶了，慢吞吞進房去了。

待柳如是入內，張偉按住心中湧起的一絲絲對莊宸二妃的憐憫，大聲令道：「來人，傳高傑進來！」

待高傑聞令而來，急匆匆由張府側門而進，穿儀門而入，直進那五楹大堂，見張偉側身立於堂上，手中拿著幾張畫像，正自發愣，忙大聲稟道：「末將高傑，拜見大人！」

張偉扭過頭去，見那高傑低眉順眼跪於堂上，知張偉看他，將頭更低下三分，堪堪就要觸到那青磚地面。

「站起來！沒事常見我，老是做這副怪模樣！你辦差不力，我一定革你的職。忠謹不是在這禮節上，可記得了？」

他這一番話訓過多次，只是無效。高傑聽他訓斥，卻仍是做出一副巴結模樣，向他笑道：「大人雖是有話，做屬下的越發應該恭謹事上，若是有了因頭便不知進退，做出什麼出格的舉動來，那不是自己自尋難看麼。」又問道：「大人有何吩咐，末將立刻就去辦！」

張偉將手中畫像塞給高傑，向他令道：「這畫像我府中還有幾千張，你派精幹的手下過去，在遼西遼東四處散發，這畫像上有字，你先看看！」

那高傑原本斗大的字不識一筐，來台之後，被逼著認了千把漢字，尋常文書亦是讀的下來，此時將那畫像拿去一看，卻是吃了一驚，忙向張偉問道：「大人，怎地這兩個汗妃被大人俘來，小人卻絲毫不知？既然抓來，倒不如充做營妓，然後再畫成畫像，送到遼東，豈不是更好？」

張偉心中暗讚一聲：「這傢伙當真是小人之尤，出的主意又狠又辣！」卻橫他一眼，斥道：「我做事自有分寸！此事就這麼辦，著你屬下的司聞曹派精幹的細作前往，務必將此事辦妥。」

他皺眉算算日期，又向高傑令道：「即刻動身，不得遲誤。若是誤了我的大事，軍法定不輕饒！」

高傑心中雖然納悶，盤算此事既然是軍務，又何必讓他的靖安司插手，當真是奇哉怪也，卻也不敢駁回，立時大聲應了，派人去取了張偉府中畫像，安排人手前往關外辦事不提。

待此事辦完，張偉又趕赴何府，見何斌出迎，便攜了他手，笑道：「諸事已畢！此時發動，再無隱憂！」

何斌因見身邊有府中僕役在旁，並不答話，將張偉迎至書房，閉門關窗，方向他道：「遼東的事吩咐人去辦了？」

「正是。此事與我們當初所想相同，待那些東西一至，皇太極自顧不暇，再也沒有閒情趁火打劫！」

何斌點頭道：「給關寧明軍準備的糧草軍器亦是不少，算來就是朝廷斷了糧餉，以中左所和寧錦諸城周邊的屯田，再加上他們自身的庫藏，還有咱們的支援，兩三年內，養活不到十萬的關寧兵不在話下。」

張偉皺眉道：「這原本是小事。明軍俸餉極低，咱們養活十萬漢軍需銀甚多，這些明軍才能費幾個小錢。」又笑道：「去年歲入一千七百萬銀，只打了呂宋一仗，還得了西班牙人不少金銀，算來大有賺頭吧?庫存銀有多少了?」

「十幾萬漢軍一年的軍餉便是，加上船隻維修鑄造火槍火炮，火器局的研發費，官吏的俸祿，官學的使費，再加上種種雜費一除……」

聽他說得凶險，張偉反是嚇了一跳，忙道：「再不濟也是收支平衡，斷不至於入不敷出吧?」

何斌嘿然一笑，道：「支出一千四百餘萬有奇，呂宋一戰得銀沒有帶回，留給呂唯風使費。咱們的庫存銀現下還有近四百萬兩。哼，皇帝去年在遼餉之外，又加派了練餉，總數達七百多萬兩，弄得民不聊生！縱是如此，以大明全國之力，去歲的收入不過是一千三百萬兩不到，還不如咱們小小台灣！大明不亡，是無天理可言。」

「去年清兵入關，畿輔告急。清兵由直隸入山東，大燒大搶。朝廷全無辦法，任敵爲所欲爲，不但失了人口金銀，就是連臉面也丟得一乾二淨。說來好笑，我聽那高傑稟報，皇太極聽聞內地賊兵四起，便派了幾個使者，帶了國書印信，敕書上對那高迎祥、李自成等人大加讚頌，說他們應天景命，推翻大明，他也很是贊同。願意與諸元帥結成友盟，共圖明朝。使者雖然沒有找到那些個賊兵首領，其實清兵屢次入關，弄得明廷元氣大傷，每每將有戰力的軍隊調去防備清兵。哼，他們沒有聯合，其實一南一北，兩邊一起用力，把明朝弄得元氣大傷，覆亡在即！」

何斌失笑道：「皇太極被你從背後插過一刀後，當真是病急亂投醫，連那些不成大器的賊兵都想拉攏。」

張偉搖頭笑道：「這你就不知道了。這中間的學問頗大，皇太極能配合農民軍，來回蕩滌明朝的實力，把這個兩百多年的老大王朝弄得疲敝不堪，最後必定承受不住兩邊攻伐的壓力，轟然倒塌！」

第九章　欽差大臣

高起潛卻並不在意，此時台灣將近，他滿心盤算著如何對付張偉，哪裡有心管這些小事。更何況屬下人什麼德性，他當然是心知肚明。當下將那小內監攆了出去，又喚了幾個體己伴當太監，將崇禎御賜的尚方劍及欽差印信取將出來，又換了衣飾，略整儀容，端出天子幸臣、欽差大人的架勢，一步步行出艙來。

清兵自崇禎二年首次入關，崇禎三年大破山東、十一年在畿輔山東一帶如入無人之境，殺盧象升、孫承宗等明朝名臣。用皇太極的話來說，便是要伐倒大樹，必先去其枝幹，一斧斧的將枝幹砍倒，則這棵大樹到最後便可一斧而斷。

崇禎二年首次入關，八旗諸將勸他攻入北京，皇太極大笑道：「城中癡兒易圖，破北京小事耳！唯明朝生機未絕，攻下北京後善後之事難辦，可緩圖之！」

於是在沒有和農民軍聯繫上的情況下，關外的滿清和農民起義軍卻有著極其默契的配合。農民軍四處攻掠，破壞著明朝的政治、軍事力量，將大股明軍吸引在關外，耗費了大量金銀；而農民軍一旦被關寧鐵騎等明軍精銳打敗，陷入低潮，則關外的清兵又及時入關，將明軍精銳如海綿吸水一般，由對付農民起義的戰場吸往畿輔和關外。

比若崇禎十三年，洪承疇指揮左良玉、賀人龍、虎大威，配合孫傳庭的陝西兵，在潼關一帶將李自成打得大敗。李自成僅率十三騎逃入商洛山中，幾乎當場被殺。張獻忠被擊敗後，因覺情勢不妙，用大筆的金銀賄賂了熊文燦，得到了招安穀城、暫避風頭的機會。其餘的小股義軍，要麼被滅，要麼投降。

正當農民起義陷入低潮，幾乎失敗的關口，卻傳來清兵圍攻錦州，攻破外城，錦州危殆的消息。崇禎無奈之下，將洪承疇急調關外，領八總兵十三萬人援錦，結果李自成得到這個機會，由商洛山入河南，收饑民，打出應天伐罪，從闖王不納糧的稱號，數月間竟得饑民五十萬，自此之後勢大難制。

張偉知清兵入關的危害，他現下用盡一切辦法，甚至以宸妃莊妃的陰招來禍亂女真，便是一定不能讓清兵入關，破壞他的大計。此時聽何斌輕視清兵與農民軍會盟的意義，不自禁地出言反駁。

何斌略一思索，卻覺此事無所畏懼，因笑道：「管他打的什麼算盤，反正現在天下好比一

局棋，該走的步子都讓你占了先機，咱們就等著逼宮殺將就是！」

兩人又說了幾句閒話，張偉方正容道：「那邊的事情，你派人發動了麼？此事關係重大，高傑的司聞曹和漢軍的軍情部都不知曉，一切都由你單線聯繫，現下諸事齊備，就等著那邊的消息了。」

「這你放心，我月前就已派人赴京師運動，估計那邊就快有消息了。志華，依我看來，此事十有八九可成。」

張偉輕聲一笑，答道：「謀定而後動麼。明朝雖然是腐爛不堪，到底它有大義名分，我的兵力足夠敉平反抗，不過這人心的爭奪，還當真是需下一番工夫啊。嘿，那些個老夫子一心想對付我，卻不想他們的所做所爲，正是加速他們一心維護的大明滅亡，這可真是天大的笑話。」

「志華，你可當真是陰招頻出。若是你得了天下，算來這千載以下，得天下最陰損的，只怕就是你張志華了！」

「廷斌兄，這話說得不對。告訴你一句話：歷史從來都由勝利者書寫。那唐宗宋祖，天下就得的那麼光彩？別的不說，就說宋太祖，他也是領兵大將，部下密謀給他黃袍加身，他當真不知道？那他怎麼帶的兵，笑話！史書麼，前人撒土，迷後人的眼罷了。就說這起兵檄文，上面署名的自然是在台的這幾個大儒，可是他們何嘗知道，又怎會願意？不過待檄文傳至天下，他們想不認帳，又可得乎？到了那時，也只能一心一意隨著我幹，如若不然，明朝那邊是叛臣賊子，千夫所指，在我這邊又是階下囚，何苦來著。讀書人風骨雖硬，卻是要博一個名，若是連名也沒有了，卻也只好不顧臉皮。」

他兩人閉門密談，不經意間已將台灣全島及瓊州動員起來，漢軍官兵齊集軍營，官吏們雖不知就裡，卻是一直準備軍服、棉被、醫藥、糧草等軍需物資。諸事順遂，軍器局那邊在經歷幾次失敗，甚至有死刑犯人失誤操作，導致硝化甘油爆炸而傷亡慘重，但在張偉及孫元化的決心與研究之下，已有大量的硝化甘油被製造出來，以黏土凝結成炸藥，雖不及大量製做手榴彈，卻已是用來製作了火炮開花彈，比之原本的黑火藥，爆炸力及殺傷力當真是不可同日而語。

因劇烈爆炸而四射的彈片可殺傷比原來多十幾倍的人員，而改用這種引火藥後，火炮與火槍的射程亦是大為增加。漢軍的滑膛火槍原本有效射程只在一百五十米之內，精確射擊非得在百米之內，改用引火藥後，有效射程已提至三百米。在訓練優良，依次射擊，裝藥擊發可至不中斷的漢軍面前，在穿透力大為增加的漢軍火槍大陣之前，再也無任何軍隊可以輕鬆奔襲而至，輕鬆突入漢軍大陣，與漢軍肉搏。

近十五萬的漢軍已是當世之時火器威力最強大，士氣及訓練最精良，戰術和軍官士官現代化，乃至後勤保障都依足現代軍制的最精良的軍隊。不論是在處於下降期的明朝，還是正四處

搶占殖民地的西方，都再也尋不出一支能與漢軍相抗衡的軍隊。

可惜的是，漢軍的大炮能教所有人閉嘴，卻仍是管束不住正義感超強，卻又愚昧不堪的儒生。崇禎四年的四月底，北京又有了與台灣及張偉的大風波，唱主角的自然是那些憂心國事的儒生官員。在他們提出的證據面前，不論是熊文燦的宗主錢龍錫大學士，或是一心想借張偉扳倒錢龍錫的溫體仁，甚至是在其中渾水摸魚的周廷儒，都斷然想不到，此次對寧南侯、龍虎將軍張偉極其不利的事件，竟然是張偉與何斌商議之後，暗中運作已久的陰謀。

起因只是一封密告信，若是投給別人，哪怕就是給閣臣大學士，只怕都不易引發這場軒然大波。無巧不巧的是，這封不知道從哪裡來，卻是言之鑿鑿、有證有據的密報書信，正好是給了剛從南方返回，對江南形勢憂心忡忡，對張偉勢力日大而滿懷警惕的劉宗周之手。

他身爲左都御史，原本就負有監查百官的職權。接到這告密書信之後，劉宗周當真是如獲重寶，當下也不和別人商量，連夜寫了奏章，便立時將告密信與自己彈劾大學士錢龍錫、掛兵部侍郎銜，督師鎮守襄陽的九省軍務總理大臣熊文燦的奏摺進呈皇帝。

他的奏章一進內宮，還不待皇帝發話。他便有意將密信內容外洩，得到洩露風聲之後，所有的都御史、六部各科的給事中紛紛上奏，彈劾錢龍錫與熊文燦收受張偉賄賂，縱容張偉謀奪瓊州，以漢軍充海盜，殺害明軍鎮守官兵，據瓊州爲己，雪片一般的奏章飛入禁宮，弄得崇禎焦頭爛額，不知如何是好。

這些言官只知道攻訐朝臣，博取名聲，又哪裡管國家大局糜爛，根本得罪不起張偉這樣擁有雄兵的一方軍閥，是以不管不顧，因見皇帝猶豫，不但是言官們上書，就是尋常的中下層官員亦是連上奏章，堅持一定要彈劾錢龍錫等貪墨官員，嚴查張偉是否有派兵僞裝海盜，攻打瓊州。

事情鬧了半月有餘，因證據確鑿，事實無可推脫。錢龍錫大罵熊文燦糊塗，那張偉的火槍兵海內聞名，攻瓊州時居然只是換了身行頭，便自稱是海盜上島。全天下就張偉的火器精於明軍，別說沿海的海盜早就全數被張偉消滅，就是有小股漏網的，又哪裡有那麼多火槍火炮？再加上禮物清單齊備，熊府在京師的府邸之內抄出大量的金銀珠玩，當真是令人無法辯白。無奈之下，錢龍錫當即便在朝堂自請處分，當場免冠而出，在詔獄內待勘候審。

在徵詢了閣臣中溫體仁與周廷儒的意見後，深恨臣下欺騙於他，早就怒火中燒的崇禎立命緹騎奔赴湖北，立時將熊文燦剝職逮問。以洪承疇爲兵部尙書、總理九省軍務，以盧象升接替洪承疇爲三邊總督；又敕令兩廣總督王尊龍加強戒備，以防瓊州漢軍作亂；命福建巡撫巡視璋、泉二州及福建沿海，嚴防漢軍渡海，因福建直面台灣，崇禎又得意命洪承疇即刻奔赴南方，整飭軍務，調集湖南、江西、湖北鎭兵近十萬人，刻日就道，奔赴福建、兩廣。

諸事安排妥當之後，崇禎終面臨最令他頭疼的張偉。若不處置，不但朝議沸然，道是大明自開國以來，沒有這麼跋扈的藩鎭武將，若是皇帝姑息，只恐日後天下紛亂，又重蹈唐朝藩鎭

大亂天下之禍；就是依著崇禎的心思，也是斷難容忍，若是置之不理，不但擔心日後各省的總兵武將難以制服，就是如何面對朝堂上那些文官們的嘴臉，想來也是一件令他難過之極的事。

左思右想，雖覺此時一不小心逼反張偉，明廷的軍力財力難以應付，卻又斷然不能不加理會。權衡利弊之後，崇禎便決定派內臣赴台，申飭警告張偉，依照他的想法，文官執著於大義，若是在台灣與張偉衝突起來，只怕立時就逼反了他；而內官不同，此輩秉承帝意，知道此去不過是應付差使，使得朝議稍息，面上給張偉一些苦頭吃，再能勒索些金銀賄賂，也就罷了。

崇禎四年五月，原以內臣身分督軍三邊，與盧象升一同帶兵回援，警戒軍師的監軍太監高起潛被皇帝任務爲司禮監秉筆太監，帶同數十名錦衣衛緹騎，手持皇帝敕旨，奉命前往台灣，調查處斷張偉賄賂大臣，縱兵攻掠瓊州一事。

那高起潛長得眉清目秀，自幼便跟隨崇禎，除了王承恩之外，便是他最受信重。崇禎即位之初，便令他出京爲監軍出鎮督師。他以太監的身分在盧象升軍中，當真是除了好事，什麼事做得。諸事掣肘牽制，又是怕死，又是貪財，偏又以皇帝信臣自詡，對戰事亦是指手劃腳，當真是弄得盧象升無可奈何，卻偏生是無法甩脫。此番奉命出京，卻也知差事重要，又知道張偉向來出手大方，心裏盤算著到台灣大撈一筆。是以出京之後，每日打馬狂奔，至驛站換馬便行，不敢遲慢。不過半月工夫，便又到得福建境內，卻是比海上行船，還要快上幾分。

他一心以爲自己來的迅速，必然能打得張偉一個措手不及，到時候驚慌失措，自然由他擺佈。是以到了福州，見過巡撫之後，倒也不去勒索敲詐當地官員，立時命巡撫準備好了官船，即刻便要渡船過海。誰料那巡撫卻道：「若說官船，福建自然是有，不過論起豪華舒適，還是台灣停靠在中左所的來往官船更好一些。便是那安穩保險，也是台灣的官來得更好一些。」

高起潛氣道：「先生既然說台灣好，倒不如去台灣任職，聽說那台灣知縣的俸祿比之內閣大學士尚且高出十倍，令你老先生心動也不足爲奇！」

見那巡撫慌張，又訓斥道：「老先生一番好意，我原不該如此。不過那台灣官船只聽命張偉，你老先生調得動麼？我來此是奉上命辦差，哪能安享舒適？待台灣那邊接到消息，船是坐得，但我這差事，豈不是要辦砸了？」

他此話一出，那巡撫卻是一笑，連聲道：「大人赴台辦差一事，風聲早便傳遍福建，不但全閩上下，只怕是兩廣一帶，都已風傳於士紳百姓之間了。」

高起潛當真是納悶非常，卻怎麼也想不通消息爲何會傳得如此之快。他自是不知，張偉派在京師的探子早就得了消息，他還沒有動身，便以一天八百里加急的速度飛報台灣。是以待崇禎派高起潛赴台申飭張偉的消息一傳到台灣，張偉的漢軍軍情部及高傑的司聞曹立時行動起來。派出成群的細作奔赴閩粵各地，將皇帝派太監來台一事大加宣揚。

其中添油加醋，歪曲胡扯、造謠惑眾等各種情事，都是各諜報人員必學的最基本課程，那

閹人在明朝早就名聲極壞，明朝立國兩百多年，權閹一直不斷，從王振到魏忠賢，無一不是禍亂天下之輩。此時皇帝派了宦官前來台灣，原本是想息事寧人，在張偉的刻意佈局宣揚之下，倒反似他即將被閹人逼迫打壓一般。

加之中國人最愛小道消息，自周朝起就有童謠、流言、揭貼等各式各樣的造謠辦法。離此明末亂世最近最有名的謠言，便是：「石人一隻眼，挑動黃河天下反。」元末修築黃河的役夫原本就不堪其苦，在韓山童、劉福通等人挖出埋下的石人之後，果然群議沸然，各人皆以爲反元時機已到，元室將亡，於是一夫倡命，群氓皆起，待朱元璋收拾殘局，天下歸明，這元朝倒是當真亡在這石人之上。

自此之後，燒餅歌流傳於世，明朝大大小小起義不斷，從唐賽兒到徐鴻儒，皆是以預言及宗教蠱惑天下，是以封建王朝之際，最忌讖語。張偉自決意起兵反明之後，早就派出大批手下分赴各地，用圖讖、童謠，揭帖，僞燒餅歌各式辦法，在民間弄得沸沸揚揚，那各人均道：「成祖的後代享國二百多年，弄得天怒人怨，現下建文帝的後人回來爭位，要把大統奪回。」

此事在閩粵各地的風傳，那兩廣總督和福建巡撫自然早就知曉，只是無憑無據，謠言根本就無法查出，甲傳乙，乙傳丙，各級官吏雖然心中惴惴不安，不是傻子都知此事斷然不是空穴來風。聯想到張偉可能起兵造反，各官都是心驚膽戰，唯恐戰火燒來，斷送了自己前程。是以此時明知道事情絕不簡單，這福建巡撫朱一馮老官僚出身，只想平平安安做完一任，到時候告老還鄉，任憑你天翻地覆，卻再也不干他事。

是以此時見高起潛納悶，他也只微微一笑，向他說道：「歷來朝廷派欽差下到地方，總會有些傳聞出來。這台灣張偉桀驁不馴，高大人的差使並不易辦，是以民間傳言紛紛，台灣那邊想必也有所知聞，是以早早的把官船派過來，就等著接您呢。」

因見提起差使不易辦云云時，高起潛臉上神色大變，顯是頗不樂意。那朱一馮人老成精，哪不明白自己的話不大吉利，恐觸了這大太監的霉頭。他小小一個巡撫，原本攀的是首輔錢龍錫的關係，此時錢已被革職逮問，沒有了靠山的他，如何鬥得過這皇帝身邊的親信太監，惹了他，只怕一封密奏回去，自己的官職立時不保。若是再輕輕題上幾句「該員黨附龍錫，交通張偉，圖謀不軌」，只怕不但官職沒有，小命能不能保，尙在兩可之間。忙又道：「話說回來，高大人你是京裏掐尖兒的大人物，由你親自赴台，那張偉豈有不束手就範的道理？」

俗語說千穿萬穿，馬屁不穿，此時高起潛雖頭疼於消息走漏，卻又得知台灣派船來迎，這巡撫雖然一把年紀，又是封疆大吏，對自己卻是恭恭敬敬，不敢違拗。高起潛雖是閹人，脾氣甚大，此時卻也是似笑非笑，向著朱一馮道：「咱家不敢管地方的事，一直在軍中，是個直脾氣，巡撫大人莫要怪咱家失禮才是。」

「不敢，不敢！」

「朱大人，我能把這禍事消弭了最好。可萬一有什麼變故，你這防務上，還得更加緊用

心些才是。我這一路行來，滿眼看過去，別說是地方上守備的那些老弱殘卒，就是你的省城，那些把守城門的士兵，一個個圍著大姑娘小媳婦飽眼福，跟著人群打轉磨屁股的，撿些小石子下五番棋，城門口便是這番景象，還能指著那些兵油子在衛所裏軍營裏更經心訓練，準備迎敵？」

他扳著手指頭，將一路上所見所聞一樁樁說與那朱一馮聽。他雖是宦官，到底久歷軍伍，在盧象升軍中待了數年，其中情弊盡然知曉。此時娓娓道來，語氣和緩，神色不變，那朱一馮及堂上所有的福建地方官員及各鎮總兵軍將皆是汗如雨下。

半晌過後，方聽得高起潛說完，朱一馮忙笑道：「軍備廢弛，無論是兵將、裝備還是訓練，還有餉俸皆是不足。其實通天下都是如此，現下國用艱難，衛所兵逃亡大半。福建這邊，還算是好的呢。」

高起潛尖著嗓子怒道：「你這是虛言狡飾之辭！朱大人，我在盧本兵軍中見到的可不是這般模樣！」

朱一馮心裏嘀咕：「那京師附近的九邊重鎮都是朝廷最重視的防務重點，每年朝廷的銀子大半都花在那裏。軍士將領都是精心挑選，算得上是精銳中的精銳，也是明朝唯一能戰的軍隊。至於福建，要錢沒錢，要人沒人，軍士們一個個要死不活。若想嚴加管束，又苦無軍餉。各級將官們也只得睜一隻眼閉一隻眼，朝廷要整束武備，說的好聽罷了，軍無餉不行啊！再加上兵事敗壞已久，便是有錢也治不了這些大爺。戚繼光那樣的名將都拿這些兵油子無法，行軍法殺人他們都是不懼，更何況現在此時！」

心裏雖然做如此想，面上卻是十分恭謹，反正巡撫只是文職官員，縱使追究下來，也是各級武官的事。想到此處，突然想起一事，對那高起潛笑道：

「正是因爲武備廢弛，我已奏報朝廷，將那南澳總兵鄭芝龍調回福建，任福建總鎮，提調原福建的兵馬，還有朝廷派過來的客兵，也歸他指揮，此人才幹超卓，且又勤謹忠忱，是個難得的人才！」

「喔？就是熊文燦那老兒招安起用的那個原本的大海盜，張偉的義兄？」

朱一馮嚇了一跳，忙解釋道：「因張偉奪了鄭氏在澎湖的基本，這兩個盟兄弟早就翻臉成仇，便是那鄭芝龍的親弟弟，亦是死在張偉之手。」

他壓低聲音，向高起潛道：「早就有過傳言。當年所謂的英軍進攻澎湖、澳門，都是寧南侯弄的花樣。其意在於驅趕鄭家勢力，打垮鄭家的水師。澎湖一役之後，鄭芝龍賴以起家的水師船艦和水上將士全數戰死，他跟張偉，可是不共戴天的血仇！再有，熊文燦當日已被張偉收買，鄭芝龍將事情稟報給他，反遭訓斥，是以，他不但不是熊文燦的人，反倒是記恨在心。熊某一壞事，他知朝廷要防範張偉，立時給王總督和我上了條陳，言道張偉此人志向非小，只怕一旦逼反了他，東南危殆，是以願意由廣東回福建，就近督兵把守。」

看一下高起潛神色，見他已是微微點頭，顯是將這番話聽了進去，又道：「這鄭芝龍自歸順朝廷之後，恭謹事上，對上司的指令從沒有駁回的。鎮守南澳多年，驅洋人、剿海賊、清山匪，使得地方平靖，其功非小。他又在海外經營多年，熟知外洋情事，再加之有幾千家兵，都是訓練有素忠心不二的強兵，調來福建則可保此處無虞。」

高起潛雖覺有理，卻打著哈哈尖聲道：「貴官小心過逾了吧。寧南侯雖然有跋扈不法事，皇上到底也不是要怎麼著他，不過教我來查看申飭一下罷了。他若是要反，這些年來早便反了，又何需等到今時？」

「是是，這話說得很是，只是擔心而已。那鄭芝龍也是擔心那張偉會對朝廷的使臣不利，是以願意帶兵駐防，也是威懾其不敢造反的意思。」

「好，就依你。我這便下欽差行文，調鄭芝龍過來，待朝廷批文到了，再做理會。」

他在皇帝身邊作威作福慣了，深得皇帝信重，別說一個小小的巡撫、總鎮官，就是連盧象升、洪承疇那樣的總督大臣，見了他也得客氣非常。此時這巡撫特地向他提出此事，又言道保護他安全云云，倒也卻不過面子，只得胡亂答應了便是。

有他一句應諾，朱一馮頓時大喜，他身處地方，對這些年來張偉漸漸咄咄逼人的勢態瞭然於心，看著高起潛仍是趾高氣揚、目中無人的模樣，心裏委實放心不下。此時這大太監答應將鄭芝龍調來福建，他卻不比高起潛這樣的天子近臣，對下層武官不放在心中。在他看來，當此亂世，一個鄭芝龍足抵過十萬名要軍紀沒軍紀、要戰力沒戰力的客兵！

當下寒暄已畢，各官將高起潛迎入官廳之內，擺下酒席飲宴。各人都是做老了官的，哪裡不知奉迎上司，拍馬湊趣的道理，一時間酒水及馬屁橫飛，將高起潛伺候得酒酣耳熱之後，方將這位醺然醉去的欽使送出福州。那朱一馮擔心欽使安全，福建雖然沒甚水師，仍是湊了幾艘戰船護送，又派了一個千總帶了幾百兵士，跟隨那高起潛而去。

待到了碼頭之上，高起潛一眼便瞅見停靠在碼頭的大型帆船。當是之時，中國已甚少能造大如鄭和寶船那樣的超大型艦船，那福建是中國造船業最發達的地區，所造的福船行遍四海，卻也大多是百餘噸的小船，這艘台灣商船是台灣船廠停造大型戰船後，依照鎮遠艦的規模打造的超大型商船，比之停靠在岸邊的內地商船，當真是鶴立雞群。

待高起潛帶了從人到得碼頭，早就有台灣小吏迎上前來，道是寧南侯特命在此等候欽使，其恭謹模樣比之福建地方官員不遑多讓。

高起潛心中稍定，抬腳上船，待見了船上甚是軒敞，各處亦都是打掃得乾淨整齊，入了艙室，見其中佈置得精緻之極，信手拿起放在臥榻旁的瓷瓶，看那瓷瓶通體全白，光滑潤澤，眼角一跳，向那跟隨而來的小吏問道：「這是南宋的定窯所出麼？」

那小吏忙行了一禮，挑起大姆指笑道：「您當真是好眼光！」

嘿了一聲，高起潛將那瓷瓶放下，向那小吏道：「人都道寧南侯富甲天下，以一人之財

力可抵大明全國。原本以為是人說嘴誇飾，原來果真如此啊。一個接官船都佈置的如此精巧豪華，台灣之富，真是令人讚嘆。」

若是尋常內地官員聽得太監誇他豪富，難免要心驚肉跳，想著善財難捨的，只怕臉色立時要苦將起來。此時這小吏聽得高起潛誇讚，卻是笑瞇了眼，連聲向高起潛道：「您過獎，您過獎了！台灣縱是有些浮財，也是聖天子的恩德，讓張大人僥倖罷了。」

頓了一頓，又道：「這船佈置的好，也是咱家大人用心。在小人過來之前，大人親召小人至府邸之內，向小人吩咐道：欽差來台，可是皇上看重咱們，可萬萬不能失禮。多花點錢算不了什麼，總之要讓欽使大人住得舒服，船要大，佈置的要精巧，水手也要挑那些幹練的，總之要教大人平安舒適的到台灣才是。待欽使的差事辦完，這船隻再載些土產什麼的，由海上送您回京，可比騎馬舒服多啦。」

見高起潛點頭微笑，那小吏又道：「咱家大人早就盼著欽使到來，要不這樣，咱們現下就起錨開船？」

「想不到你一個小小吏員，生得挺威武，我看你模樣，原以為你是個木訥老實的人，卻不想如此知情識趣。待我到了台灣，自然要向你家大人誇你幾句，也不枉你辛苦一場！公事緊急，你這便安排開船。」

「是！這便開船。」

見高起潛舒適的倒在臥榻之上，把玩艙中陳列的珍玩，那小吏微一低頭，笑容卻已是斂得乾乾淨淨。他步出船艙之外，高聲叫道：「欽使大人有命，起錨開船嘍！」

他大聲呼喝，倒將高臥在船艙內的高起潛嚇了一跳，待聽到是喊開船，忍不住罵將一聲，又重新躺倒在那臥榻之上。

他心羨張偉之富，滿心盤算著要在下船入台之初，便給張偉一個下馬威，好生威逼一番，然後大打秋風，滿載而回。他數年來在外監軍，那盧象升清廉自守，屬下諸將亦都是憑著軍功上來，哪有什麼銀子奉承他。哪像那王承恩、曹化淳、王坤等人，在京裏威權赫赫，那些個百官大臣，哪個不捧他們的臭腳？只怕幾年下來，各人少說也撈了幾十萬兩銀子在手裏。

這高起潛回京之後，憑著立下的所謂「戰功」，在皇帝面前邀得寵幸，與王承恩等人一同將那王坤排擠出京，發配至鳳陽看守重修皇陵。正在春風得意之際，準備在京大展拳腳之時，卻被皇帝派出京師，前來台灣公幹。他自然不敢違拗皇帝的令旨，心裏卻對張偉滿懷怨氣。此時又見了張偉如此豪闊，更是打定了主意，要在台灣大幹一票，所謂失之東隅，收之桑榆是也。

待船行入海，此時正是春季，海上波浪正小，台灣又派來好大官船，行駛起來甚是平穩，那福建巡撫派來的千戶引領著幾艘破爛不已的明朝水師艦船緊隨其後，不過兩三日工夫，官船便已行至台北港口之外。

「那漢子，快將飯菜送進艙來！」

跟隨高起潛上船的伴當自然是他身邊聽用的小太監，還有一眾錦衣緹騎隨身保護。這起人別說在地方，縱是在京師天子腳下，亦是橫行衝撞慣了。不但尋常百姓躲之不迭，就是那文武百官公侯外戚，等閒亦是不敢招惹。這夥人在船上，除了小心侍候高起潛外，對著船中水手僕役當真是頤指氣使，動輒喝罵。便是那爲首的台灣小吏，穿著藏青官服，頭頂烏紗小帽，也被他們如奴僕一般使喚。好在是那寧南侯有過交代，這夥水手官員對這些人一個個恭謹無比，哪怕是挨上兩腳，亦是笑臉相待，不敢違拗頂嘴。幾天下來，將自高起潛以下諸人侍候得舒服之極，愜意無比。

此時雖是台灣港口已近，眼瞅著午飯時間將至，船上每日照例送到各人房內的飯菜卻是蹤影不見，不但高起潛等得著急，便是那些小太監臉上亦變了顏色。

「嘿嘿，船上只帶了幾天的飯菜，這幾天各位爺們浪費許多，現下已是一粒米也沒有，欽使大人及各位軍爺，還是等上岸之後再用，如何？」

那叫飯的小太監罵了一句，卻見眼前原本恭順異常的僕役臉上已變了顏色，只怕若是再罵，必將對他飽以老拳，心裏又怕又驚，忙回艙稟了高起潛，不免又添油加醋一番。

高起潛卻並不在意，此時台灣將近，他滿心盤算著如何對付張偉，哪裡有心管這些小事。更何況屬下人什麼德性，他當然是心知肚明。當下將那小內監攆了出去，又喚了幾個體己伴當太監，將崇禎御賜的尙方劍及欽差印信取將出來，又換了衣飾，略整儀容，端出天子幸臣、欽差大人的架勢，一步步行出艙來。

見那小吏笑嘻嘻站在艙前，高起潛皺眉道：「怎地還不進港？」

「欽使老爺，港內船隻眾多，一時安排不及，您看，現下不是正讓裏面的船隻讓出航道來麼。」

皺眉凝神一看，見眼前的港口內黑壓壓聚集了幾百艘大大小小的商船，將港口內塞得密密麻麻，若是不調整航線，這艘大船哪裡能擠得進去。正在心裏暗暗吃驚，既吃驚於台灣之富庶，也將大敲一筆竹槓的心思又堅定了幾分，至於心裏預先設定好的銀子數目，自然也不免又抬高了幾分。

正盤算間，卻聽得港內響起數聲號炮，將他嚇得一驚，定睛一看，見眼前已露出一條航道來。聽得身邊侍立的那人叫道：「開船，進港！」雖覺得這人的聲音舉止已不復初始那般委瑣模樣，反是有一股自信及剛強，不像是個尋常小吏，倒似一名常在敵軍陣中衝殺的將軍。狐疑地向那小吏一看，卻已來不及細看，船已近港，不過一會兒工夫，便已駛至碼頭。

聽得岸上隱約可聞的鼓樂之聲，高起潛臉上露出一絲微笑，心道：「這張偉禮數倒是頗爲周到。」卻又板起了臉，向隨從各人令道：「上岸吧！」

他一搖一擺帶著從人魚貫而行，由搭起的跳板登上碼頭，身後各人捧劍、端印、執欽差關

防，緊隨其後，其餘傘、牌、瓜、棍、叉、槊依次相隨，眼看他上岸而去。

第十章　奸佞之臣

諸將含羞帶氣地一個個步行出去，心中都是恨極。那些下級軍將不知張偉意思，只道是大將軍果真怕了這太監，現下漢軍又被這閹人如此欺凌，連龍驤衛大將軍都被打得暈迷，心中又急又氣，一個個便欲去張偉府中，去尋他訴冤。

「呸，一群挨殺的貨！」

一群人得意洋洋登岸而去，自然聽不到船上眾水手的罵聲。由張瑞扮的小吏橫了諸人一眼，卻亦是忍不住笑道：「也罷，讓他們得意幾天。待大人一聲令下，這起混帳都免不了一刀，大夥兒和死人生哪門子氣。」

各人正在嘻笑間，卻見那高起潛昂首而行，由張偉親自上前迎接，上了官車，向著台北城內而去。

待行到張偉府邸之外，高起潛一路上見了台灣情形，已是驚詫莫名。他不論到何處，總以爲北京是天子腳下，帝都所在，當然是大明乃至天下最繁華之地。現下見了這台北模樣，雖然城池規模不如北京，但無論是街道、房屋、環境，皆是比北京更加繁盛豪華。

心裏正自驚訝，卻板起了臉向張偉道：「寧南侯、龍虎將軍張大人，請接旨吧？」

明朝歷來傳旨，大抵是派錦衣衛校而行，此時以高起潛這個太監傳旨，各人心裏一想要向這個閹人下跪，心裏各自是老大的不舒服。張偉肚裏暗罵一句，心裏卻知道此時尚不是翻臉時候，便笑道：「末將這便接旨。」

說罷率史可法、何斌、何楷等人依次跪了，聽那高起潛宣旨。待崇禎訓斥告誡張偉的聖旨一宣完，張偉因是待罪之人，便將頭頂冠帶卸下，叩頭道：「罪臣張偉，謹遵聖命。」

崇禎雖是下令來查，卻並無旨意免他冠帶，依著皇帝的想頭，不過是來敷衍一下，給在京的官員一個交代便是。這高起潛也沒有料到張偉當眾免冠告罪，心中熨貼，本想扶他起來，令他戴上朝冠，轉念一想，卻又冷笑道：「大人既然已經知罪，那麼就請在府中閒居，待高某查清了緣由，自會還大人一個清白。」

他一心想著勒索金銀，從官船到台北，一路上又頗受尊敬。這些太監與尋常人不同，你越是敬他，他越覺得你軟弱可欺。至於像盧象升那樣的君子，平時對他不假辭色，他雖是恨，卻是無法折辱。此時張偉一副唯唯諾諾模樣，看似軟弱之極，台灣又是富庶之地，這般的大肥肉不想法狠咬一口，真可謂上對不起天地，下對不起自己了。

見張偉神色委頓，赤頭跪於地上，那高起潛也不叫他起身，逕自向張偉身後跪地、身著七品文官服飾的史可法問道：「你可是台北知縣史可法？」

史可法雖然已做了三年多的台北知縣，初時不過是搖頭大老爺，近年來張偉對他越發信重，他亦不同於尋常書生，一肚皮的迂腐之見。此前的學術之爭，倒也令他眼界大開。張偉知道他能力超卓，便令台灣政務署將一些庶務交與他處置，事務辦得越多，對台灣的感情亦是日增，對張偉的敬佩亦是一日大過一日。此時見張偉被免冠斥責，他不知其中就裡，只覺朝廷處置乖張，甚是不平。再加上明朝讀書人對太監皆是反感之極，魏忠賢前鑑不遠，崇禎在初時罷各地監軍太監之後，卻又重新對太監信重有加，此事當真令他極為憤怒。見了高起潛趾高氣揚模樣，心中更添反感。只是欽差訊問，他卻不能不答，勉強一叩頭，答道：「下官正是台北知縣史可法。」

見他一臉呆板，答話的語氣亦是亢強奮然，高起潛在肚裏暗罵一聲：「又是一個死硬的臭書生。」

太監與儒生當真是死敵，史可法看他不順眼，他看史可法亦是一肚皮的不爽。只是事關大計，卻也顧不得許多。便揚著下巴令道：「我便歇在你的衙門裏，今日晚了，從明日起，你隨我一同四處巡視查探！」

史可法心裏彆扭，卻又不得不應道：「下官自然遵令，只是鄙衙門狹小得很，只怕欽使住不舒適。」

高起潛連連擺手，尖著嗓子道：「爲聖上辦事，要什麼舒服！」說罷，由一群太監及錦衣衛護衛，一群人也不管張偉等人如何，自顧自地令史可法帶著去了。

何楷等人亦是不明張偉打算，早就氣得臉色發白，那何楷道：「大人，我好歹有個進士身分，有上奏建言的資格，我這便回去，上書爲你辯冤！」

台灣官吏大半是張偉任命，卻沒有何楷的資歷，雖一個個氣惱無比，亦是無法可想。只看張偉神色黯然入內，一個個都是驚慌無比。這張大人雖然有時強橫得不講道理，各人都需拚了命的做事，卻是不需拍馬，不需鑽營，只要踏實做事，年底考核時自然少不了功勞情分，俸祿自然亦是內地官員的十數倍。再加上各人都知道台灣富庶都是因張偉之故，現下不知朝廷如何處置於他。各人雖不信擁兵十幾萬的張偉會老實就範，卻又忍不住想：「若是大人被調走，朝廷派一夥兒貪官汙吏過來，只怕不消一年工夫，這台灣就破敗得不成模樣了！」

各人心裏擔心，想要尋大老們打聽究竟，卻見何斌等人早隨著張偉入內，眾人茫然四顧，見府邸四周高樓林立，那些繁華商鋪門前熙熙攘攘盡是奔忙的人群，心中均是擔心之極，唯恐一旦張偉被免了官，此地盛況不再。

且不提這些官兒一個個在府外懸心，張偉自帶著一群心腹手下由儀門入內，進了那大堂之內。

那劉國軒脾氣火爆，雖然這些人遲早免不了吃張偉一刀，卻忍不住罵道：「這些混蛋王八蛋，還好大人不是那愚忠的傻官，若是一切聽他們擺佈，皇帝要怎樣就怎樣，看那王八蛋的模樣，當真是能把咱們給剝了皮。」

張偉先是不理，命下人送上一頂紗帽，輕輕戴了，方向他笑道：「不要焦躁，他們還能有幾天的命？」又冷笑道：「平日裏一個個神氣活現，道我如何的不好，現下讓這些混帳們在台灣橫行一下，讓全台上下知道朝廷是怎麼個章程，到時候才知道厲害！」

他們計較已定，漢軍自有張鼐、劉國軒等人穩著軍心，那高起潛也不會蠢到入軍營內胡作非爲。至於台北全城，則任他們作爲，只待弄得天怒人怨，到時候再出來收拾殘局。

待漢軍諸將退下，何斌方向張偉問道：「志華，其實咱們在閩粵間早有準備，此時便是直接殺了這些人，祭旗起兵，豈不更好？」

張偉搖頭道：「你有所不知。這人是最賤的生靈，你待他越好，他越是不知好歹。這些年我在台灣憚精竭慮，創下這個基業，其間辛苦誰能知曉？現下台灣生齒日多，品流複雜，各人都安享太平之福，內地苦況，各人聽聽也就罷了。誰知道那些義軍是被官吏所迫，實則也就是讓皇帝苦害，方才造反！你看那些遼東來的漢民，初來之時得了許多好處，一個個感恩戴德，對我稱頌不已，這才多久，一個個便生出了許多異樣心思。什麼台南不如台北富庶，我偏於閩

人而輕遼人。而閩人最早隨我，更加的驕縱！現下不少原來隨我來台之人發起家來，眼界廣了，野心卻也大了。我雖然是有靖安司隨意偵緝逮問，卻無法遏制人心的貪欲啊。再加上那些儒生一個個口說指劃，好像一個個都是治國奇才。也好，我這次就讓聖明天子的家奴們來治一治他們，讓他們知道厲害。」

高起潛至台已是數日。他也不嫌台北縣衙門簡陋，就這麼帶了一群親隨衛士宿於後堂，連日來審核台灣帳目，傳喚一眾官吏，一言不合，就在縣衙門大堂打板子問話，自吳遂仲以下，鮮有屁股不受罪者。

這一日，他一早便坐堂，派了一眾太監和錦衣衛校下去辦事。自己又傳了漢軍諸將問話，雖見各人臉色鐵青，卻仍是不管不顧。見劉國軒黑口黑面，心中就看他不順眼，問道：「當日瓊州海匪爲患，是你帶兵平了匪患麼？」

「是。」

「匪兵數目多少，何人爲首領，家鄉何處，因何爲匪，又因何攻拔瓊州？講來！」

見劉國軒垂首不答，高起潛便冷笑道：「我知道你們驕縱慣了，不把朝廷律令看在眼裏。我卻偏要觸一下你的老虎屁股，看你是不是當真有那麼豪橫！」

說罷令道：「來人，把這軍將帶下去，打五十板！」

將權杖擲下，自有幾個錦衣校衛衝上前去，將劉國軒一把摁倒在地，也不顧他反抗，就這樣拖將出去，在堂外行刑。

堂內漢軍諸將聽得真切，那板子噗噗打在劉國軒身上，竟然一下重過一下。錦衣衛乃是明廷行廷杖的好手，別說小小台灣的將軍，就是文武大臣也不知道打死過多少。原本在台灣勢孤，各人心裏還有些忌憚，開始時不肯下死力打，因劉國軒倔強無比，板子落在身上卻始終不肯喊叫求饒，各錦衣衛校心中發起狠來，那板子打得又急又重，待五十板打完，劉國軒已是暈迷過去。

漢軍各將又急又怒，卻又知道張偉決定放縱不理，任憑高起潛等人施為。若非如此，開始時高起潛也不過四處查看，問問話就完，見張偉等人退縮膽怯，這死太監反倒囂張起來，不但打了文官，此時武將亦難免遭他毒手。各將心中凜然，唯恐在戰前被他打得臥床不起，誤了戰事，那可是得不償失。是以劉國軒雖然被打，他的知交好友及一眾屬下卻無人敢出來求情，也只得各自咬牙罷了。

見各將一個個垂首低頭，一副恭順模樣，高起潛心中大樂，心道：「都說寧南侯如何豪強，手下將軍士卒如此敢效死命，今日一看不過如此。」

心情大好之下，便向諸將笑道：「一群混帳蠻子，朝廷都敢不放在眼裏。不打得你們屁股開花，想來是不知道厲害！今日且到這裏，來日我再傳你們問話，若還是敢有欺詐不實之言，

一個個都如那劉國軒一般處置！」說罷拂袖道：「都給我滾！」

諸將含羞帶氣地一個個步行出去，心中都是恨極。那些下級軍將不知張偉意思，只道是大將軍果真怕了這太監，現下漢軍又被這閹人如此欺凌，連龍驤衛大將軍都被打得暈迷，心中又急又氣，一個個便欲去張偉府中，去尋他訴冤。

卻見劉國軒張開眼來，向各人斥道：「大人現在正在府中閒居，你們去尋他，是讓他背黑鍋麼？都給我老實點，扶我回去便是。」

他掙扎著站起身來，扶著兩名軍將，向身邊各人笑道：「這龜兒子，打得老子又痛又麻，好在我熬得一身好骨，這幾板子打不垮老子！」

雖然還在說嘴逞強，卻急忙一瘸一拐扶著屬下速速離了此地，唯恐那死太監突發奇想，又將他們叫回去，再來一通板子，那可當真要了老命了。

漢軍軍人尚且如此，至於那些尋常小吏、商人、農夫，一個個更是被高起潛折磨的要死，除了沒有打出人命來，只怕這幾日殘廢在他手下的便有數十人之多。各人向他進貢獻上的金銀古玩、海外奇珍，在縣衙後堂裝了滿滿一屋。

那史可法早便看不過眼，好在自己身爲正經的朝廷命官，又是一窮二白，無甚可勒索的地方，是以一見高起潛在前堂問案，他便躲在一邊，圖個耳不聽爲淨。

他想躲個清靜，卻不知道自己正在張偉算中，已是入了局的人，想脫身卻是想也休想。

這一日聽得前堂又是雞毛子亂叫，顯是又有一幫平民百姓被逮問到堂上問話。史可法聽得氣悶無比，卻又無法前去勸阻。他一個小小七品文官，欽差惱將起來，用尙方劍斬了他腦袋又能如何？也只得一個人悶聲不出罷了。正鬱悶間，卻見那吳遂仲青衣小帽，靜悄悄由偏門溜進後堂。

史可法詫道：「遂仲兄，你屁股上的傷好了麼，怎地還敢過來此地？」

吳遂仲成日忙得腳不沾地，此時已是熬得又黑又瘦，加之又吃了板子，神情看來甚是萎頓，卻瞇著眼向史可法笑道：「這欽差大人一來，台灣的諸般公務都已被停，我閒著無事。好在欽差大人看在我又老又瘦的分上，加之還有點身分，只打了二十小板，兩天歇息下來，已無大礙。因大家心中惶恐，委我來尋你探探消息。這高太監拚命撈錢，他的屬下也好不到哪裡，送了一錠大銀，便放我進來了。」

說罷又笑道：「此處說話不便，請憲之兄隨我出去小酌幾杯，暢談一番，如何？」

史可法尙在遲疑間，卻已被他一把拽住，半拖半拉的拖出門去。那守門的錦衣小校早得了賄賂，見他兩人大搖大擺出來，也只是視若無睹。

史可法想起高起潛的命令，什麼小心門禁，閒雜人等不得靠近云云，此時卻又是這般光景，當真是又好氣，又好笑，不禁向吳遂仲苦笑道：

「上行下效，高大人如此，下面的小校也是如此。天下事要交給他們來辦，只怕不消幾

年，就弄得天下無人不反了。」

吳遂仲嘿然一笑，答道：「太監軍校如此，難道讀書人又好到哪裡去了？錢龍錫、熊文燦收受賄賂剛壞了事。周廷儒對了聖意做了首輔，我家大人早派人過去送禮，只怕也沒有不收的道理。首輔閣臣如此，下面的官吏又該當如何？算來大明開國兩百多年，不貪的官能有幾個？這可都是讀聖賢書的儒生呢！」

史可法默然不語，吳遂仲的話雖是直白，卻也是憑心而論，並無不實之言。比起張偉在台灣以制度防貪，以廉政署不歸於任何衙門統制，單獨辦案，台灣自何斌以下，無不受其約束，卻是好過明廷抓住貪官就剝皮，只憑人君好惡，沒有制度。台灣對肅貪如此重視，再加上高薪、考功記過都是依照律令秉公而行，是以台灣官吏之清廉高效，竟是海內第一。

便向吳遂仲笑道：「這也是你閣下的功勞。張大人定下規矩，到底還需人來執行。」

吳遂仲卻故意嘆一口氣，攬著史可法上了一棟酒樓的二樓，叫了酒菜，方向史可法笑道：「只是好光景要到頭了。那周廷儒雖是首輔，卻是剛剛上任。當此風頭浪尖上，他又能如何？朝廷只怕是要剝了大人的軍權，革職閒住啦。」

史可法此時不過是底層小官，哪裡知道這些上層陰謀詭詐的事，一聽之下頓時大急，睜大了眼怒道：「這也太過混帳，大人謀瓊州一事還要勘查，怎地就這麼做了決斷！」

「嘿，高太監只怕是持了帝命方如此胡鬧吧，不然的話，他怎敢如此胡作非為？」

「聽說何楷兄正在具摺封章，要力保張大人，我雖不才，亦有上奏之權，我這便回去，給朝廷上表，在事情未明之前，不可妄議剝了張大人的職權！」

吳遂仲看他一眼，卻搖頭道：「表章無用，朝廷不知台灣情形，就你和何兄兩封奏章，抵得甚用處？」

史河法漲紅了臉道：「依著你的意思，又該當如何？難不成就坐視不理不成？」

「倒不是這個意思。復甫兄已從台南過來，他倒是想了一個法子。」

「願聞其詳！」

「依復甫兄的想法，現下在台灣的舉人進士委實不少，只是有不少閒居在家，沒有爲官。若是以何兄、憲之兄，還有台南的王忠孝知縣，再能聯絡黃尊素、黃道周這樣的前任京官，再加上吳應箕與復甫這樣的舉人，咱們湊上幾十人，聯名上書，爲大人辯冤，這便叫公車上書。諸位心懷天下，應該不會顧忌身家性命，不敢聯手吧？」

見史可法一臉爲難，知道他雖願意，卻對說服其餘儒林大老頗感爲難。只是這史可法乃是東林大老左光斗的弟子，在黃尊素等人面前頗能說得上話，雖然那黃尊素等人對張偉施政頗有些不滿，但亦是心服台灣有治世之象。此時高起潛等人在台灣胡作非爲，這些人原本就仇視閹人，此時再有信重的弟子前去添上一把火，則不愁大事不成。此時史可法心存猶豫，想必也是對張偉攻打瓊州一事也有些懷疑，若非如此，想必此時已是連聲應諾。

因退而求其次，又笑道：「若是覺得辯冤太早，不如聯名上書，將高太監在台灣的不法情事上奏皇帝，請求另換人手，前來台灣調查。憲之兄，這可該沒有的推脫了吧？再有，也可先齊集眾人，一起去縣衙門會見高太監，你那幾位老師都是清流名儒，又曾做過京官，求他不要胡作非爲，靜待朝廷指令，這也可暫保台灣全境平安，憲之兄意下如何？」

話已說到這個地步，史可法已知此事不是出於吳遂仲的意思，想來必是張偉擬定的自保之計。公車上書給朝廷施加壓力，就是不能調換高起潛，這高太監想必也會有所收斂。平平和和了結此事，張偉自然還是朝廷的雄藩強鎮，鎮守東南保一方平安。

想來想去，都覺得此事利在朝廷，利在台灣百姓，因此振衣而起，向吳遂仲抱拳道：「敢不從命？這便去尋那幾個老師、年兄，一同商議！」

說罷也不顧吳遂仲勸說，連酒也不飲，便直身而起，匆匆下樓，直奔那黃尊素家而去。

一路上只見那些錦衣校尉鮮衣怒馬，四處騷擾良民。別說是遵守張偉的台灣律令，就是連明朝的法令也沒有看在眼裏。這幾日來，不但是城內遭殃，就是四野鄉民，也多有被錦衣衛校尉們騷擾拷掠者。這些人用起刑來，可比在堂上打板子更加陰狠毒辣，什麼燒烤、夾釘、騎木驢、辣椒水、老虎凳等酷刑施用起來甚是方便，常常幾個校尉竄到人家，立時就將這些酷刑用將起來。直到得了錢財，或是拿了口供，這才洋洋得意而回。有那美貌妻女的人家，還需家中女人賠上身體，方能被放過。

待史可法趕到黃尊素家中，正好這大儒聚集衆知交好友、門生弟子，數十人聚集在黃府之中，正在長吁短嘆。

這些人避居台灣之後，因其身分地位，不但沒有賦稅徭役，便是等閒的爭執亦是台灣官府代他們解決，全台上下，誰人不知張偉甚重讀書人？是以雖然政見略有不同，他們倒也樂得平安快活。此時高起潛入主台灣，不但是尋常百姓遭殃，便是這些名儒們亦不免被騷擾禍害，好在各人都大多是舉人進士，有些身分保護，免了皮肉受苦，只是聽得鄰居百姓被那些朝廷的錦衣衛校尉們禍害，間或甚至有小太監帶隊毒害百姓，各人聽在耳裏，當真是感同身受，如遭酷刑。

明朝讀書人雖然已是腐朽不堪的多，到底還是有正義感。東林黨便以天下自詡，以關心明務，兼濟天下爲念。是以當年左光斗、楊漣都是因多管閒事被閹黨迫害致死。更有蘇州五君子，當年因上書言魏忠賢之非，被逮問之日，蘇州數萬百姓暴亂相救，就是因這些儒生肯爲百姓說話，敢於對抗權貴的緣故。

此時看著原本的樂土幾天間變爲人間活地獄，各人自然要聚集在一處，議論商討辦法。正高談闊論間，那史可法匆忙趕到，將吳遂仲的意思向諸人一一道來。

那黃尊素看一下周遭各人的神色，還未說話，卻聽那黃道周將腿一拍，大聲道：「讀聖賢書，所爲何事？孔曰成仁，孟曰取義。這樣的事情，吾輩讀書人豈能不管？」

黃尊素待他說完，又與高攀龍交換一下眼神，兩人雖覺是被張偉利用，卻無奈何，便一齊鄭重答道：「既然如此，咱們現下就去台北縣衙！」

所謂書生意氣，本就是衝動起來不顧一切。原本就群情激奮，待史可法一至，更加是火上澆油。明朝儒生與太監原本就是死敵，沒事都要互整一番，此時這些太監宦寺禍亂台灣，比之當日在北京禍亂天下更令這些儒生看得真切。

當下各人計較已定，一個個攘拳揎臂，直奔台北縣衙門而去。說來也怪，他們甫一出門，便有不少百姓聽得風聲。這些時日老百姓簡直如入阿鼻地獄，此時聽得這些進士舉人老爺們要去尋欽差論理，自然是一個個跟隨景從，以壯聲威。待各人奔行到縣衙門附近，身後已是聚集了數萬百姓。

台灣百姓比之內地不同，這些年來，張偉雖然是以嚴制台，但從沒有冤枉勒索百姓的事。當年的台北巡捕營官兵若是有了錯處，只需至法務署告訴，則沒有不准不查的道理。一旦核實，無論是誰敢無端苦害百姓，必受重懲。這幾日來，高起潛一眾人等苦害百姓，大家原以爲只是查那張偉是否有反跡，卻是與己無關，誰料幾百名太監及錦衣衛士四處拷掠，只要對了眼，看出是有錢人家，哪管你和張偉是何關係，有無勾結，一頓拷打下來，就是讓你賣了親娘都嫌晚，哪裡還有什麼道理可言。到得此時，大家方知這皇帝御用的走狗當真不是耍的，那高傑算什麼，虧自己平日裏畏之如虎。

這縣衙外邊人山人海，人聲鼎沸，眾人此時如同有了靠山一般，吵吵嚷嚷聚眾大罵。這幾天的冤氣當真是受得太多，那些苦主雖不敢來，那親朋友好卻在這隊列之中，此時不痛罵幾聲，更待何時？酒壯英雄膽不過是托詞，最安全最壯英雄氣的，自然是躲在別人身後大罵幾聲。

那把守縣衙外圍的錦衣衛諸校尉遠遠見了人群湧來，那年輕的還不知好歹，有幾個老成的卻知道當初蘇州市民打死傳旨校尉，保護東林大儒的往事。後來雖是斬了五義士，到底當場有不少校尉丟了性命。好漢不吃眼前虧，錦衣衛不管如何的如狼似虎，以幾百人抗幾萬人的壯舉卻也是想也沒想，當下各人急步暴退，緊閉四門，立時派人至後堂請高起潛的示下。

高起潛這幾天雖已是撈了不少銀子，卻一直沒聽到張偉動靜，心中愁悶，卻又不知道如何是好。他動靜已然鬧得極大，林林總總用拷打的辦法搜羅了不少證據，張偉卻不來與他接洽商談，他也不能公然跑到張府索要賄賂。

正在煩悶的當兒，那當日送他來台的小吏卻登門求見。按理，以他這樣一個小小吏員的身分，斷然不能見到欽差大人的面，不過此時高起潛苦於台灣各層官吏無人來投靠，心中正自納悶，急欲打開缺口，無奈之下，便下令命人傳見。

那小吏一溜煙跑將進來，剛剛給高起潛行禮完畢，兩人正待說話，卻聽得外面人聲鼎沸。待報信的錦衣衛跑將進來，一五一十將外面情形說了，高起潛已是嚇得呆住。

見他慌張之極，一時間竟然手腳顫抖不止，口張眼斜，渾然不知道如何是好。張瑞扮做小吏前來，正是爲了此事，心裏鄙夷一番，卻向高起潛笑道：「欽使大人莫慌，外面不過是幾個儒生鬧事，眾百姓借機鬧事，只需將儒生壓服，那些百姓手無寸鐵，又有何懼？」

高起潛尚未答話，那些侍立在房內的錦衣校尉立時同聲道：「話不是這樣說，萬一激起民變，幾萬人擁將進來，踩也將咱們踩死了。唯今之計，只有尋寧南侯派兵前來彈壓，如若不然，只怕民變一起，咱們將死無葬身之地。」

張瑞冷笑道：「偏你們知道民變可怕！那又爲何四處苦害百姓，騷擾地方！」

見各人臉上變色，他卻又和顏悅色道：「欽使大人辛苦了這些時日，還不是想逼寧南侯就範。若是此時去求他前來彈壓，豈不是前功盡棄？若是張大人言道民變可畏，要欽使大人交出幾個錦衣衛出去給百姓們發落，嘿嘿，那才是死無葬身之地呢！」

房內各人聽他說得有理，細細想來，只怕張偉多半會讓高起潛交出幾個替死鬼出去。若是將別人交出去，消弭了這場大禍，眾人自然是千願萬願。可是看著高起潛的眼光亂射，只要被他看到的頓時都是害怕之極，唯恐自己運交華蓋，被交了出去替死。是以各人將心一橫，齊聲向高起潛道：

「這廝說得甚是有理。咱們幾百名健壯兵丁，縱是打起來，又怕個鳥？請大人發令，咱們這就殺了出去，除非是寧南侯公然派兵造反，不然這些個百姓能吃住幾刀？！」

高起潛聽得心動，便欲發令。卻又聽張瑞言道：「諸位軍爺，這話說得不對，百姓跟來不過是看個熱鬧，若是各位就這麼殺了出去，不是給了張大人以派兵的藉口？萬萬不妥。」

「你說來說去，左右的道理都讓你一人說了，你到底是個什麼辦法！」

見各人暴躁，張瑞卻仍是不急不慢，笑嘻嘻道：「各位都是廷杖的好手，用刑的行家。那些個書生都是退職官員，又有何懼？由大人升堂，斥責他們聚眾鬧事，圖謀不軌。出尚方劍鎮之，不服者斬。當堂用杖，打得他們哭爹叫娘，一個個醜態百出。那些百姓見了這些人如此，一個個心都寒了，又哪裡再敢鬧事？」

他說得甚是有理，高起潛轉念一想，已知此事可行。這些書生儒士最是愚忠，讓皇帝打得屁股開花仍是高呼萬歲，此時自己代天出巡，手持尚方寶劍，堂上放著欽差印信，這些退職的文官哪敢反抗？他們乖乖受杖，那些百姓又怎敢鬧事？便是鬧將起來，自己有錦衣校尉，還有那些護衛的福建官兵，幾百名官兵彈壓起來，又有何懼？便是張偉，也失了藉口前來。

想到此處，便下定了決心，霍然站起，陰著臉令道：「各人都隨我去前堂，命那福建派來的千總帶著兵在兩廂護衛，一有不對，立時出來保護彈壓！」

堂外聚集的眾清流儒士早已等得不耐，突然見縣衙正門大開，大堂上黑壓壓站了滿滿的錦衣校尉，那原本縣令的座上，正是高起潛端坐於上。各人正自猶疑間，卻聽到堂下一校尉喊道：「欽差大人有命，宣各位先生入內敘話。」

黃尊素當先而入，史可法緊隨其後而入。其餘黃道周、高攀龍、吳應箕等人緊隨其後，再加聞訊趕來的何楷及其弟子，一行數十人浩浩蕩蕩昂首直入，直趨入內。

見各人昂然不跪，高起潛也不打話，命人將天子劍及欽差關防印信捧至堂前，方笑道：「我知道各位都是君子，不肯向我這閹人下跪。不過我代天出巡，現下是欽差身分，各位看不起我，可就是衝撞皇上，諸位先生，可要想仔細了。」

他洋洋得意說來，把皇帝這頂大帽子壓將下去，由不得眾人不低頭。心中雖是恨極，這些個一心來興師問罪，與高起潛理論的眾儒生卻在開頭便被人壓下了氣勢，不得不一個個跪將下去，向那些代表天子權威的東西行三跪九叩之禮。待他們舞蹈跪拜完畢，那黃尊素正欲說話，卻見高起潛將臉一板，喝道：

「諸位先生大半是進士出身，至不濟也是個舉人，難道不知道朝廷律令？聚眾謀反，該當何罪？」

不待人回覆，便又尖聲大罵道：「虧你們讀聖賢書，一個個以忠義自詡。你們回頭看看，帶著這些百姓前來威逼欽差，這便是你們的忠義?!混帳王八蛋！」

他一嘴的京片子，因其在信王府中做小太監時經常上街，將北京人罵人的話學得極多，是以現下說起來又急又快。此時又打定主意要先壓服這些頑固的書生，是以如此說話，壓根不給他們辯白的機會。

見各人都聽得目瞪口呆，高起潛獰笑一聲，喝道：「我原敬著各位是朝廷命官，不與各位為難。想不到各位竟然覺得我可欺，跑到我們上來攪鬧來了！來人，把這些犯官及他們的隨人，一同拖到堂下，杖責！」

史可法此時方回過勁來，忙大叫道：「你敢！諸位先生皆有功名在身，哪容得你如此放肆！」

「嘿，你是仗著你是個知縣，我不能怎麼著你麼？哼，我朝自開國以來，在午門打死的文官不知道有多少，戶部尚書大吧？嘉靖爺曾當庭打死過戶部尚書薛祥，你一個小小七品官兒，算個屁！我現下就免了你的官職，你且同他們一同受杖，待我回京稟報了皇上，再行處置！」

他一聲令下，早就準備在旁的錦衣校尉們一擁而上，將一眾瘦弱文人拖將出去，扒下袍服，就這麼當眾露出屁股來，各人雖是扭著身子反抗，又哪裡敵得過這群如狼似虎的校尉。不過一會兒工夫，校尉們將眾人全數制服按倒在地，有喝罵的，便塞住嘴，領頭的一聲令下，那板子已是高高揚起，劈哩啪啦的打將下去。

第十一章 台灣之變

說話間，已從火器局就近推了十餘門小炮過來，對準了縣衙大門，早有十餘名大嗓門的漢軍士卒喊了半日的話，眼看天色漸黑，裏面卻仍是全無動靜。

張瑞急道：「都撤回來，用小炮轟擊縣衙大門，然後衝進去，除了留下太監和校尉外，其餘人等都給我殺了。」

高起潛初時聽得各人慘叫，眼看那縣衙之外的百姓們群情激憤，心中一寒，卻見那小吏侍立在旁，一副鎮靜自若模樣。他便將心略略放定，冷眼再看，又見眾百姓雖然是激憤異常，面對著亮晃晃的刀槍，卻是無人敢動一下。

見大家崇敬的大儒被打得鬼哭狼嚎，鮮血四濺，那心軟的便慢慢流下淚來，那膽肚的不過斥罵兩句，那膽小的已是移動腳步，悄無聲息地溜之大吉。

「果真如此！」

高起潛心中慰貼，便知道若是沒有人存心鼓動，只怕就有幾十個校尉，便能將這幾萬百姓制得服服貼貼。向那小吏微微點頭，又令道：「不必再打。這些人心比天高，身子卻是十分柔弱，沒的打死了他們。」

見各校尉停住了杖，立在一邊喘氣，便又皺眉道：「將他們拋出去，堂外站得近的百姓，都給我亂棍打走。」

見那些儒生們被拋將出去，被人扶起，勉強支撐著落荒而逃，那些原本氣壯山河，前來一同助陣的百姓被校尉們的棍子一陣亂打，各自發一聲喊，一個個溜之大吉。不消一會兒工夫，這縣衙之前已是再無一人。唯有散亂一地的零散衣物、鞋襪，亂紛紛丟在地上。一陣陣塵土揚起，幾條不知何處跑來的野狗，在地上亂嗅。

高起潛此時心中大是得意，做太監的生理殘缺，連帶心理亦是變態。見了適才的大場面，高起潛只覺手心背上全是熱汗，整個人如同水撈出來一般，身子疲軟之極，心裏卻是舒爽異常。便向那小吏讚道：「你叫甚麼名字，見識當真是不凡。」

又問道：「你來幫我，不怕寧南侯爲難麼？」

張瑞淡然一笑，答道：「小人姓張名瑞，此次相幫大人並無他意，只是水往低處流，人往高處走的意思。張大人在皇上那裏並不受信重，眼看著以後日子難過，我又何必在他這裏

吊死。大人可就不同，現下正是皇上眼前的紅人，小人跟著大人，也只是圖謀個光宗耀祖罷了。」

他若是說上一通大道理，這高起潛反倒是要疑他，如此這般直通通說來，高起潛卻點頭笑道：「說得是。千里做官爲發財，你有這個想法也不會錯。待此間事了，我帶你離台回京便是。」

也不理會張瑞的道謝之辭，又低聲問道：「別人也就罷了，這寧南侯該當如何處置？」

「欽使大人身負皇命，全台誰人敢抗？適才情形大人也見了，還不是要怎樣便怎樣？以小人看，大人不如傳喚寧南侯來訊問，那寧南侯一慌，自然什麼都肯了。」

「甚好，就這麼辦！」

「要麼暴虐，要麼闇弱，中庸之道何其難也。廷斌，你看看這些百姓，初時一個個滿懷激憤，若是有人在裏面故意挑動，則幾萬百姓瞬息間變爲幾萬暴徒。可一旦被壓下去，則一個個跑得腳底生風，溜得比什麼都快，當真可笑。」

張偉與何斌悄然立於縣衙不遠處的一幢高樓之上，打著望遠鏡看了半天，見事態果如張偉所想的那樣發展，心中雖是安穩，卻又忍不住猛發牢騷。

「你這是哀其不幸，怒其不爭。不過百姓就是百姓，你指望一盤散沙能如同軍隊那般敢打敢衝麼？說句玩笑話，大明的幾萬正規軍隊，還未必強過咱們這些台灣的平民呢。」

張偉喟然一嘆，知道多說無益。中國百姓要麼吃不上飯，不顧生死的造反，然後禍害別人，成為流寇；要麼苦苦忍耐，且甚少為別人出頭。自掃門前雪，不顧他人死活；多一事不如少一事，這種奴性加惰性，便是華夏文明發展到此時的潰瘍。

兩人都去了官服，只穿著尋常的士人服飾，頭戴四方平定巾，腰間束一條帶。見事態平息，便飄然下樓，往張偉府邸返回。

何斌因問道：「復甫至台南而返了麼？」

張偉點頭答道：「是了。復甫此刻該當已在我府中。起兵檄文及偽造的建文帝後人的信物已然齊備，再加上前期在內地閩粵各處的活動，諸事都該當順利進行。」

何斌回頭往縣衙方向一望，忍不住笑道：「高大欽差此刻想必在填牌票，要傳你至縣衙問話呢。待你一慌，自然將大筆的金銀送上。這傢伙，當真是悍不畏死呢。」

「這死太監哪裡是膽大！他是貪心太重，被張瑞一番鼓動，渾然忘了這裡不是他的地盤，是以才敢這麼胡作非為。」

說到此處，想起那些被這起太監和錦衣校尉禍害的台灣百姓，張偉眼角一跳，恨道：「這個該死的宦閹，在台灣還敢這麼囂張跋扈，當真是死不足惜。」

何斌輕嘆道：「用這些人來激起民憤，倒是所用得人。只是太慘，聽說昨兒就有幾個被辱

的女子懸梁自殺。」

張偉亦是一嘆，卻不說話，只負手前行。何斌知他心中亦是難過，當時幾人定計之時，便道此計雖好，只是台灣百姓不免受苦。各人正猶豫間，還是張偉道：「全天下的百姓都被苦害，唯台灣可倖免麼？不知死之悲，安知生之歡？還是受些苦楚的好。」只是現下親眼見了這些混帳禍害百姓，偏生卻不能理會，各人心裏難過，亦是難免。

張偉身上只是平常服飾，腳底卻穿著柳如是親手做的絲履，此時負手而行，踩在青石路面之上，只覺得舒適異常。心中慢慢平息了憤恨，轉頭向何斌笑道：

「還好今日就要把這些蟊賊全數翦滅，不然等我兒子生下來再行殺人之事，又要有人囉嗦，說什麼衝撞啊、不祥啊。正事不理會，每日這些無用的東西倒是學了不少。」

何斌知他不喜自己請人打醮默祝起兵順遂，張偉素來不信鬼神，此時借著這因頭抱怨兩句。他只是一笑，也不理會。待兩人走近張偉府邸正門，卻見由正門到儀門前的空地上已是聚集了數百名飛騎將士，因主官張瑞不在，便暫且由幾個校尉領著。

張偉問道：「其餘的兵馬在何處？」

有一都尉上前行了一禮，答話道：「回大將軍的話，咱們這邊有兩百人，準備一會兒逮住前來傳令的人，然後再肅清在府邸附近四處閒逛的小太監和錦衣校尉。城外有錢衛尉領著兩千飛騎四處搜尋，待咱們這邊一發動，縣衙那邊有張瑞將軍親領著飛騎大隊處置。」

因見張偉點頭而行，那都尉緊隨兩步，又問道：「請爺的示下，抓獲的太監和校尉們該當如何處置？」

張偉也不回頭，大聲令道：「在哪裡拿住，便在那裏佈置法場，集結起來之後，就地處斬。」

那都尉遠遠應了，張何二人也不理會，急匆匆自儀門而入，直入府內正堂。見陳永華已在堂內等候，張偉遠遠笑道：「復甫兄，辛苦辛苦！」

陳永華微微一笑，迎上前來，向張偉兜頭一揖，道：「今日之後，咱們再見了你，可要恭謹一些才是。」

「不相干！復甫兄說的哪裡話來。別說我此時身分已是侯爵，便是水漲船高，稱王稱帝的，咱們仍是知交好友，不需要充大。」

何斌緊隨張偉身後而入，見張陳二人揖讓，他卻不理會，只撿了一張椅子坐下，命下人送上茶水。聽得張偉遜謝，陳永華只是不依，乃笑道：「復甫，你甭把他敬得跟什麼似的。咱們自己人，又何苦弄出這些虛文來，志華若是拿大，你只管告訴我，我去啐他！」

陳永華聽他說得有趣，張偉又堅持不肯受他的拜見，也只得直起身來。向何斌笑道：「倒不是這樣，我只是尋思，咱們既然偽託是建文後人，那麼志華可就是皇帝的後人，這原本有些牽強，若是咱們不先當著人面敬起來，別人又怎麼會把志華的身分當回事呢。」

陳永華原本專心教學，一心想弄個桃李滿天下，能成爲天下聞名的大儒賢師，便是他的志願。誰料這兩年來，張偉的事業做得越發的大，再加上他與陳永華數次懇談，與他分析當世政治，剖析種種情弊，使得陳永華深信明朝滅亡之期不遠。再加上與黃宗羲三人一起坐而論道，各人對千百年來治世復亂世，亂世又復治世的情形看得清楚。

張偉決意不以天下奉一人，必當以士權制帝權，再加上他已有了問鼎天下的資本，幾次深思下來，陳黃二人早已成爲張偉謀主。那黃宗羲到底是年幼，雖然天生聰明，到底在政治上尚嫌幼稚，張偉對他只存了以圖將來的心思，再者也是寄予學術上的厚望。而陳永華則不同，對政治老練諳熟，眼界開闊，自暗中交卸了台南官學之事後，便一心一意爲張偉出謀劃策，現下漢軍的整個戰略，他亦參與其中。

因聽得何斌仍是把張偉當尋常好友，陳永華心中發急。他熟讀史書，知道從來帝王君王都是共患難易，共享樂難。這會兒說笑無礙，待將來翻將出來，則是不可測的大禍。當著張偉的面又無法相勸，只得打定了主意，要尋個時間好生勸導一下何斌才是。

他正在心中忖度如何相勸何斌，卻不料張偉攜住他手，溫言道：「復甫兄，我知道你適才的意思，不過是要立帝王權威，要恭謹自保。」

見陳永華低頭啜茶，顯是默認自己的說法。張偉便灑然一笑，向他道：「沒想到復甫兄疑我到這個地步。我張志華雖然行事果決，殺伐明斷，可從來有無端加罪於人否?對就是對，錯便是錯，若說身分地位，我治理台灣已有七八年，這台灣我便是王，我可有獨斷專行不聽人言，順我者昌，逆我者亡的事？我早就有言在先，不以天下奉一人。若是可行，我連帝制也不想要。天底下難道就一個能人，就一家子能治天下？當真是笑話。」

見陳永華、何斌皆要開口反駁，他知道此時什麼共和制決計無法讓這兩人心服，忙又笑道：「二位不必多言，我這只是有感而發，沒有別的想法。」

當時張偉曾提起過荷蘭乃是共和制度，天下人治天下，卻被何斌等人恥笑一通。各人皆道：「咱們在你身邊，聽你這麼一說，倒是有些道理。不過全大明天下億萬萬人，你一個個都去講說？咱們還好，那些農夫曉得什麼？你別不信，待你打下天下，全天下都盼著新君登基爲帝，這才有個主心骨。若是什麼幾人甚至幾百人共治天下，則人心不穩，士民不附。志華，只怕到那個時候，全天下沒有個安穩的時候！千百年的傳承，你想幾年幾十年便有所改變，這未免太過幼稚！」

張偉亦早知此議不妥，斷不可行。說出來只是存了試探的心思，被各人一通猛轟之後，便徹底放下此議。此時決意起兵反明，依照陳永華的意思，起兵之日便宣布即皇帝位，則名正言順，天下士人更易歸心。張偉心裏只是彆扭，只推託當日太祖緩稱王而得天下，此時過早稱帝，引得天下騷動，反而不美，這才息了他們勸進的心思。

三人閒談一氣，張偉早就屏退閒人，只留幾個心腹親兵在外把守。便向陳永華及何斌道：

「此番用計的事，只有漢軍幾個衛將軍及兩位知道。軍務上的事，也只有那幾個參軍與聞。君不密失其國，臣不必喪其身，幾位務必不可傳言出去，萬一消息走漏，全台上下可得恨死咱們。」

陳永華點頭道：「這是自然，我們豈能這麼不知進退。」

何斌卻不理會，向張偉笑道：「明兒就是選好的吉日，到時候由你宣祭天文告，出兵檄文。然後主持校閱，即刻出兵。皇帝特巴巴地派了這些人來，福建的朱一馮還加送了幾百人過來，原本是說用豬牛祭旗，現下倒省了。」

陳永華皺眉道：「那些個太監和校尉作惡多端，殺也就罷了，但那些兵士和那千總不過是護著他們安全，沒有直接作惡，殺之太過。」

張偉點頭稱是，道：「這些人挑出老實沒作過惡的，放回去。那些有害過人命的殺了，其餘作過惡的，發到大屯山裏去挖礦，也算是廢物利用。」

他這般處斷很是得當，兩人自然無話。當下又商議一會兒，正說得熱絡，卻聽得門外有人稟報道：「大人，二門的僕役過來傳話，道是夫人腹痛，羊水已破，眼見是要生了。」

張偉一聽之下立時起身，奔到門邊直衝而出，見是管家老林說話，忙問道：「老砍頭的，你這會兒親自跑來做什麼，還不快些到內院侍候！」

那老林陪笑道：「穩婆和所需之物早就齊備，夫人說大人這幾天籌劃大事，前面需要人照應著，是以派了我過來聽用。適才後面來傳話，我便親自過來向爺稟報。」

張偉皺眉道：「我這裏要你侍候什麼！你快些進去，把夫人的事給我料理好了，若是有什麼需用的，你派人去辦。底下人不經心的，你也好隨時處斷。」

那老林連聲答應地去了，張偉心裏到底放心不下，向跟隨出來的陳何二人道：「這邊的事你們料理便是，我需得進內院看視夫人。」

拔腳欲行，卻又見大門外一陣騷動，府內的飛騎魚貫而出，將十幾名前來傳令的太監及錦衣校尉一併拿住。爲首的都尉得了張偉命令，也不審問，便命人將這些個前來尋死的太監校尉們用鐵鏈拴在馬上拖拽而去，往四周搜捕那些在台北街市四處騷擾百姓的太監校尉。

那些人被鐵鏈拖走的早就連聲慘叫，他們初時還不知道厲害，一個個放聲大罵，竟連張偉亦掃在其中。

那都尉聽得惱了，命部下加快馬速，將這些人拖在台北街頭來回奔馳，不過一刻工夫就將他們全身拖得血肉模糊，一個個進氣多出氣少，眼見都是不能活了。

周遭的百姓聽到動靜，見是漢軍飛騎正在捕人，又見那些飛騎如此凶橫殘忍，唯恐此時出來遭了池魚之殃，便一個個窗門緊閉，只躲在房內偷看。唯有那些受過迫害的心中大暢，膽小的站在自家樓內叫幾聲好，那膽大的便奔將出來，手持菜刀將那些還未死的太監校尉們一刀斬死，又有苦大仇深，仍是不解氣的，便用刀子割下肉來，拿回家中餵狗。

張偉眼見事起，知道此時這邊也少不了自己，恨恨一頓足，苦笑道：「好孩兒，你倒是真能給你爹添亂哪！」猛一回頭，向何陳二人道：「復甫，你立刻張貼榜文，派人四下宣諭，將擬好的文告貼出宣示。黃尊素和史可法那邊，也由你去解釋。」

見陳永華依命去了，又向何斌道：「廷斌兄，咱們過縣衙那邊，看張瑞的差事辦得如何。」

兩人步行下了堂前石階，自有從馬牽來，張何二人翻身上馬。張偉的親兵立時圍了過來，將兩人團團護住。一時間從騎如去，怒馬如龍，數十騎風捲殘雲般飛馳起來，向著數里外的台北縣衙而去。

雖不過三四里的路程，到底不是一條直道，兩人與護衛的親兵奔了一刻時辰，方才趕到。還隔著老遠，便聽到不遠處人喊馬嘶，三千餘漢軍鐵騎將縣衙附近團團圍住，那些官兵和錦衣校尉們初時尚敢抵抗幾下，後因漢軍飛騎當場斬殺了數十名持刀弄刃的官兵，敵我之勢太過懸殊，這才知道厲害，因退回縣衙之內，將門關起，負隅頑抗。

待張偉趕到此處，張瑞正在頭疼，不知道如何料理爲好。此地正處鬧市，強攻之法要麼是炮擊，要麼火攻，此二法都必然會損及民房，誤傷百姓。那些個官兵和校尉們縮在縣衙之內，緊守大門，若是只憑著飛騎肉身強攻，死傷必定慘重。正百思而不得其法，見張偉與何斌飛馳而來，張瑞急忙調轉馬頭，迎上前去，將這邊情形仔細說了。說罷，便偷眼去看張偉神色，若是他著惱，便當親自帶人前去，拚得死傷兄弟，也只得罷了。

張偉見他縱馬上來，便問道：「怎地還在此遲延不決？事情沒有辦妥麼？」

張瑞苦笑道：「原本是要趁其不備，由精銳飛騎將士先行殺入，逮住高起潛，控制大局。誰料有一明軍小校在街西酒樓喝酒，遠遠見了那邊的飛騎捕人，當下嚇得屁滾尿流，奔將回來，鬼哭狼嚎般將消息報了，待咱們兄弟想要衝入衙內，卻是來不及了。」

他兩人說話間，周遭的飛騎將士一個個圍將上來，持刀護盾的騎馬佈陣於四周，以防著衙門內的明軍突然衝將出來。

張偉見他們如臨大敵，因笑道：「這起明軍一個個外強中乾，全是從省城調來的兵油子，你讓他們禍害百姓還成，打仗？你們一個抵他們一百！張瑞，不需發愁，派幾個嗓門大的弟兄上前，向府內明軍喊話，令他們縛住了高起潛出降，饒他們性命，如若不然，便要用炮轟。」

「大人，縣衙門周遭可都是民居啊。」

張偉斥道：「不知道變通麼？把人撤出來，房子壞了由官府賠付就是。」

張瑞摸頭一笑，答道：「是，我這是急糊塗了。」

說話間，已從火器局就近推了十餘門小炮過來，對準了縣衙大門，早有十餘名大嗓門的漢軍士卒喊了半日的話，眼看天色漸黑，裏面卻仍是全無動靜。

張瑞急道：「都撤回來，用小炮轟擊縣衙大門，然後衝進去，除了留下太監和校尉外，其餘人等都給我殺了。」

眾飛騎將士暴諾一聲，那炮手便將火炮推上前來，正欲發炮點火，裏面卻早就看到動靜，眼看漢軍當真要炮轟大門，早有人在內喊道：「外面的兄弟千萬不要開炮，咱們這便開門！」

不過盞茶工夫，就見大門洞開，那幾百名明軍將高起潛及一眾屬下五花大綁，推將出來。原本指著他們保護，現下倒成了抓捕高起潛等人的急先鋒。眾明軍別的不成，綁人卻是在省城駐軍的拿手好戲，縣衙內原本依著明朝規制，存有不少細麻繩，專爲抓捕犯人之用。後來縣官不審案，捕人權盡歸靖安司，這些繩子卻盡儲於衙內，此時拿來使用，倒也甚是方便。

張偉眼見那高起潛被細麻繩綁得結實，幾個明軍士兵剛將他推出正門，便有幾個飛騎將他拖將過來，帶至張偉身邊。

初時這高太監尚不肯跪，被幾個飛騎用刀柄在膝蓋上敲將幾下，他立時大叫呼痛，忙不迭跪在張偉馬前。

張偉也不下馬，向那高起潛笑道：「欽差大人，奉欽命巡視台灣，當真是春風得意馬蹄疾哪！說不得，要借你這腦袋，爲我起兵靖難壯一壯聲色了。」

見他已是嚇得癱軟在地，心頭一陣厭惡，卻也懶得再說，揮手命人將其押下，連同一眾隨眾太監及錦衣校尉，一起向漢軍桃園軍營方向押去。明日起兵祭旗，正好用得上這些人的腦袋。其餘投降明軍，亦是暫且收監，依著張偉吩咐，先行甄別，再行處置。

一見此地事畢，張偉想著家中柳如是情形不知如何，急忙又吩咐何斌準備來日大閱起兵之事的細務，舉凡官府、商行，乃至鎮上的百姓，都需派人前往桃園共襄盛舉。諸事繁雜，張偉原本也要與何斌一同料理，此時卻什麼也顧不得了。待與何斌交代完畢，立時揮鞭打馬，一路狂奔而回。眾親兵見他著急，也是慌了手腳，一個個緊隨其後，一時間竟然追不上。

待狂奔到張府正門，張偉見正門大開，也不下馬，便打著馬直奔儀門而入，穿後院角門而入，直跑到柳如是暫歇的一處小軒之外，方才翻身下馬。甫一下馬，竟覺得兩腿一陣刺痛，用手一摸，卻是一手的鮮血。

原本他極少騎馬，適才又打馬狂奔，磨擦之間兩腿磨破，自然是皮開肉綻。他卻不管不顧，見那院內人來人往，都是些丫頭婆子來回奔忙。古人生產有甚多忌諱，男人是無論如何不能近前的。張偉哪管此事，將馬韁一扔，便自衝入軒內。

因見事先早就請好的穩婆迎上前來，張偉急道：「妳不在裏面看著，站在外面做什麼？這會兒講什麼禮數！」

那穩婆笑道：「大人，裏面的事忙完了，老婆子忙了幾個時辰總該出來透透氣，正巧見大人進來，哪有坐地不理的道理？」

張偉喜道：「如是已生了？大人小孩都平安麼？」

「是個千金！夫人在辰時末刻生下孩兒，雖然還是虛弱，卻是無事的。小孩子適才一直在哭，偏大人此刻回來停了，如若不然，大人一進來便可聽到了。」

見張偉聽得呆住，那穩婆又笑道：「恭喜大人，此刻進去不便，我將小姐抱出來給大人看，如何？」

張偉下意識搖頭道：「不必，外面有風，讓小孩子著了風可不是耍的。」

說罷才又警醒過來，只是在心中兀自想道：「我也有孩兒了！我張偉也有孩兒了！」

當下按捺不住，向過來侍候的丫鬟吩咐道：「命人端淨水，拿乾淨衣物來，待我淨手更衣，進去探視夫人。」

也不顧各人勸阻，什麼此時不宜探看，待再過數日再來探視不遲，只自顧自洗手更衣淨臉，便命人挑開門簾，大步而入。

此時已是春末夏初，雖不甚熱，但房內因緊閉門窗，甚至以棉布掛簾遮擋空氣，是以房內不但空氣汙濁，亦甚是溽熱。張偉皺眉道：「來人，將布簾撤去，打開窗子透氣！」

近前一步，卻見柳如是蓋著薄綢綿被，安臥於床上。見張偉進來，已在背後墊了靠枕，正自朝他微笑。

張偉見她神情萎頓，臉色蒼白，上前一步，握住她手，嗔怪道：「妳偏是禮數多，今兒就安臥不起，難道有人還說妳不成？」

見她身邊放著一個裹得嚴實的棉被小包裹，只露出一張嬰兒的臉，張偉便知這正是自己女兒。湊上前去仔細端詳，過了半晌方向柳如是笑道：「她睡得倒是香甜。」又咂嘴道：「這小臉皺巴巴的，又是粉紅細嫩，看起來跟她母親差得老遠。」

柳如是橫他一眼，笑道：「這才多大，哪能看出容貌來了。」

突覺一陣涼風吹來，忙又道：「你事多，快離了這裏。人說婦人產子，男子見了不吉利，此時雖然早就收拾停當，到底也不便多留。再有，我雖是不怕冒了風，這孩子卻不能受涼。」

說話間那小孩原本是哭累了，此時被張偉一攪，又覺著臉上有風，便又張嘴大哭起來。

張偉原是想中國人坐月子有太多不需要的講究，比如便是酷暑天氣，也需緊閉門窗，安臥房中，實則對產婦並不見好，是以才吩咐開窗透氣，此時聽柳如是一說，又見她氣色不佳，知道她著實是乏了。她是頭胎生子，想來受了不少苦楚，雖說兩個多時辰便將孩兒生下，到底也是累極了；又知此時便是說了，她亦不懂這些道理。便含笑道：

「我原說讓妳透透空氣也好，既是這樣，我便回去歇息，明日還有許多事要料理，妳好生歇息，待明兒晚上，我再來看妳和孩兒。」

見柳如是微笑點頭應了，張偉又將孩兒抱將起來略親一親，方才笑嘻嘻去了，至此一夜無話。

待第二日天明，因要大閱漢軍，誓師出兵，張偉特意一早起身。也不及去看柳如是，梳洗

過後，便令人取來先前特製的漢軍大將軍袍服，待他穿戴完畢，府邸外已是有數十名漢軍及台灣各衙署的主官在外等候。

待他一臉喜氣，神清氣爽出得門來，見正門外黑壓壓站了一地的官員將軍，不禁詫道：「各人都有事在身，一大早巴巴的跑到我這兒是做什麼？」

見施琅、張鼐、張瑞及劉國軒等人亦在隊列之中，不禁沉著臉問道：「漢軍已集結待命，爾等身為主官，卻為何擅離軍營？」

施琅上前一步，笑道：「這原是廷斌兄與復甫兄的主意，吳遂仲與我亦是贊同。因此日後，大將軍便要領著大夥靖安奪嫡，今日此後，一切均與往日不同。身為屬下，原該來奉迎，是以不待大將軍首肯，大夥兒便都來了。漢軍那邊各衛的將軍都在，諸事早就連夜準備妥當，無礙的。」

張偉無奈道：「偏你們事多，日後大事要務甚多，難不成大家都從天南地北趕來，一起迎我麼？日後千萬不要再鬧這種虛禮，我甚是不喜。」

何斌及陳永華等人已是趕到，聽他訓斥諸人，何斌忙上前道：「叫他們來是我和復甫的主張，此番伐明之事甚大，大家一起來恭迎大將軍，這也是盡屬下的本分。再者，大將軍喜添千金，正好藉這機會聚集大家一同恭喜，這仗一打起來，可就沒有什麼機會齊集諸人前來，這也是我的主張，大將軍若怪，責備我就是了。」

聽到何斌提起他喜添千金一事，張偉不禁喜上眉梢，因笑道：「這也罷了。只是今日之後，眼前各位倒有大半需要奔赴各地，喜酒是不能請大家飲了，只能待天下平定之後，再與各位暢飲！」

說話間，何斌與陳永華等人爲他商議好的儀杖親衛已是各自就位。一百名金甲錦衣衛士爲先導，持大將軍纛於前，其餘什麼刀、叉、劍、槊、牌等皆比照明朝親王儀衛，待張偉上馬前行，五百衛士將張偉緊緊圍住，簇擁著往桃園軍營而去。其餘何斌諸人，亦是棄車就馬，緊隨大隊之後。

第十二章 誓師起兵

待陳永華將文告念完，張偉又上前頒佈出兵之命。令施琅領水師一部及水師步兵往攻天津，以為偏師威脅北京。不可戀戰，不可深入，只需將三邊九鎮的明軍拖住，使得朝廷不敢派大隊明軍南下，便算成功。

台北城內百姓早知昨日漢軍誅殺朝廷校尉，又將高太監一眾人等盡數捕去，此時各人在路邊見了這等情形，料想是張偉受逼不過，已決意起兵造反。各人嗟嘆之餘，亦都覺張偉此舉雖是前途未卜，料想以台灣的水陸兩軍實力，便是得不了天下，自保卻是綽綽有餘，無論打生打死，這台灣卻是可保無虞，是以倒也並不心慌。再加上眼前的禍患已被敉平，正自欣喜，哪有人敢不知好歹，跳將出來指責張偉謀逆。縱是有些人心中詫異，心道：「怎地這些儀杖早就齊備，那些官一個個也是胸有成竹模樣，倒像是早有預謀一般。」卻也是想一想便立時作罷，倘若不小心吐出口來，讓靖安司的人聽了去，只怕皇帝倒還沒事，自己卻要有大大的麻煩了。

待張偉行到桃園軍營之外，所有的漢軍都尉以上諸將皆出營門相迎，各人遠遠見大隊人馬護擁著張偉前來，那張傑、林興珠、沈金戎、曹變蛟等人居左，契力何必、黑齒常之等人居右，漢軍所有的將軍跪於軍營兩側，待張偉行得稍近，便一同高呼道：「末將等恭迎大將軍！」

張偉見又是這般的大陣仗，知道必是施琅張鼐等人搞的鬼，略一皺眉，卻又展顏笑道：「各位都請起來，咱們自己人，不拘這些禮數。」

又向契力何必及黑齒常之笑道：「萬騎近來加大騎射訓練，成效如何？」

那契力何必見各人依命起身，便也站將起來，聽得張偉動問，便又彎腰施了一禮，方答道：「回大將軍的話，萬騎將士多半已可在馬上三五日不下，可在馬上飲食射箭，縱有少數人尚不諳熟，騎射亦是決無問題。」

看張偉微笑點頭，他又道：「只是咱們現在不過四千餘匹馬，萬騎一萬五千餘官兵，馬匹相差太遠。」

黑齒常之乃是契力何必親弟，兩人原都是山中部落的首領，打起仗來勇猛之極，卻都不知漢人習俗，甚少忌諱。此時聽得兄長向張偉訴苦，便也道：「咱們萬騎兄弟射術精妙，大人用來殺敵最好，可為什麼不肯給我們馬匹，就是皮甲，也不如飛騎將士。大人到底是漢人，有些

偏心！」

他兄弟二人原本就對官職比張鼐、周全斌、劉國軒、孔有德四人稍低不滿，依照他們想法，自己亦是一部主將，再次也要與四衛主將相平。誰料身爲萬騎將軍，卻只得與飛騎同列，地位稍高於賀人龍等人，與左良玉、張瑞同列，心中有些鬱鬱不平。此刻因張偉動問軍馬一事，那契力何必尙不及言，這黑齒常之便藉著這機會，當眾嚷將起來。

張偉心中雪亮，知道二人爲何不滿。只是萬騎戰力雖強，這兩兄弟卻非大將之才，斷不能讓他們不受節制，自己又勢必不能事必躬親，只得壓他們一壓，以便將來便宜指揮。

張偉扭頭見張瑞神色有些尷尬，乃斥責道：「我給你們的俸祿還低麼？給你們部落的補貼還少麼？現在當著眾人的面，你膽敢說我偏心！飛騎將士身著重甲，騎上等好馬，是因爲飛騎是重裝騎兵，用來在戰陣上肉搏之用。你們既然不滿，那就棄弓箭，執陌刀鐵盾，與飛騎一般上陣搏殺，而不是掩護邀擊，在陣後射箭，你們可同意？」

契力何必等幾名高山生番將領被張偉一番話訓得滿臉通紅，自從高山部族歸順張偉之後，牛酒土地自不必言，就是有什麼賞賜亦是拿的頭一份。各人身爲上位將官，這些年來家裏置的好大田宅，雖還有些土著遺風，卻也是起居八座的大人老爺了。這都是張偉恩惠，各人如何不知感激？再者張偉說的甚是有理，萬騎原本就是輕裝騎兵，以騎射騷擾爲主，裝上重甲上陣肉搏，當真是浪費之極。

當下各人均彎腰低頭道：「是我們的不是，惹得大人生氣了。」

張偉點頭笑道：「既然都知錯，也罷了。我在蝦夷養了大群的種馬，至多兩三年內，便有大量的馬匹敷用。現下萬騎馬匹，待攻到內地先行徵集明朝的官馬，待蝦夷好馬來了，再給你們先行換過，如此可好？」

雖經這小小波折，一眾人等的興致卻是不減。契力何必等人是土著出身，原本對張偉頒佈的爵賞並不在意，此時藉著分馬的機會抱怨幾句，倒也是說台灣的爵位軍職已甚是引人。歷來人對這些功名利祿皆有追求，若是什麼心懷淡泊，渾不在意，只怕倒還更令人吃驚些。

入得軍營，張偉便直奔將台而去，一路上，四衛兩騎及炮隊的十餘萬漢軍將士依次而立，見張偉縱騎而入，各部軍將皆單足而跪，向張偉行禮如儀。

這將台原本就是爲大閱諸軍而設，其儀衛整肅莊嚴，此時又因張偉已自稱爲漢軍大將軍，棄明朝爵祿不顧，是以將台四周原本的明朝侯爵及龍虎將軍儀已經撤去，改爲仿明朝親王儀制而設的大將軍儀衛。

將台四周設方色旗二、青色白澤旗二，旗手戎裝而立。階下，絳引幡、戟氅、戈氅、儀鍠各二、階上立班劍、吾仗、立瓜、臥瓜、儀刀、呈杖、骨朵、斧，各二，其餘什麼交椅、團扇、傘、痰盂皆銅底貼金，一應儀衛皆由吳遂仲依明律而置。此時那些旗幡立於將台之下，瓜、劍等護衛階下，一應用具儀杖緊隨張偉登台而上，底下各軍及台灣官吏見了，均各自凜然

而立，鴉雀之聲不聞。

張偉一路行來，見各人看自己的神色已有不同。心中苦笑，心知這些排場、物什當真是具有奇效，自己原本就是漢軍之首，台灣之主，眾人對自己亦是尊畏之極，但在見了這些原本以爲是無用之物的儀杖之後，卻愈加顯得敬重畏懼。古人小小七品縣官，出巡之時還有導引從人，回避權杖，想來亦是這些東西可彰顯身分，使得民畏。

搖頭嘆氣，知道這些官員，皇權帝威已然深入民心，你若不跳出來，別人亦是決然不會客氣。便振作精神，向侍立在旁的儀兵令道：「宣陳永華。」

待陳永華依命上來，張偉見他一臉肅然，便鄭重說道：「皇天景命，唯德是輔，先生不以張偉出身草莽泥塗，毅然相助，真乃大丈夫也。」

聽得陳永華遜謝幾句，其餘不過是官樣文章，事先早已演練純熟。此時兩人如同作戲一般依樣演來，張偉心中頗覺滑稽，只是此事斷不可免。待他說完，俯身向張偉行禮之後，張偉又命道：

「賴先生大才，爲我擬就祭天起兵文告，此刻三軍彙集，老少賢集，便請先生爲我宣讀文告，上告蒼天，下諭黎首！」

說罷退身一步，讓那陳永華上前，手持文告，大聲念道：

「自古帝王臨御天下，乃天降聖人，撫育黎民蒼首……今陛下失德，前夷人之作亂，權臣之跋扈，亂民之塗毒；非夷人之強，權臣之術，亂民之過，此蓋陛下不能體祖宗之德，故天將棄之！如天棄金、宋、蒙元，誠不可救。且陛下之位乃謀逆奪篡，有德尚不能善治天下，無德則四方亂起，陛下宜伏惟自思，善思己過……今大將軍偉自海外而歸，乃天降聖人以救中國……今我大將軍撫有台灣，兼有呂宋、瓊州，雄兵數十萬，戰艦千艘，應天景命，不日揮師而至，以茲告諭，想宜知之。」

這文告乃陳永華與張偉、何斌等人商議了良久，方才做成。一則是指出明朝自神宗以來，皇帝不理政務，以稅監內寺禍害地方，不任官以牧萬民，乃至政綱敗壞，導致東夷漸起；現下崇禎雖是圖治，奈何不得其法，結果弄得天下大亂，不但讓夷人直攻入畿輔，還有諸多黎民百姓奮而起義，此乃皇帝無德所致。今天降聖人云云，便是說張偉乃當日建文皇帝之後，現下回來歸回嫡位大統，正是天厭燕王之後，要把皇位重新交給朱標一系。

這檄文原本依照陳永華等人之意，是要寫得駢四驪六、三皇五帝乃至聖人之教的說上一通。張偉想自己偽託建文後人，實質上就是起兵謀反，又何苦拉上古人來為自己張目。又想起當日朱元璋伐元，亦只是大罵蒙元失德，他才是天降聖人，又安撫百姓，告之諸人舊有的秩序不變，自己手中實力甚強，必然當是取得天下之人。那一番文告頒佈之後，當真抵得上十萬雄兵，以徐達為大將，常遇春為副將，過淮安，入山東，一路上元兵望風而逃，而有戰力的地主豪強，則立時歸順新朝。

張偉這一興兵以討不義，直斥皇帝無能失德，暗示自己力圖恢復天下太平，必當勵精圖治，又以建文後人身分出現，雖斷然不能使人相信，再加上前番的利誘，後面的威逼，當真是做的一篇好文章。

歷史上農民起義極少成功，便是因農民起義甚少有什麼政治理念。歷朝的起義者都以分田地爲誘，這樣固然引得一大批饑民百姓望風景從，卻又使得有實力的地方豪強及士人儒生心生反感。是以劉邦之後，只有朱元璋以農民爲皇帝，其餘黃巢、李自成、洪秀全，皆以慘敗收場。在古代中國，得到農民的支持決計無用，只有在最大程度上拉攏讀書人及舊有的統治階層，乃至地主豪強，方可有成功的希望。

將欲取之，必先予之。張偉一心要改變現下的中國，卻又必得先行妥協。雖然仍不會放過明朝的宗室親貴、地主豪強，卻力圖先行穩定人心，拉攏分化舊有的統治階層。又在起兵之初便斷然提出了要得天下正朔，把崇禎從帝位上趕下來的政治主張，這可比李自成、張獻忠在士人心中只是流寇的形象高上許多。便是崇禎見了這個檄文，也只能稱張偉爲反逆，一開頭便已是高出農民軍一籌。

待陳永華將文告念完，張偉又上前頒佈出兵之命。令施琅領水師一部及水師步兵往攻天津，以爲偏師威脅北京。不可戀戰，不可深入，只需將三邊九鎮的明軍拖住，使得朝廷不敢派大隊明軍南下，便算成功。又命左良玉即刻從瓊州攻略廣東，先期攻克雷州半島，然後下南澳，攻廣州，待廣東全境平定，留兵據城而守，防備湖南明軍。待張偉大隊下湖北湖南後，左部軍馬再行攻略廣西、雲貴。

兩支偏師，左部稍強，約一萬五千人，施部除了優勢艦船外，只有六千陸戰步兵，好在不需苦戰，只是襲擾，有著艦船掩護，又都是水師的官兵，原本便是用來萬里奔襲之用，自台灣赴天津水程甚遠，也非得這些在海上奔波慣了的兵士前往。

張偉自領神策衛的曹變蛟一軍，及龍驤衛、金吾衛、龍武衛、飛騎、萬騎全軍，共約十萬人餘從，出台北港口，先由曹變蛟先期出發，取舟山群島爲補給中轉之地，由長江口直入，經瓜州渡攻克鎮江，然後漢軍主力由張偉率領，直攻南京，張鼐則率金吾衛往攻中都，經略現今的安徽、江西等地。待攻下南京之後，漢軍主力往攻湖北，攻下荊襄，則江南大局已定。縱有些明軍聚集在福建、湖南一帶，亦是不足爲慮。

武人心中只想著建功立業，不及其餘。張偉諸多命令下達之後，除了少數幾個心腹大將及幾位參軍外，餘者並不知情。此時聽得這些大手筆的作戰計畫，各將皆是振奮無比，漢軍自崇禎元年攻襲遼東後，雖年年擴軍，卻無甚大仗可打。呂宋一戰，不過調動一萬多人，此時十幾萬漢軍齊出，除了留下靖安司和兩千漢軍鎮守全台，其餘漢軍大部盡數而出，乃是漢軍建軍以來未有過的大仗，各將都是武人，此時皆是兩眼放光，磨拳擦掌，明軍實力雖弱，在江南也有幾十萬人的鎮守衛軍，此戰若是打得順手，張偉將擁有整個南方，以明室此時之弱，能否自保

尚成問題，又何敢言反攻。張偉能成爲帝王，漢軍諸將乃至台灣的文官也勢必水漲船高，想到此處，任是平素冷靜自若的人，亦都激動非常。

因見諸將神色激動，仿似江南垂手可得，張偉下得將台，將都尉以上召集至節堂，告誡道：「今命爾各將各率所部，以定江南。汝等師行，非必略地攻城而已，旨在削平禍亂，以安生民。凡遇敵而戰，不可輕敵。戰勝之後，勿妄殺人，勿奪民財，勿毀民居，此陰騭美事，好共爲之。若有違者，軍法必不姑貸！」

舟山群島有戶過萬，口十餘萬，有一衛三千餘明軍駐守。以水師運輸船運載曹變蛟的六千五百餘漢軍神策衛先行動身，再以運輸船及臨時徵調的商船數千艘，在水師炮艦的掩護下，將漢軍所需的大量補給送往舟山，在江南大局穩定前，舟山將做爲水師的中轉港口和漢軍的補給基地。

進攻舟山關係甚大，以舟山明軍戰力，實則以三百飛騎便能完勝。張偉爲了穩妥起見，還是派了大隊的漢軍前往。此時閱兵已畢，又將曹變蛟叫上前來，好生囑咐半日，見他無一應承，張偉乃釋然道：「我知道你雖是勇猛過人，卻也不是沒有頭腦的莽夫，首仗交給你來打，我是盡可放心的了。」

卻聽得何斌在一旁笑道：「軍務我不懂，不過聽你嘮叨半天，這曹將軍應答從容，無不與你所想的一般相同，就是我也是再放心沒有的了。」

事。」

又道：「這早晚吉時已到，請曹將軍領兵去碼頭上船，出兵大事，誤了時辰可是不得了的

施琅亦道：「水師那邊早已準備妥當，就等著大將軍發令，便可起行。」

張偉乃點頭道：「祭旗，出兵！」

說罷領著諸將出得節堂，直奔漢軍大旗之前。命人獻上豬羊牛三畜，張偉點香默祝，領著諸人舞蹈著拜了旗，並默禱天地祝佑。種種禮節，皆依當時出兵征戰的規矩而行。張偉雖是不信這些，卻也不便掃了這些部將的興頭。古人迷信，便是後人，到得張偉那個時代，拍個電影還需祭祀拜神，張偉卻也懶得太過計較。

待焚香獻爵完畢，那馮錫範上前稟報道：「昨兒大將軍命人將那些太監和錦衣校尉押了過來，道是要殺掉祭旗，請大將軍的示下，現下就押過來斬了麼？」

何斌在一旁皺眉道：「這些混帳苦害百姓，該當留一些押到台北鬧市，明正典刑，這才能熄了百姓的怒火。」

他此言一出，留在軍營未出的武將倒也罷了，這些時日大吃苦頭，甚至有不少吃過板子的眾文官皆附議道：「沒錯。這些人便是凌遲了也不解恨，可惜大將軍只准絞斬二刑，不然非千刀萬剮了他們！請大將軍依了何爺的話，把這些人押到台北鬧市，當場斬殺，爲百姓官員們出氣。」

張偉原也不喜殺人祭旗這一套古人的把戲，但也知道其中自有道理。古人征戰，殺敵方要員大將以祭祀軍旗，便是說與敵勢不兩立、拚鬥到底的意思。此時漢軍諸將巴巴的等著殺人祭旗，以壯聲色，以振軍心，張偉也不能逆了眾意。

略想一想，便道：「高起潛與太監留在此處，那些個校尉和查出來該死的福建明軍，便命人押到鎮上殺了。」

這般行事，各人自無異議。當下由馮錫範派出軍法部的執法校尉，領著兵士將高起潛等二十餘名太監提將過來。其餘人等，由飛騎押往台北城中，再行斬殺。

那高起潛等人被關了一夜，身上麻繩勒得甚緊，如此過了一夜，只怕兩隻胳膊早已廢掉。他心裏卻存了一絲僥倖，只盼張偉是一時衝動，害怕起來再將他放掉。細想一下，卻又知道這只是自己的一廂情願，想到第二天隨時會被拉出去殺頭，雖然身上又痠又痛，又是疲乏之極，一夜裏卻是時睡時醒，噩夢不斷。

待一大清早，各人均抵不過睡意，正自迷糊間，卻被一聲聲號炮軍號驚醒。待軍營內鼓聲不斷，各營的兵士出來站隊，高起潛聽了半晌，他這幾年一直在盧象升營中監軍，如何不知道這是出兵前的大閱。想起自己勢必將被拖出去斬殺祭旗，已是嚇得魂飛魄散，面若死灰。

張偉與陳永華宣讀檄文，頒佈軍令時頗是耽擱了一段時間，高起潛及其餘諸人聽不到外面動靜，眼見時辰已久，早已是日上三竿，各人心中都存了僥倖，只盼能捱過這一劫。待聽到軍法部小黑牢外傳來嘈雜的腳步聲，那牢房的鐵鏈嘩啦啦響起，各人面面相覷，情知不好。

有一錦衣校尉倒也算是有膽，聽得腳步聲已近，大笑幾聲，往牆上呸了一口，向著高起潛道：「死太監，沒種的貨色。看你嚇得那德性，虧你還是天子身邊的人！死便死，你下面沒有了，還怕個鳥！」

高起潛被他罵得大怒，只是此時卻也沒有閒情回罵，但見漢軍諸軍士將那些個校尉和投入牢房的明軍士卒一個個押了出去，高起潛心中暢快，暗想：「殺人祭旗，自然該當是殺這些小兵什麼的，我的身分貴重，便是留著使喚，也可知道不少大明的內情，將我殺了祭旗，那真是大才小用了。」

只是還不待他得意多久，又進來一批漢軍，衣著卻與適才那批不同。但見胸口上佩戴鐵牌，隱約可見在兩把交叉的劍的上方刻著「軍法」二字，高起潛立時面無人色，情知絕難倖免。

待漢軍軍法部的執法校尉領著軍士們將一眾太監提到校場，早有軍法部的其餘士卒將場中清出老大一塊空地。

張偉立於節堂之外，遠遠見了一群太監被拎小雞一般拎將過來，隱隱約約間只聽得那高起潛喊道：「張大人，寧南侯，饒我一命！你要起兵造反，我熟知大明內情，凡官員任選，朝中

秘聞，乃至兵力駐防，皇帝的喜好什麼的，我都知道，大人你饒命，我願爲大人效力，爲大人伐明充馬前卒！」

若是旁人，聽得高起潛這般叫喊許諾，也許難免心動，張偉卻熟諳明史，對適才高起潛所云種種亦是一清二楚，哪裡需要他來賣命？當下便只是輕蔑一笑，向著各人道：

「這死太監成事不足敗事有餘，歷史君主不信大臣，卻只偏信這些妄人，以爲宦官沒了寶貝，沒有後代家業，便一心爲了皇帝。當真是蠢！只要是人，就沒有不貪的。太監使起壞來，比之常人更加可怕！」因皺眉揮手道：「殺了，莫誤吉時！」

他一聲令下，早有馮錫範點頭示意，於是幾聲號炮響起，法場周遭行軍法時例行的鼓聲響起，由兩名助手執法吏隨便拖出一個，按倒在地，由劊子手緊隨其後，因見已將人犯制服，便瞅準了下刀處，手起刀落，那人頭已是滾落在地，一腔熱血噴薄而出，將面前的沙土染得血紅。

待第一顆人頭落地，便是一通鼓聲響起，各太監都嚇得魂飛魄散，已有不少身體弱的嚇得暈死過去，有一些偏生神志清醒，眼見得同伴一個個被提走砍頭，自己卻偏生不暈，倒也當真是難過。

那高起潛只覺得下身又濕又熱，已是嚇得屎尿直流，卻也偏生精神亢奮，眼見那些親隨伴當一個個身首異處，卻把自己留著，他知道是要最後方殺自己，便懷抱了萬分之一的希望，只是不住向將台那邊大喊。待旁人殺淨，那些執法吏便來提他，因他叫的厲害，便用刀柄在他咽喉處用力一敲，那高起潛便再也叫不出聲，只是吱吱唔唔，仍在垂死掙扎。一直待將他按倒，手起刀落，人頭滾落一邊，這才消停。

旁邊圍觀的漢軍一個個看得分明，那沒有上過戰場的新兵卻一個個嚇得臉色蒼白，心驚肉跳。雖然漢軍訓練極是嚴苛，新兵論起軍陣戰法比之老兵不遑多讓，甚至有遠超過老兵者。但訓練是訓練，總不能沒事尋些人來讓他們砍著玩。這樣的殺人場面，有不少人乃是初見，害怕惶恐，卻也是人之常情。

那些老兵卻是不同，有不少經歷過遼東戰事的，只怕也是雙手染血，殺死的滿人旗兵不在少數。因此看這行刑卻是毫不在意，只是漢軍列隊時不准喧嘩，如若不然，只怕還有嘻笑談論，以爲取樂的。縱是如此，這些老兵亦是臉上帶笑，眼光斜視那些嚇破了膽的新兵，心道：「莫要看你們一個個在校場上耀武揚威的，上了戰場之後才能見得真章！」

這法場早已被數十人的鮮血染紅，幾十顆人頭砍落下來，又被撿起，放置在軍旗之下。馮錫範小跑上前，至節堂階下，向張偉稟報道：「启稟大將軍，人犯已然殺盡，請大將軍前往檢視。」

張偉哪裡將心思放在此處，便搖頭道：「不需再看，由你料理便是了。」

又向曹變蛟道：「曹將軍，這便請動身，務要依著我的吩咐行事，有何不妥，立時派人來

台知會。漢軍大隊集結需要時日，再有，補給若是不送至舟山，也沒有將十萬人裝上船就出海的道理。是以舟山一戰干係甚大，務請小心。」

曹變蛟抬頭一笑，向張偉道：「大將軍，響鼓不用重擂！我與良玉同出遼東，也沒見您這麼著吩咐他。兩倍於敵，再加上漢軍的戰力，我的部下又是不少老兵，便是以一敵十，也足夠了。」

說罷向張偉行了一禮，笑道：「這麼著，我便去了。」

他騎上戰馬，點檢了自己的六千五百多神策衛右軍的將士，在整個校場十餘萬漢軍的目視下昂然而出。身爲全軍前鋒，成爲首戰領軍將軍，這份榮耀自是難得。他適才向張偉抱怨，卻不是無的放矢。自忖與左良玉、賀人龍等一同被張偉帶來台灣，大家全是遼東的小軍官，無甚區別。左良玉現下卻成了上將軍，統領著本部和肖天兩軍的兵馬，成爲偏師主帥，曹變蛟等人哪裡能服氣？早就憋足了勁頭，只待再上戰場，便要與左良玉較個高下。

待出得營門之後，曹變蛟便向張偉臨時爲他調派的神策右軍衛尉陳鵬及裴志選笑道：「咱們此次得了頭彩，在全軍面前成爲前鋒，這是大將軍給咱們的機會，這仗可得好好打。打贏了也不希奇，六千多漢軍打三千明軍，贏得光彩是應該的；若是有什麼折損，一世的老臉都丟光了。兩位都是大將軍精選的人才，來助我這個老粗，現下就請二位說說看，舟山一戰，咱們是個什麼策略？」

那裴志選是漢軍中難得的四川人，當下操著川東口音答道：「三千人？那只是官面上的東西。衛所指揮使那龜兒子能這麼老實，不吃空額？」

陳鵬笑道：「這你有所不知。舟山是海上行船的必經之處，又威脅著長江入海口，是大明的海外必守之地，是以官兵數目必是足額，清軍御史每年都上島巡查，想吃空額可是不行。舟山又是海島，逃亡不易，別地的千人編制衛所能逃得一人不剩，獨舟山那邊倒是還好。」

曹變蛟甚是焦躁，將身上衣袍拉開，露出胸膛來吹風，向著兩人罵道：「讓你們議論這個麼！就是三千足額又待如何？明軍的戰力如何，你們還不知道？」

陳裴兩人知道他外粗內細，若是還拿話來敷衍，只怕其禍非小。那陳鵬當先開口道：「舟山那邊島嶼甚多，總計大大小小有一千多個。七成是方圓幾里的小島，只有舟山、朱家尖、岱山島、六橫島，其中以舟山最大，方圓數百里。又有深水港口，向來近海漁船、過路商船，都在舟山停泊。駐守明軍，亦是大部屯在舟山島上。依我的意思，打蛇打七寸！咱們就依靠隨行的水師炮艦，直攻舟山，以炮艦掩護咱們登陸，再以咱們的火炮掩護，強攻上島，料想那舟山島上不過兩千多明軍，想必一戰而潰，有何難哉？」

曹變蛟道：「這不過是堂堂正正的打法。軍情部有過諜報，那舟山島現下甚得明廷重視，去年劉宗周巡視江南各處，便命人在舟山沿岸修築了一些小型炮台。雖然近岸的可由水師炮艦打掉，但內裏若是還有，咱們卻是難免死傷。我這一仗，不要士卒死傷過多，將來到得內陸，

還有許多仗打。」

見陳鵬與裴志選默然不語。曹變蛟卻突地一笑，向兩人道：「實則辦法就在眼前。」

兩名衛尉仍是不解，曹變蛟也不解釋，只向身後張望。待大軍迤邐行到碼頭，卻見身後一行十餘騎押著一輛馬車趕到，曹變蛟乃笑道：「成了。輕鬆破敵之策，便在這輛車上！」命部下依次上船，曹變蛟領著諸衛尉及校尉至那車前。見各人納悶，曹變蛟笑道：「都說老子是粗人，偏生要使個計讓你們看看。」

諸將神色尷尬，當真不好回話。那陳鵬便笑道：「且先別說嘴，咱們看過了再說。」說罷命人打開車門，卻見內裏堆滿了衣物，還有一名錦衣校尉，被綁得如同粽子一般，扔在那一堆衣物之上。

各人一見，立時便恍然大悟，向曹變蛟齊聲道：「原來是要假扮欽差？」

曹變蛟搓搓大手，咧嘴笑道：「這是條好計吧？這些太監和校尉們原本就要由海路回京，海上必當過舟山。咱們把欽差印信和衣物留著，選一些長得眉清目秀的小兵，換上衣物，假扮太監。」

用手中馬鞭的柄梢在那校尉臉上敲了一敲，又道：「這廝也算命大，都快被拖去砍頭，又被老子搶了下來。他說的一嘴京片子，加上這些年作威作福弄出來的這股威風，嘿嘿，幫咱們上岸想來是不成問題。待幾百精兵裝成太監和校尉上岸之後，將岸邊守衛的明軍統統砍了，然後大隊上去，控制炮台，再將火炮推上岸去，趁夜猛攻，估計最多兩個時辰，舟山的明軍沒一個還能喘氣的！」

他這想法甚是簡單，甚至有抄襲水滸上掠宿太尉取江州的嫌疑，眾人細思一下，果然是好計。駐防的普通明軍見了這些太監校尉，一個個如同孫子一般，再加上欽差印信和這負責喊話的校尉都是千真萬真，把守近岸的明軍雖是得了命令，需嚴防外地過往船隻，又如何敢細細查驗欽差大人的座船及從人？

想到此處，眾人都是大喜。那裴選之見那校尉神色仍是驚慌，便笑罵道：「你老實些還好，若是有什麼別樣心思，一刀便戳穿了你！把這事辦下來，便算你立了功勞，小命可保！」

那校尉親眼見高太監等人被砍了腦袋，正嚇得魂不附體之際，眼看又要被軍士拖到台北殺頭，卻突然被曹變蛟臨時相中，帶到這碼頭來。此時便是讓他認了各人做親爸爸，只怕也是願意的，更何況只是騙過舟山明軍？當下便連連點頭，卻因嘴巴被塞得嚴實，不能說話，看神色表情，卻是千肯萬肯。

舟山等地地處海外，雖有衛所軍隊，卻一向是武備廢弛，朝廷也不理會，只因去年廷議，各人都道江南一帶是明朝財賦重地，萬萬不能有失。而南方雄藩重鎮的張偉，卻是在海上起家，坐擁實力強橫的水師艦隊。是以劉宗周赴南方巡視武備，第一件事便是巡視舟山衛所，將武備重新整治一番。

只是以他文官的身分，卻也只是走馬觀花，做一些表面工夫罷了。這舟山明軍仍如全天下的明軍一樣，食不飽，餓不死，全衛所三千餘人，能耍得起二十斤大刀的不超過百人，過半的軍人年過四十，只是混吃等死罷了。若不是劉宗周命人築起炮台，又命守備官務必在碼頭海岸加派人手巡視，只怕是漢軍上了岸後，駐守明軍仍不得知。

漢軍神策衛最早組建，曹變蛟軍中過半是打過倭人和遼東的老兵，帶隊的軍官甚至有張偉初至台灣便已入伍的老行伍。黃昏時分，成功騙過把守海岸的明軍之後，漢軍大隊上岸，趁著夜色，由被俘的舟山明軍帶路，直奔衛所大營而去。只是用小炮轟了幾轟，軍營裏立時大亂，有狼狽而出，被漢軍炮火打成碎片的；亦有就地跪地營中而降者；更多的明軍在混亂中翻營而出，試圖逃往島上的山上，卻被繞路截擊的漢軍全數俘獲。

舟山一戰漢軍一人未死，明軍亦不過死了幾十人，其餘盡數被俘。曹變蛟命人用船將那些被俘的明軍送回台灣，便在當地安撫人心，爲漢軍補給準備倉庫。待十數日後，一切準備妥當，大股台灣運送糧草、火藥、炮彈鐵丸的船隻沿海而來，數千隻船當真是遮天蔽日，將物資源源不斷的屯放在舟山、六橫、朱家尖等島。待補給物資稍足，便以漢軍水師艦船護衛，徵調台灣所有運兵船隻，不入舟山，而是將直奔崇明島而去。

第十三章　伐明之旅

這圍城打援一法，乃是張偉由後世某兵法大家手中學得，古人卻從未有過這般新奇的打法。歷來爭戰，遇有敵人的堅城或是重要的府城，若是可一攻而下，自然是立時拿下，哪有等著敵人來援助的道理？若當真是有敵來援，腹背受敵，乃是古時行軍打仗最忌諱不過的事。倒是古時候城堅牆高的，又沒有大炮火藥，守城的古怪玩意又多，有的時候攻城一方攻上一年兩載的，也不是希奇的事。

自張偉入台，東征西伐，戰台南、伐倭國、襲遼東，又有占據呂宋、瓊州之戰，都是謀定而後動，算準了敵我之勢，以先進的武器在比較小的戰場一戰而制敵。到後來呂宋、瓊州一戰，張偉更是放任部下施爲，自己只是旁觀罷了。

此次大舉攻明，雖以靖難之名，到底是行謀逆之實。面對江南十省之大，明朝數十萬大

軍，再加上數千萬生民難治，而非以前打了仗就走，其間涉及甚廣，何斌等人雖對張偉充滿信心，面對著這一決定台灣及漢軍未來命運的一戰，卻也是心生惶恐。

兩人在碼頭辭別張偉時，何斌到底是不放心，握住張偉手道：「志華，若有凶險，戰或不利，則速速回師爲要。咱們地處海島，水師強大，打不過便回來。將來有了機會再說，千萬莫要逞強賭氣，把家底折了，可就一年兩年的翻不過身來了。」

說罷還不待張偉答道，自己卻先「呸呸」兩聲，紅著眼道：「我當真是個烏鴉嘴！」

張偉與他這些年來患難與共，兩個人赤手空拳奮鬥至此時今日，自然知他想法。笑道：「如是昨晚哭了半宿，我縱使勸她剛剛生產，不可流淚，小心日後落下病症，她也只是不聽！怎地，你今日要效婦人女子，也要哭送麼？」

見何斌仍是焦灼難安，便慨然道：「廷斌兄你放心，若當真事有不利，我只帶著人回來，日後再尋機會便是。」

又向陳永華道：「復甫兄，我勸你隨我同去，你卻說要準備官吏人才，以備將來執掌江南所用，其實這些事情我交與吳遂仲進行，你隨我去贊襄軍務，豈不更好？」

「孫子曰：較之以計，查之以情。我一向不理軍務的事，現下突然與你參詳軍務，恐難以勝任。」

見張偉還要再勸，陳永華又道：「這邊的事，也甚是重要。歷史沒有純以軍隊得天下的。

黃巢能打下長安，卻得不到天下。此爲何也?沒有修明政治，鞏固地方，地方的百姓和官吏仍是視他爲流賊，全國的軍人也視他爲敵人，一個人的力量再強，得不到幫助仍是無用。是以我留在此地，加緊著選用官吏，培養官學及太學子弟，選賢任能，爲你將來治理江南打下根基，此事也極是重要。志華，莫要再相強了。」

施琅早已帶著水師一部護送運輸船隻，待漢軍攻入長江，他便要帶著水師官兵襲擾天津。諸多細務等著他籌劃，是以早早離台而去。此時張偉及何斌、陳永華，是在台灣事業草創之時便已相識相交的好友，三人負手而立。見一隊隊黑衣漢軍川流不息的由港口中內數十個臨時搭建的碼頭上得船去。每坐滿一船，便立時開船，至外港海面集結等候。

見專門接自己的鎮遠艦已駛進港來，張偉向何斌一揖，笑道：「台灣的治安等事，交給高傑，可保無事。防備敵襲仍是靠炮台和軍營內的留守漢軍，調兵領符已交給你，不必擔心人言，若有緩急，可急調漢軍相助。」

見他點頭應諾，張偉一笑，又道：「如是那邊雖有家人僕婦，她到底是婦人，又擔驚受怕的，你沒事差人多問著點，有什麼委屈不足，差你家大娘子多去照看。待我將來回台，甚或是接她去南京時，再設宴相謝。」

何斌與陳永華都笑道：「怎地此時偏兒女情腸起來!平日裏你殺伐決斷的，忙得腳不沾地，也沒見你多疼媳婦，現下偏做出這小兒女模樣來，我們都怪替你害臊的。」

三人相視一笑，陳何兩人一直將張偉送到船上，方才揮手作別。

漢軍主力自台灣而出，直入崇明島外，張偉派兩千漢軍上島，將崇明島先行占據，以護住這個長江出海口處最重要的中轉島嶼。

當日鄭成功率軍攻伐南京，不入崇明，而是繞將過去，直接入江，將清廷的兩江總督郎廷佑設在江中的鐵索割斷後，又以十七艘炮船打掉了清兵設在江上的木伐浮動炮台，這才攻下瓜州渡，在鎮江城下擊敗清兵主力，占領了鎮江之後，鄭軍五萬水師、五萬練兵、五萬步兵、一萬後備、一萬全身鐵甲，包住頭臉的鐵人軍立八十二連營，將南京團團圍住。

只是鄭成功雖然忠義兩全，卻實在不是一名好將領，立法嚴苛，動輒將大將處斬。在他驕傲自大，不趁城中空虛強攻南京，卻屯兵城下無所事事時，清兵從各處來援，由東門而入，後以五百精騎強攻鄭軍營寨，一路上橫衝直撞，除了被襲的鄭軍反抗外，餘者不得命令竟不敢援。後來鄭成功見事不濟，一走了之。八十餘連營十七萬鄭氏大軍折損過半，張煌言在安徽原本打得順手，聽得鄭師敗退，便只好帶兵撤回，由浙東回舟山。此役過後，明朝光復的最後一點希望亦告破滅。

而此時張偉的進兵卻遠比鄭成功當日更加順遂，鄭師北伐之前，曾兩次試圖進兵，一次以水師攻福州，攻而不下反退回廈門，第二次便要入江攻南京，因在半路遇颱風，死難八千人後返回。

張偉此時入江，一路上浩浩蕩蕩，竟無一兵一卒阻攔。明朝此時軍備敗壞之極，水師還是嘉靖年間便已不復存在。現下被北方的滿清和農民軍拖住了大部精兵，整個南方防務原本就很薄弱，又哪裡有甚兵力佈防在大江之上。舟山和崇明一下，漢軍水師整個艦隊便直入長江，瓜州渡駐防的幾百老弱明軍見了這麼大股的敵軍來犯，別說抵抗，便是逃跑也嫌爹娘少生了兩條腿。那明朝在倭寇犯境，海防吃緊之時，曾設沿海七鎮，又設沿江墩架，一遇敵警便可點燃，誰料沿江士兵盡皆奔逃，竟無一人肯費時點火。

待瓜洲渡下，鎮江城內並無總兵，只有副總兵一員，收羅了幾千殘兵，據城而守。漢軍前部不過推出十餘門火炮，轟擊了小半個時辰，那副總兵見漢軍炮火猛烈，城頭被炸得碎石四射，眼見漢軍越聚越多，身著黑色軍服的士卒川流不息的在城下列陣，那雲梯和攻城衝車已然就位，眼見得過不多久，便要攻城。那副總兵當即汗如雨下，思來想去，皇帝要斬也是日後的事，若是此刻打將下去，小命卻是立時難保。權衡利弊，便命開城投降。

自漢軍出台灣，入舟山、瓜洲渡，乃至不戰而克鎮江，竟是一場惡仗未打。雖崇明島不遠便是負責南直隸總兵的駐地吳淞江口，當地駐防的一萬多明軍卻是全無動靜。

將城內駐防明軍收繳兵器劃地關押之後，張偉便帶著張載文、王煊等人往城內而來。在城門處見了負責攻城的林興珠，張偉便向他笑道：「興珠，你這仗可打得好生了得，一人未死，不過開了幾炮，竟嚇得七八千明軍棄械而降。」

見那守城的副總兵在林興珠身旁垂手而立，張偉向他溫言道：「將軍不必自愧，城外漢軍是你十倍，尚有攻城器械和諸多火炮，你雖不戰而降，卻也不算丟臉。」

那副總兵唯唯諾諾不敢多言，張偉便又道：「將軍下去好生歇息，將來還有用得到你處。」又向林興珠問道：「這鎮江知府是誰，現在何處？」

林興珠看一眼倉皇而去的總兵官，向張偉稟報道：「鎮江知府名叫郝登第，適才我派人去知府衙門逮他，誰知他已經在府衙正堂上吊死了。」

張偉略一點頭，讚道：「不錯！這人我聽說過，是個小有名氣的詩人。嗯，還算他有忠貞愛國之心。命人將他好生葬了，不得褻瀆侮辱。」

林興珠見他讚嘆，不由得問道：「大將軍既然知道忠義之士難得，又何必對那總兵官如此客氣。依屬下的想法，一刀了結了這種敗類才好。大人當初在台南，或在遼東、呂宋，對敵人將軍何曾如此客氣！」

張偉見他一臉憤然，知道這些職業軍人最瞧不起這種不戰而降者，因正色道：「此戰不同於往日，殺降的事斷不可行！待南方全定之後，大局穩定，再言其他。此時你若開了殺戒，日後還有誰敢投降？明軍不同於八旗，咱們也不是流寇，想來日後降者不少，其中未必沒有人才。將投降的軍官家屬送往台灣，令其掌管其原本的屬下，咱們漢軍加以訓練，一年之內，南方原本的五六十萬明軍中最少也能得十萬精兵，再挑出十萬兵來做為地方守備，或是用做新成立的靖安司兵丁，巡靖地方，這何其省事？至於那些老兵油子，挑出來令其退伍，那些平日橫行不法，禍害過百姓的，則明正典刑，再以漢軍的軍校生和軍士補充其間，總好過重新招一群百姓的好。」

見林興珠連連稱是，張偉便笑道：「這些話原該在誓師時便說，也罷，一會兒在鎮江知府衙門傳召諸將，我再將這番話再說一次。我當日所說的不殺，並不單指百姓，這其中自然也包括降軍、降官。」

入城之後，見街市無人，閭門緊閉，偶爾在街角深巷突現行人，亦是來去匆匆，神色倉皇。張偉身邊緊隨的都是參軍部、軍情部、後勤部、軍法部等人，便向身邊親兵問道：「軍法部的馮錫範將軍可在我身後？去把他叫過來。」

那親兵領命去了，稍頃，便縱騎回來，在張偉身邊稟道：「馮將軍適才跟在大將軍身後，因怕入城後有軍士違令，便帶著一批校尉們四處巡查去了。請大將軍示下，要派人去尋他麼？」

張偉搖頭道：「不必了。我原本是要吩咐他如此，既這麼著，又何必尋他。」又命道：「你去尋軍法部的人，傳我的令：除巡查漢軍士卒可有違紀外，對城內有亂民流氓、土豪劣紳等借機鬧事者，一併以軍法處置，不得姑貸。再有，令軍法部四處張貼安民告示，凡安分守己的百姓，漢軍不會爲難，大致就是這個意思，命那裏的人再行斟酌潤色，在鎮江城內大街小巷

四處張貼，以安民心。」

入府衙之後，張偉便召集諸將，申飭訓誡，勿令不得隨意亂殺一人。

因鎮江已下，又以水師隔斷南北，斷絕南北交通，整個南方，唯有湖北西部的襄陽仍可與北方相通。

「大將軍，若讓末將即刻動身，帶龍驤衛本部兵馬，包準三日內打下南京來！」

張偉坐於這鎮江府衙正堂之上，正在捧茶啜飲，見是賀人龍說話，便知道必是劉國軒在後面搗鬼。

張鼐的金吾衛是張偉的本部主力，不會輕動；神策衛一部在呂宋，一部在瓊州，只是曹變蛟一部爲張偉打下舟山，又在舟山和崇明分兵駐守；是以現下能與龍驤衛爭奪攻打南京前部的，也只有孔有德等人的龍武衛。

這龍武衛本就是爲了強攻城池和野戰時爲火槍兵前部阻擋敵人所用，只是孔有德等諸將在張偉手下時日甚短，非張偉有命，甚少主動邀戰。此時聽這賀人龍誇口，孔有德及尚可喜、耿精忠三人雖是一肚皮的火氣，卻也不好反駁，各人看向張偉，只等他處斷。

南京城內雖有兵部尙書、兩江總督，大都督府亦有五兵都督在內，還有數萬駐防軍人，不過失卻鎮江後，漢軍可迅速由陸路奔赴南京城下，打得城內一個措手不及。若是以火炮掩護，衝擊撞城，只怕旦夕之間便可破城。以漢軍戰力，一部兵馬雖嫌薄弱，若是步步爲營，以火炮在城內掩護推進，三萬餘明軍又能抵擋得了多久。若是現下便派一萬多漢軍攜小炮輕裝出征，只怕果真如賀人龍所言，南京瞬息可下。

看一眼劉國軒等人神色，張偉輕輕搖頭，還是打消了這個迅速攻克南京的想法。便向張載文道：「你來說說，渡江之後，參軍部是怎麼建言的。」

張載文先向張偉略一躬身，然後方向諸將道：「原本依照大人的想法，也是克鎮江後即刻派兵圍南京，以偏師溯江而上，往攻蕪湖。以控制上游門戶，扼制襄陽。自渡江後，參軍部因明軍戰力過弱，大多是一戰即潰，權衡利弊之後，咱們便向大人建言，漢軍主力在鎮江暫歇，等待各路明軍聚集南京之後，然後方以主力漢軍圍城，一戰而定南方！」

張鼐原本只是隨著張偉移動，不欲爭這先期破城的功勞。是以適才賀人龍發話，他屬下的幾名將軍面露不憤之色，張鼐卻只不作聲，默然端坐。此時卻忍不住問道：「幾位參軍，我以爲諸位的想法不對。」

「哦?張鼐將軍請說，我等洗耳恭聽。」

「咱們這次伐明，初期這麼順遂，就是攻敵不意，方才這麼輕鬆便占了舟山和鎮江等地，若是現下兵屯鎮江，不趁著敵人不備迅即攻下南京，反倒要與強勢的敵兵堂堂而戰?再有，襄陽一帶有大股明軍集結，福建兩廣亦然，咱們在此曠日持久，勞師遠征，若是稍有閃失，軍心大亂，只怕就是不可測的大禍！」

張鼐這些話說來頗是有理，待他一說完，其餘各將皆點頭道：「此言方是正論。參軍部未曾親自領兵作戰，還是有些偏頗不足之處。」

因張偉並不發話，各將更是口說指劃，說個不休。他們自然不敢指斥張偉，卻將矛頭紛紛對準參軍部。在這些臨陣作戰的將軍看來，參軍部之設原本便無必要，一些沒有打過實戰的書生亦是將軍，當真是可笑之極。此時聽了張鼐疑問，各人一是覺得有理，二來平素就頗覺得這些參軍礙眼，此時得了這個機會，各人哪有不借機發難的道理。

張載文一直靜待各人說完，與王煊對視一眼，方向各人笑道：「各位的想法，咱們自然也通盤想過。不過想來想去，還是讓敵軍聚集之後，再一戰而殲之的好。」

他站起身來，命人在堂上懸掛起木圖，擺下沙盤，指著南直隸，向各人道：

「現下咱們占了崇明、鎮江，南京已是近在眼前，若是急圖，自然可以一戰而下。不過南京一下，卻不利於日後的戰事。吳淞江口是南直隸總兵駐兵之處，南京一下，他必然勒兵不前，若是咱們進逼，則必然退往浙江。淮揚總兵駐軍地爲通州，水網密集，漢軍輜重難行，火炮前往不易。即使咱們派兵過去，那淮揚總兵或是退往江西，又或是與南直隸總兵合兵一處，一起退向浙江，與浙兵總鎮合兵一處。漢軍雖強，奈何行動不便，若是拋了重型火器急行追擊，又恐人員傷亡太大。若是不追，則敵兵遊走合擊，咱們就是占了南京，若是浙、閩、粵、湘等省明軍合兵一處，再輔以民團鄉勇，地方豪紳，還有藩王衛軍等等，加於一處，力量也著實不小。若是如此，南方戰事勢必曠日持久，非一兩年工夫平定不下來。」

這番話雖是長篇大論，但結合木圖沙盤細加分析，各人便都知張載文所言不虛。漢軍戰力之強，當世無倆，不過有其利則必有其弊，漢軍兵力不夠，又全是攜帶著火器，那補給和火炮在江南水網密佈之地行走甚難，若是明軍一味走避合兵，在漢軍火器不易發揮威力，又或是以游擊閃躲之法迎戰，只怕這場戰事果真是要勞師費餉，曠日持久了。

張鼐是當先質疑者，此時亦被張載文說動，便沉聲問道：「那麼不攻南京，便是想引著這些明軍來救？」

張載文點頭笑道：「沒錯，正是此意。」他向張偉看了一眼，又笑道：「這細節是咱們參軍部參詳，若說大主意還是大將軍的想法。圍而不攻，圍三缺一，引得大股明軍來援，再一戰擊垮南方明軍主力，然後漢軍四出，攻略各省省城和重要的州府，左右不過半年工夫，南方戰事便可停歇。」

這圍城打援一法，乃是張偉由後世某兵法大家手中學得，古人卻從未有過這般新奇的打法。歷來爭戰，遇有敵人的堅城或是重要的府城，若是可一攻而下，自然是立時拿下，哪有等著敵人來援助的道理？若當真是有敵來援，腹背受敵，乃是古時行軍打仗最忌諱不過的事。倒是古時候城堅牆高的，又沒有大炮火藥，守城的古怪玩意又多，有的時候攻城一方攻上一年兩載的，也不是希奇的事。

此時由張偉拍板，定下這圍城打援一計，諸將低頭沉思一回，已是恍然大悟。這南京城乃是明朝陪都，設有六部、太祖陵寢、宮室，乃是整個南方的政治和軍事中心。若是被漢軍突襲而下，也就罷了，可是漢軍駐屯於外，圍而不攻，那南直隸與周邊各省的總兵官自當提兵來救。那五官都督府在南京有左都督在，還有兵部尚書，調起兵來，連向北京請旨也是免了，這些高官被圍在城中，職責之餘再加上顧及自己的小命，哪有不拚命調兵來援的道理？只需將城圍上兩月，周邊自會聚集起大股明軍，到時候漢軍與他們正面交鋒，此戰之後，明軍在南方便少有力量抵擋漢軍的進逼，到那時漢軍分兵四掠，亦是可保無虞。

諸將思來想去，都覺此番計較當真是絕妙之極。尋常軍隊自然害怕腹背受敵，一則是戰力或有不足，又或是補給困難，此時漢軍屯於江邊，一應補給都由台灣運至舟山，再由舟山補充給前線漢軍。張偉爲了伐明一戰，早在兩年前便屯積軍需物資，除了新式火藥因製作危險，且又生產不久，數量或有不敷之外，其餘無論槍枝或是糧草，盡皆足夠消耗。

想清此節，自張鼐以下，各人都站起身來，向張偉道：「大將軍此計甚妙，末將等心悅臣服。」

那張鼐又向張載文及王煊道：「給諸位參軍賠個不是，是咱們榆木腦袋，想不清楚大將軍的佈置，適才語言得罪，還請幾位莫怪。」

見各將都起身向諸參軍賠情，張偉擺手道：「罷了，大夥兒都是爲了戰事著想，言語間有甚衝突，一笑作罷的好。」

又令道：「劉國軒，你不是急著出戰？現下就命你領著龍驤衛全軍溯江而上，直攻安慶！周邊的蕪湖、興國、瀘州、徽州等地，你相機而動，把整個上游控制在手，咱們這裏便可不必擔心湖北四川的明軍來襲。」

劉國軒大喜過望，他雖然只是偏師，卻亦是獨當一面。若是將蕪湖一帶盡皆拿下，安民保境，護翼張偉這邊的圍城戰事，想來也令他欣喜不已。當下站起身來，向張偉抱拳一揖，笑道：「末將此去，必定小心謹慎，不求有功，但求無過。一切請大將軍放心。」

張偉大笑道：「你這傢伙，倒是把我心思揣摸個通透！你若大言不慚的說什麼無往不勝，攻城掠地，我反是對你放心不下。你既然知道此去責任重大，不可有失，那麼我自然也是十分放心。只有一條，你脾氣暴躁，切忌臨陣之時衝動。再有不可殺人，除了將投降的明軍收繳武器，好生關押之外，降官不妨擇人任命使用，降將可在營中充做參軍，不可爲難。即便是窮凶極惡、貪官汙吏，現下也不得爲難，你可知曉？」

劉國軒自是連連應諾，取了令符，帶同賀人龍等人匆匆去了。

張偉又傳令水師，撥出一部分炮艦及運兵船，運送著兩萬餘龍驤衛漢軍直奔安慶而去。

這安慶乃是南直隸的上游咽喉，只需拿下安慶，便可控制長江及淮河，抵擋住武昌、南昌、襄陽、荊州一帶來敵，是以取南京必先得安慶。當年鄭成功由長江入攻南京，主力攻下鎮

江後屯於南京城下，以張煌言率偏師往攻安慶，張煌言不似鄭軍那般無能，除了打下安慶之外，周圍四府十餘縣亦盡落入他手，一時間局面大好，只可惜鄭軍主力一敗，安慶等地亦不可守，也只得急忙後撤，將這些府縣歸還於清兵之手。

「諸公請看，這寺宇金碧輝煌，肩摩踵接，殿堂處處，將這小小金山全數遮蔽，果然是見寺不見山，古人誠不欺我。」

跟隨張偉前來的漢軍諸將面面相覷，委實提不起興致來附和。唯有張瑞應和道：「正是。當日隨大將軍過鎮江，行色匆匆，此處竟未來逛。今日一來，倒真是開了眼了。」

漢軍攻克鎮江已是一月有餘，張鼐和孔有德早就領兵至南京城下，分別在城西北的的儀鳳門、獅子山，城西的漢西門、城西南的水西門，城北的神策門、岳廟山紮營，水師一部泊於下關和幕府山北側江邊。

四萬餘漢軍逼至城下，那南京城門立時慌了手腳，初時各門緊閉，後發覺漢軍只在城西屯兵，城東一面卻是僅有小股散兵來回遊弋巡查，留了好大空檔，這機會自然不能白白放過，於是城內不住往外派出調兵使者，將南直隸屬下的鎮兵與衛所兵盡數調入城內，又傳檄浙東、湖南、江西，並各省速派鎮兵來援。

明軍頻繁調動，大股明軍入得城內，一個多月時間過去，已由開初的三萬餘人聚集至二十多萬大軍。因見城外漢軍人數不多，早便出城數次邀擊。張鼐等人也不與敵接戰，見敵出戰，便命炮兵開炮，那明軍原本就極孱弱，出戰的雖是「精兵」，亦是遠遠不如遼東的八旗，甚或是倭人都不如，幾炮過去，立時前隊變後隊，撒鴨子溜回城內。張鼐也不追擊，因圍城軍隊沒有騎兵，便是追趕也是不及，也只得罷了。

僵持至今，眼見明軍越聚越多，隨著張偉留守鎮江的漢軍諸將早就勸他帶著主力離開京口，赴南京城下指揮與明軍的決戰。張偉卻是不理，每日接見當地士紳百姓，官員降將，言笑間和藹可親，全無霸氣。鎮江附近的士紳百姓雖覺他是叛逆，奈何人處矮簷，也只得低頭俯就。

待時日久了，不但市面如常，行商店鋪早已營業，便是原本惴惴不安的官吏士紳，雖表面不言，暗底裏都大讚張偉。各人卻也奇怪，這位原寧南侯、龍虎將軍曾征戰四方，無往而不勝，是大明赫赫有名的大將，卻不知為何在這鎮江流連不去，貽誤戰機。

時日一久，台灣派來的原軍機處的袁雲峰已然到得鎮江。張偉因鎮江要緊，除了派曹變蛟為鎮守總兵，亦特地從台灣將袁雲峰急調而來，任這鎮江府知府一職。那袁雲峰甫一上任，立時將台灣的諸衙署成立起來，任命由台灣帶來的老手熟吏為各衙主官，諸般事務立時順暢許多。鎮江原本由漢軍掌管，他一來，張偉亦少了許多頭疼之事。

待將投降明軍甄別完畢，千總以上有家屬在此的，一律由船隻送往台灣監押。若非作惡多

端，又或是老弱無用的，一律充入鎮江靖安司屬下，負責地方守備、治安、抓捕官廳犯人。這些降將因家小盡數被送走關押，又見漢軍勢大難擋，雖害怕朝廷將來以僞官論處，卻也不得不打起精神，成日裏被袁雲峰喝來調去，四處奔忙。

原本近八千的投降明軍，留著千多健壯老實明軍，統稱廂軍，負責防務地方，由漢軍派去的軍官充任統領。其餘或老弱、或刁猾，張偉原欲送回台灣關押，細想之下，不但費事，還需養著他們，便是送回台灣挖礦做工，這些兵油子又哪能安生？台灣現在駐兵不多，哪能管得住這些個降兵。思來想去，當真是頭疼之極。

無奈之下，想起明軍多半是衛所軍籍，大半是明太祖設衛時便以全家入籍，父爲兵，父終子及，不得脫籍。明初時衛所便已開始敗壞，小兵們一來身分低賤，二來不得行商做官，衛所長官又剋扣銀糧，是以軍士紛紛逃亡，寧願冒著殺頭的危險，亦是不願當兵。張偉想到此處，咬一咬牙，料想這些軍士又不是將領私兵，哪有什麼忠義之心？是以將淘汰的明軍就地給銀遣散，或在當地做工糊口，或爲佃戶種地，只是不准逃離鎮江境外，亦是不准重投明軍，除此之外，便再也不加拘管。

這些軍士亦是有家口之人，被拘來當兵亦是無奈之事。此時張偉命他們脫籍爲民，哪有不願的道理？不禁歡呼鼓舞。各衛所兵大半是聚集一處，都是鎮江本地之人，被漢軍放出之後，一個個溜之大吉，各回家中營生去也。只是數月過後，這些人得知當日留下任漢軍廂軍的同伴月俸幾何之後，一個個後悔不迭，又拚命想著回營當兵，卻也是不能了。

張偉因政務交托給了袁雲峰，明軍降兵亦是料理乾淨，四方平靜，並無煩憂之事。竟不顧南京戰事，每日裏遊逛耍樂，將鎮江城內各大名寺古刹逛了個遍。這一日想起金山寺最是有名，便召集了留在城內的親信將領，一大早便出得城來，直奔金山寺而來。

他倒是揮灑自若，談笑風生，卻把身邊的各人急得跳腳。眼見南京方面的明軍越聚越多，劉國軒雖是拿下安慶，卻因武昌與襄陽等處敵情不明，不敢貿然分兵，只是據安慶自守。好在有他屯兵安慶，雖不能進取，卻也保了湖北江西一帶明軍不得由上游而下，與南京方面的明軍一起夾擊漢軍。

張偉攀山而上，入得那金山寺內隨喜，捐了香油銀子後，便與那寺中方丈攀談說笑。一直待遊遍寺內風景名勝，方才興盡而回。

騎在馬上，回頭卻見身後諸將神色陰沉，張偉在心中嘆道：「你們只知道南京一戰，卻不知道我真正憂心的，還是在遼東啊。」

按照原本的安排，施琅襲天津後，便會派疑兵至遼東一帶海面，窺探遼東動向。此時尚未得到施琅消息，張偉一則擔心北方明軍迅速南下，或是尋空渡江，給江南施加壓力，若是調至襄陽，強攻安慶。現下一不知道北方戰局如何，二不知道遼東情形如何，實在是令張偉懸心。此時江北已聚集了大股明兵，僅憑留守的幾千曹變蛟部的漢軍若是面臨明軍強攻，雖有水師相

助，若是敵兵過多，卻也無法盡數擋住，若是鎮江有失，則張偉雖擊敗南京明軍，亦不得不面臨著補給被斷的危局。

派遣了大量探子赴遼東、江北，都一直得不到什麼上層消息。此時交通不便，往往一個探子派將出去，待消息傳回，卻已是舊聞一樁。是以張偉雖重諜報，卻因當時情況所限，收效不多。

如此這般又捱了數日，留守的諸將越發焦躁，便是張鼐等人亦不知道張偉心思，不住派人來問。張偉心中亦是著急，這一日亦不出遊，只在原知府後院中高臥，任是誰也不接見。城內漢軍諸將焦急，卻也無人敢去打擾。

張偉悶坐看書，一直待到半夜子時，正欲叫下人打水洗漱安歇，卻聽得門外有人稟道：「大將軍，府門外有人求見。」

「不是說了今日不會客，怎地還來囉嗦！」

「回大將軍，那人自稱是施琅將軍的使者。因大將軍早有交代，一有施將軍來使，立時引見。是以我不敢怠慢……」

那家人正低著頭絮絮叨叨陳說，卻聽得眼前那木門吱呀一聲打開，張偉已亦身著中衣，赤著腳跳將出來，向他喝道：「快，把人叫進來！」

見那家人嚇得目瞪口呆，呆立不動，張偉頓腳道：「還不快去！」

第十四章　攻戰謀略

張偉自炮隊與萬騎趕到之後，已命人將各種防暑降溫的中藥及食品發下，熬製湯水命全軍飲用。半夜時分，因覺天氣悶熱，披著夾衫步出帳外，抬頭看了半日天色，待天空中隱約傳來雷聲，又有電光劃破長空，眼見得一場大雨勢必難免。

待那使者趕到，張偉見他滿臉塵土，嘴唇乾裂，知道是連日奔波趕路疲累所致，忙命人端了坐椅給他坐下，又令人端上茶水給他飲用。待那使者喘息半晌，緩過神來，張偉已披了夾袍，坐在他對面，向他問道：「施琅有何說話？可有信件？」

「回大將軍，施將軍說了，帶了信件若是有失，可就洩漏了軍情，故命屬下帶了他的信物，前來傳話便是。」

說罷將懷中信物掏出，給張偉驗看了。張偉接過來略一端詳，便將那印信遞還給那使者，

催問道：「天津那邊情形如何，還有我令他注意遼東一事，多加打探，有何消息？快說！」

「天津一個月前已被施將軍攻下！天津衛原本是朝廷製造火器的重地，卻也無甚強兵把守，咱們的炮艦駛進港口，將碼頭內的船隻什麼的轟擊沉沒，步兵上岸，不過幾個時辰，便將守兵擊潰。依照大將軍吩咐，將天津衛的火器作坊焚毀一空，工匠盡數掠至船上，送回台灣。」

聽到此處，張偉已是兩眼放光，雙手擊掌叫道：「甚好！尊侯做得很好，台灣現在正缺匠人，這些工匠都是熟手，過去之後立時便能大用，甚好！」

說罷又向那使者問道：「天津一下，京師震動，皇帝可有什麼舉措？」

那使者輕蔑一笑，答道：「因緩不救急，鎮邊兵調動需時，皇帝又知咱們只有幾千步卒，不知道中了什麼邪祟，竟派了京營副將，都督同知蕭文奎領著京師神器營、五軍營約莫五萬京軍來攻，施將軍原本想著擊潰了事，料來打上幾炮，這些京營老爺兵必定不敢再攻。卻又擔心皇帝派邊兵再來，又怕動靜小不能使皇帝和京師惶恐，是以設下埋伏，待京軍入圍之後，方始進攻。不但那蕭文奎當場戰死，五萬京營逃回去的也不足萬人。此一戰後，皇帝大爲震恐，已命洪承疇爲九邊總督，領十三總兵近二十萬兵往援京師。待他們大兵雲集，施將軍已撤出天津，又往山東而去。此後如何，因我來報信，卻是不得而知。」

聽到此時，張偉長嘆撫掌道：「甚好，北兵疲於奔命，被尊侯四處調動。這一招疲軍之計用的極好，尊侯當真是了得。」

又問道：「可有遼東消息？」

「回大將軍，遼東那邊現在看守甚嚴。咱們買通了不少皮貨商人，卻很難得到什麼確切的消息。原本可以進入遼東看貨，現下只能在邊地交易。若是多打聽幾句，立時便被斥責。稍不小心，還會被八旗兵逮去拷問，是以竟沒有一點實情可得。施將軍說了，此事也急不得，只等著看便是了。」

張偉嘿嘿一笑，揮手命那使者退下歇息。心中暗忖：「你越是這麼嚴防死守，你越是心虛！想必皇太極非死就是重病。如若不然，又何必弄出這些怪樣。」

雖是如此推斷，到底還是有些擔憂，拍手召來一個親兵，令道：「你即刻回台灣，找到何爺，命他想方設法，花再多的錢也要得到遼東那邊實情。」

揮手令那親兵去了，張偉立時又命道：「來人，給我傳令！城內漢軍明早開拔，趕赴南京戰場，今夜便需準備，不得延誤！」

各傳令親兵領了權杖紛紛離去，得得的馬蹄聲立時在鎮江城中四處響起。張偉此時精神大振，竟致無法入睡。在中庭徘徊半晌，猶自沉思：「今番的戰事算得上順利之極，南京一戰並無懸念。八萬漢軍對陣二十餘萬明軍，不過是砍瓜切菜耳。此戰過後，整個南直隸已然平定。該當親率主力，往攻襄陽，待襄陽一下，南方亦無憂矣。」

想到此處，卻又起了惶恐之心。眼見自己離大業越發的近，心中卻止不住想：「張偉，得天下易，治天下難。台灣一片空白，你治理起來尚有諸多難處，以全中國之大，你又該當如何呢？」

一直待東方既白，雞啼聲起，城內已隱約可聽聞漢軍起身集結的聲息。張偉早已披掛整齊，在房中假寐而已，聽得動靜，立時佩劍而出，向著諸親兵大聲令道：「隨我出城，咱們與張瑞的飛騎先行動身，趕赴南京！」

張偉領著眾親兵飛騎出城，待參軍部等直屬直部跟隨而出，便會合飛騎，直奔南京而去。其餘萬騎與炮兵大隊，則在張偉身後緩行。好在鎮江與南京之間距離甚近，又有大道相連，炮隊行進起來，倒也不會太過遲慢。

鎮江府城距南京不到百里，因都是騎兵，自一早奔出，不過傍晚時分，便已到了獅子山下的漢軍大營之內。張偉因想起當初鄭軍分營被八旗騎兵分頭擊破一事，便令張鼐與孔有德將大營連營一處，若有敵情，兩人可合議而行。待張偉率大軍奔來，還在二十里外，便有漢軍的偵騎發現，待他領著張瑞等人趕到獅子山下漢軍大營之前，張鼐等人早便率著諸將出營恭迎。

待張偉入得大營主帳中安坐，還未及洗去身上風塵，便將營中校尉以上聚集至大帳之中，召開軍議。

「張鼐，近日敵情如何？」

張偉將洗髒的殘水順手潑出，把銅盆遞給身邊親隨，因見諸將齊集，大帳內已是擠進了數十名將官，便向張鼐隨口一問，料想敵軍龜縮城內，想來也是無甚變化。

卻聽那張鼐道：「近日城內的明軍不敢出西門，倒是東門那邊有些異動。原本敵軍都在城內，現下因見我軍多日圍城不攻，又因咱們人少，照顧不到東邊，火炮移動也甚是不便，因為這些緣故，十日前城內敵兵開始出東門安營，近日來在城外越聚越多，連營成片。因不能斷絕南京與外界聯絡，前來援助的明軍越發的多，估計附近幾省的明軍多半都趕過來了。」

見張偉不以為意，張鼐與孔有德對視一眼，一起躬身道：「大將軍，以咱人的兵力，攻城還有些難處，擊破城東的明軍連營，卻也是小事一樁。不如讓金吾與龍武各出一萬，輔以火炮，明早必破明軍連營！」

張偉安然坐下，向兩人笑道：「我剛到這邊，敵情不明，此事暫且不說。」

因天色已晚，帳外尚有些餘光，內裏已是漆黑一片，張鼐命親兵入內，將燭台全數點亮，燭影重重，將張偉的神色照映的陰晴不定。各人不知他心思，卻也不再行請戰。

半晌過後，張偉方從沉思中驚醒，見各人都端坐不言，如泥雕木塑，便笑道：「我竟迷糊過去了！」伸上一個懶腰，向張載文道：「載文，把施尊侯在北方的戰情，講給他們聽聽。」

張載文微笑應了，立起身來，將張偉昨夜得的消息說將出來，張偉斜歪在坐椅之上，笑吟

吟看著帳內諸人的反應。

張鼐、孔有德等幾個統兵大將知道此事就裡，幾人興奮之餘，一齊向張偉道：「咱們都在納悶，不知大將軍爲何遲遲不來，原來是等著施將軍那邊的消息。如此這般，咱們後顧無憂矣。」

張偉一笑，將各人的說笑止住，向張鼐道：「除了大致知道明軍有多少兵力，還知道城內統兵大將是誰麼？還有，城內的那些官反應如何？」

「南京城內原本有水陸二營，委了提督總兵蕭如芷統領，各省來援的兵馬，統歸左都督、提督操江劉孔昭總理。至於城內動靜，雖逮了一些明軍查問，到底是小兵和低級將佐居多，上面的事情不得而知。只知道咱們圍城之初，就由南京兵部尚書范景文召集諸將，還有城內的文官大員們會議，然後一隊隊的使者派將出去調兵。後來明軍幾次出城邀戰，聽說也是文官們鬧騰，那范景文文人出身，不懂軍務，聽那些文官們一鬧騰，就壓著劉孔昭與蕭如芷出戰。被咱們擊退之後，武將怨文官亂指揮，文官們說武將怯懦，成日的吵鬧。按說，明朝武將不能和文官叫勁，只是那劉孔昭是劉基之後，錫封伯爵，身分貴重，是以還能說上幾句話。若是不然，只怕裏面的軍隊早就飛蛾撲火似地撲將出來了。」

張偉沉吟道：「蕭如芷……這人可是京師那個京營大將蕭文奎的兒子？」

「正是。這蕭家與遼東李家齊名，人稱北李西蕭，一門全是大將。祖蕭漢，涼州副總兵、都督僉事、前府僉書；長兄如蕙，寧夏總兵官、都督同知；如蘭，陝西副總兵；其父文奎在京師爲副將，眼見是要乞骸骨的人了，卻不想死在尊侯兄手中。」

其餘漢軍將軍也罷了，孔有德等人卻是忍不住嗟嘆不止。他們原是明軍世家出身，自太祖立國便是軍戶，是以對這種軍中將領世家很是敬畏。此時聽得那蕭文奎年近七旬卻死於非命，心中不免淒然。

張偉只是淡淡一應，也並不放在心上，只是嘆息一聲，道：「那蕭如芷若是城破之日未死，若是肯降自然千好萬好，若是不降，派小船送他過江。」

當下商議已定，各人分頭散去，準備來日大戰。雖知明軍孱弱，到底也是數十萬人的大戰，當夜傳下令去，果尉以上均需小心戒備，隨時可聽命投入戰場。

第二日萬騎及炮隊趕來，搭建新炮兵陣地之時，往那城內試射了數十炮，明軍畏懼漢軍炮火，那守城的士兵一聽炮響，一個個溜之大吉，不敢逗留。

卻不料此番漢軍使用的有十六磅的重型火炮，又是以改良的火藥爲發射藥，射程提高甚多，威力亦是加強，一顆顆炮彈飛越城牆，在近城的軍營及民居附近爆炸，那些靜臥不動的還好些，越是驚慌失措，四散奔逃的，則越容易被四處飛射的彈片擊中。城內死傷慘重，那守城的各將軍直以爲漢軍必當攻城，自兵部衙門和陸營中不住發出命令，大股的明軍在城內集結調動，往漢西門一帶奔援。

漢軍圍城已久，城內原已是習慣，市面已是如常，此時弄出這麼大的動靜，原本是行人不絕的街道上立時空無一人。正在百姓紛亂不已，紛紛躲藏之際，南京翰林院學士、詹事府詹事姜曰廣，連同吏部右侍郎、右僉都御史張有譽、戶部尚書張慎言等人，卻齊集兵部尚書范景文府中，紛紛向尚書進言，要范景文調動東門處明軍大部，連同西門裏的陸營守兵，兩路夾擊，將敵人一舉擊潰。

他們還不知道駐守鎮江的漢軍大部已經被張偉帶到南京城下，仍以爲漢軍還是不足五萬，皆是步兵。在他們看來，戰局不利，乃是城內將軍太過怯懦的緣故，是以此時一起來尋兵部尚書，請他督促明軍出戰。

這范景文此時四十出頭、五十不到，萬曆四十一年進士，此時正是政治家的黃金年紀，被皇帝派到南京，也是因其年富力強，耿直忠忱。當此亂世，崇禎將他派至江南鎮守，對他自然是放心之至。崇禎眼不識人，一生任用奸人甚多，到後來失臣下之心，死時竟只有一個太監跟隨左右。而滿城的高官貴戚，在李自成進北京後，尚沒有追出贓款之前，卻也是一心一意要追隨新朝聖主了。只有這范景文以大學士之尊，毅然投井自盡，爲皇帝盡忠死節。這南京乃是明朝陪都，平時無事也便罷了，若是南方有兵事，首當其衝的便是南京兵部尚書。是以兵部尚書一職，甚是緊要。

此時聽各人亂紛紛發言，范景文亦是文人進士出身，卻也聽不出誰是誰不是，他覺城外漢軍火器犀利，明軍出戰傷亡太大，恐有不虞；又覺眼前這些同僚說得也是有理，二十餘萬明軍平日執堅披銳，枕戈以待，不就是爲了眼前之事？況且城外漢軍火炮雖利，若是明軍不計死傷，由城內城外一起猛攻，幾萬人的漢軍又豈能抵擋得住？

這姜曰廣是後輩，那張有譽和張慎言卻是資歷與他相同，兩人都是勤謹忠直之人，與范景文甚是交好。若非如此，亦是無法影響到范景文。

沉思半晌，范景文方向三人咬牙道：「城內的勛臣和貴戚難以說服，我是欲出戰，奈何掣肘太多！」

姜曰廣急道：「夢章兄，你身爲本兵，兼負整個南方安危，若是遲疑不斷，恐來日必有奇禍！」

張有譽亦道：「難道城內的將士，敢違抗你本兵的命令不成？」

范景文苦笑道：「昨兒晚上，撫寧侯朱國弼、誠意伯劉孔昭、靈壁侯湯國祚、忻城伯趙之龍、魏國公徐弘基、安遠侯柳昌祚等人一起至我府中，言道南京城堅，糧草完備，敵軍兵少，難以強攻，勸我不要聽信他人胡言，安心守護。待時日久了，朝廷大兵雲集，那時候破敵如反掌耳。」

見三人即刻便要說話，范景文又道：「他們說得也是有理。敵兵人少，南京城是太祖時修建，高大堅固，城內糧倉屯積了大量糧草，還有東門可與外交通，咱們固守待援也罷，還是待

敵人撤退時追擊也罷，總比冒然浪戰來得更好，三位以爲如何？」

張慎言原本是默不作聲，此時亦忍不住道：「夢章，你休要糊塗！這些勛貴原本就不該出面干涉政務，若是太平時節，勛貴干政便是大罪。你又怎聽他們這些畏敵避戰之言？」

范景文瞠目道：「那劉孔昭身爲左都督，提督操江軍務，除了原南京水陸兩營還歸總兵蕭如芷直統，所有來援的外兵都由他統管。他來說話，我總不能不理！況且，他們說得也是有理，倒也不完全是畏敵避戰。」

「胡說！昨晚那蕭總兵來尋我，與我剖析利害。他將門世家，一門都是國朝大將，見識可比劉孔昭那樣的紈袴子弟強上百倍。依他看來，據城而守，自尋死路耳。」

「此話何意？」

「敵兵炮火厲害，南京雖是城堅，可是若是敵炮轟擊一處，以他們炮彈的威力，城牆能擋得住麼？若是敵兵轟開城牆，以火炮推進，慢慢轟將過來，咱們能擋得住麼？可敵兵竟然不攻！依蕭總兵看來，敵人必定是在等援兵，聽得來援的浙兵言道，安慶等地已被台灣叛兵攻下，那一處也有幾萬兵。朝廷主力都在圍剿陝甘四川的賊兵，勢必難以抽調大兵前來，南方能戰之兵，除了要守備閩浙兩廣，已然盡聚南京城內外，若是咱們避敵不戰，等敵兵從安慶過來，又或是從台灣再調援兵，到了那時，又拿什麼來抵敵？此時若戰，只要各將不避炮火，奮勇向前，衝到了敵兵身前，火炮何用？咱們人多時不戰，難道等著敵人集結後才戰？此時出戰，尚有機會，不然，死無噍類！」

范景文聽到此處，細細一想，已是汗如雨下。他們自然不知道張偉不攻是為了一戰而盡殲江南明軍主力，可是細想一下，敵人以優勢強兵屯於南京城外，明明可以圍死，卻放著城東不顧，明明可以攻城，卻是全無動靜。此事想想著實詭異，南方明軍已是調無可調，而敵兵情形不明，此時若不死戰，耽擱久了，敵人若有援兵過來，那可就大勢去矣。

「金銘兄，還好得了諸位提點。既然如此，現下我就直接向城外各將下令，調動大兵向城西，待他們過來，城內開戰出戰，裏應外合，與敵寇死戰！」

張慎言見他雖下了決心，額頭卻是虛汗直冒，知他緊張過度，因勸道：「昨日我聽了那蕭總兵勸告，細思之後也是惶恐不安。那蕭總兵卻道：咱們背倚堅城，縱是敗了，士兵也是繞城而逃，回到城中，不至於戰敗而不可收拾。縱有死傷，咱們人多，他們人少，又有何懼？大不了，咱們還是繼續守城待援便是。」

又道：「現下城外正在開炮，夢章兄你現在下令，城東大兵過來，倒是正好方便敵人開炮轟擊。況且大戰也需城內城外協調進行，不如今日發令，明早起行，待城東大兵過來，城內亦是早有準備，這樣才能得兩路夾擊之效。」

崇禎四年夏初，張偉自鎮江奔赴漢西門漢軍大營第三日的清晨。自昨日試炮過後，自半夜

子時起，天氣變得沉悶之極。南京雖不似台灣終年溫熱，但夏天較之台灣尤爲炎熱。此時雷雨之前，愈發使人覺得悶熱非常，漢軍雖駐軍城外，倚山傍水，各營的軍士卻仍是揮汗如雨，受熱不過。

張偉自炮隊與萬騎趕到之後，已命人將各種防暑降溫的中藥及食品發下，熬製湯水命全軍飲用。半夜時分，因覺天氣悶熱，披著夾衫步出帳外，抬頭看了半日天色，待天空中隱約傳來雷聲，又有電光劃破長空，眼見得一場大雨勢必難免。

「火藥糧草可都放在高處避雨處？」

雖披著白綢夾衫看了半日天色，此時狂風乍起，將張偉身上衣袂吹得啪啪作響。在帳中悶了半日，已經睡過一覺的張偉倒不急著入內，只在外吹著涼風享受這雷雨前必有的大風。

見身邊有不少親隨將佐趕來隨侍，張偉便隨口向金吾衛行軍司馬問道：「火藥甚是要緊，不但不能雨淋，亦不能沾染濕氣。」

那行軍司馬笑回道：「這是自然。咱們的火藥都有浸油的牛皮紙發給兵士，包成小包，臨陣時折包灌入槍管，又不怕濕，又方便裝藥，可提高射速。營內屯積的火藥都裝在大木筒內，密封儲藏，以外夾層石粉隔絕空氣，斷不至受潮。」

「如此便好。」

張偉又問道：「圍城一月多，也下過幾場大雨，城內幾番出擊，便是趁著大雨而出麼？」

身後由各衛派來的參軍部的參軍，聽張偉問話，那金吾衛的參軍便出列答道：「正是，前月正是南京的梅雨季節，很下了幾天大雨，天一直陰沉沉的。城內明軍敢出擊，也是以爲咱們的大炮不響，火槍無用。待咱們火炮一響，就急忙撤回去了。」

張偉感慨道：「下大雨時火器還是要受影響，若是他們一心猛撲不計死傷，那麼還是能衝上前來的。不過有身披重甲的龍武衛在，衝上來也是找死。」

「普天下能有幾支軍隊如咱們漢軍一樣精銳，也只有漢軍能令行禁止，這乃是大將軍治軍有方啊。」

「正是，漢軍軍紀嚴明，餉俸充足，還有軍爵之賞，是以全軍上下無不奮勇殺敵，明軍可差得老遠。」

張偉聽得一笑，聽各人仍在逢迎拍馬，不禁頓足斷喝道：「都給我滾回去睡覺，再敢亂拍馬，都把你們送到軍馬司去餵馬去，讓你們拍個夠！」

待雨滴颯颯而下，張偉便進帳歇息，聽著密集的雨滴不住地打在牛皮大帳上的聲音，反覺得分外安穩踏實，香甜一夢，直至天色微明。

弁上銳，紅色，其間有十二縫，鑲嵌白玉，衣裳、膝蔽爲純黑，玉帶，白襪，黑鞋。腰懸寶劍，白馬，馬鞍上斜掛鐵胎弓，待清晨雨歇，張偉跨騎馬上，全身著以明朝親王武弁服改製

的大將軍服，只帶了幾百親衛，由城西向城東奔馳而去。雖然得了屬下報告，已知城東駐有十餘萬明軍，連營二十餘里，刁斗巡兵不斷，卻仍是決意親身一探。

昨日范景文與幾位文官計較已定，又有蕭如芷這樣的總兵大將支持，是以斷然以兵部尚書身分下令，命城東明軍來日調動，與城內明軍會合，一同夾擊城西的漢軍。各人原本心中惶恐不安，待半夜下雨，雖知漢軍火器仍可發射，卻都不自禁合掌道：「天佑我大明！」

因城中明軍就在水陸大營附近集結，倒是城外的明軍調動需時，是以還不待天亮，對出征命令滿心的不願，那誠意伯劉孔昭卻也發令各營的總兵、副將、千總等各級將佐，命明軍全營出動列陣，待天色明亮，便可繞過城牆，直撲城西漢軍大營。

雖是天熱，因顧忌漢軍火器犀利，不論是從南直隸和浙江、江西都司調來的衛所軍，還是募集的鎮兵，都穿著明軍制式的紅色小胖襖，長至膝蓋，窄袖，內填棉花，若是近距離被火槍鐵丸擊中，自然是一命嗚呼。若是距離稍遠，中了流矢或是槍沙，則這些棉花可以吸收阻擋，作用堪比皮甲。

於是張偉帶著輕騎過集慶門、安德門後，便在城牆外遠遠見了大股明軍由卡子門方向遠遠而來。此時正值東面的陽光照射過來，十餘萬明軍迤邐行來，紅色的軍服映射著刀、槍、鐵頭棍、狼牙棒、矛、戈的寒光，當真是絢麗耀眼之極。

因距離尚遠，張偉倒也不急著回撤，吩咐一名親兵迅即騎馬撤回報信，自己坐端坐馬上，拿起望遠鏡向遠處看。直看了一炷香後，方向已急得滿頭是汗的王柱子笑道：「看起來威風得很，其實全是銀樣鑞槍頭！」

王柱子哪肯理會他的笑話，只急道：「一會兒在大隊之中，哪怕您睡著看都成，現下還是快些回去，如何？」

張偉搖頭道：「不急，咱們一會兒回撤，引著敵人騎兵來追。適才已命人去調張瑞飛騎，咱們先給他們來個下馬威！」

他指著不住湧現的明軍大陣，向王柱子道：「這些明軍大半手持的都是刀槍等兵刃，火器甚少，不比遼東大半裝備火器。拿著這些刀槍棍棒的，看起來威武，細看神色，一個個萎靡不振，全無精神。年紀也是老少不齊，有花白鬍子，還有十來歲的孩童！弓手箭壺裏稀稀落落，竟然沒有幾支箭矢，這樣的軍隊，嘿！」

正說話間，明軍大陣中顯然也發現張偉這一股黑衣漢軍，側翼一陣騷動，顯是敵騎已出，向張偉這邊趕來。王柱子等人急道：「大將軍！還是快些撤回吧。」

張偉點頭道：「也看的差不多了，咱們這便撤回，估計著回到集應門那邊，張瑞就該接應咱們了。柱子，派些槍法好的殿後，用撞針的後裝線膛槍敲下幾個官來，估計他們就不敢追得緊了。」

那股出來追趕的明軍約莫有五千餘人，拚命向張偉這邊趕來。那劉孔昭雖是奇怪一直沒有

騎兵的漢軍爲什麼突然冒出這一小股騎兵出來，心中卻是大喜，眼見敵方不過幾百人，派上幾千騎兵出擊，先斬上一些敵首，振振軍心士氣也好。就是追之不及，將他們攆走，亦可略暢胸懷。

張偉雖是想在親兵隊中一同回撤，卻因諸親衛唯恐他有失，以十餘人裹挾著他，當先飛奔而去。王柱子等人卻是引弓控箭，有槍的橫槍放於馬鞍之上，緩緩而撤，只待明軍追來先抵擋一陣。

待明軍騎兵稍近，已是汙言穢語叫罵不絕，原本古人征戰，最講究的是先挫敵氣，是以這罵陣亦是行伍的必修課程。這些騎兵全是由浙江都司調派而來，非從民間募集的鎮兵，幾百年當兵的經驗傳授下來，罵起人來當真是精彩之極。只是他們浙江口音，王柱子等人只聽得目瞪口呆，卻是半句也聽不明白。只是料想不是好話，各人氣得臉皮發白，只卯足勁等著敵騎馳近，再做理論。

「射！」

聽到命令，那幾十個持著線膛火槍的親衛舉起槍來，雖然敵騎越來越近，他們卻穩住身形，巍然不動。待瞄準了敵騎隊中頭戴兜鍪，身著刻著山字花紋鎖甲的將官，扣動扳機，只聽得一陣「砰砰」作響，對面的騎兵陣已是亂成一團，不少百戶官和千戶之類的小軍官衝在前面，已被槍子穿透鐵甲，掉將下來。

在這騎兵大陣中，落馬之時縱是無事，亦很快被收腳不住的本部戰馬踩成肉泥。突然被襲，氣勢洶洶的明軍沒有想到敵兵不但不急速奔逃，反而敢住馬射擊，那線膛槍射程甚遠，相隔近三百米還擊中了本部將軍，各明軍驚嚇之極，紛紛住馬。後陣不知前面何事，卻仍是往前急奔，又沒有了將官約束，一時間竟致混亂不堪。

好不容易將隊形穩住，再看那一隊漢軍騎兵，卻已是去遠了。領頭的總兵官大怒，叫道：「他們不過是用些火槍阻擋咱們，大夥兒不要驚亂，追上他們一個個用刀全砍了下來！」

待追到集慶門附近，卻與匆忙趕到等候的漢軍飛騎大隊相遇，一面是早有準備，一邊是猝不及防，明軍收勢不及，狂奔之際根本無法掉轉馬頭逃走，雖見漢軍騎兵數目不少，卻也只得硬著頭皮衝上。

一時間身著紅衣鎖甲與身著黑衣鐵甲兩股洪流迅即衝撞在一起。明軍武器駁雜，長短兵器混用，漢軍騎兵卻是一式的馬刀與鑲在臂上的圓盾，這樣的短兵相接，明軍長矛大槊很快失去威力，而漢軍的斬馬刀刀柄厚實，刀刃輕薄鋒利，在馬上揮舞劈砍皆是順手之極，兩相比較，明軍已是先失一籌。

六千漢軍飛騎與五千餘明軍就這麼在集慶門外不遠互相砍殺，拚鬥。紅與黑的人群就在雨後初霽的泥地中拚死搏殺，不住有人在馬上被砍落，捅穿，鮮血拋灑大地，受傷落地的很快便被來回扭動的戰馬踩死於地，血和碎肉混入爛泥濕地之中，慘叫和臨死前悶哼聲不絕於耳。

面對如此悍勇的敵手，明軍一則人少，二來戰鬥意志原本就極是薄弱，若不是騎兵多選精壯勇武的軍士擔當，只怕此刻早就逃得一人不剩。

拚殺了小半個時辰，明軍已是死傷慘重，而裝備精良訓練更精，且又經歷過多次戰鬥的飛騎卻是越戰越勇，手中斬馬刀不住揮舞，明軍騎兵不住的被劈中，砍翻落馬。那總兵官眼見不濟，早就臉色慘白，眼見左右兩翼的明軍已然開始潰退，自己處於中央眼看有被敵兵合圍的的危險。他身邊有幾十兵家將親兵護衛，等閒不上戰場，此時漢軍飛騎越突越近，眼見連家兵都需上前搏殺，心中一陣心悸，突地掉轉馬頭，命道：「退，快退！」

他當先逃走，身邊的家將親兵立時亦是掉轉馬頭，護衛著他趁漢軍未合圍之際狂衝而出，拚了命向正往此處趕來的明軍大陣逃去。

一陣陣沉悶的雷聲響起，天空中卻又飄下雨滴。不及奔逃的兩千多明軍騎兵已被合圍當中，被如同銅牆鐵壁般的飛騎大陣緊緊圍在當中。左突右奔之後，明白已然無法突圍，間歇有明軍拚命呼喊，急欲投降，只是在這混戰之中，飛騎早就殺紅了眼，哪裡理會。大殺大砍一陣之後，除了逃走千多騎兵外，奔襲而來的明軍全數戰死當場。

第十五章　南京城破

說罷撥給那蕭潛一百親兵，令他帶著往范景文居處奔去。自己見眼前抵擋的明軍越來越少，大半明軍已然逃走，而這些鐵甲兵身後的火槍兵四處追趕，開槍擊殺那些亂逃的明軍。他罵道：「逃你娘的！要是死戰還未必死，越逃死得越快！」

雨水沖刷而下，眾飛騎將長刀伸上半空，讓雨水沖刷長刀，待張偉帶著眾親衛趕上前來，眾飛騎用長刀拍擊盾牌，呼喝叫喊，向主帥致意。城頭早有守城的明軍趕來觀戰，因城門封死，兩邊又是騎兵，城內明軍出之不及，不過一會兒工夫，眼見友軍已被殺敗，城頭明軍上下皆是心驚膽戰，看著眾飛騎在雨中揮刀大喊，直如鬼魅一般，有那膽小的，竟然不敢再看。

得到消息之後，萬騎在契力何必與黑齒常之等人的帶領下正好趕到戰場，見飛騎將士如此情形，那契力何必急速趕到張偉身邊，大叫道：「大將軍，咱們萬騎來了，請大將軍下令，讓

兒郎們也去殺上一場！」

張偉略一思索，應道：「你與張瑞一起，張瑞掠陣，你與萬騎靠近射箭，張瑞待敵陣有隙，則用飛騎重騎衝擊！待敵人潰敗，則萬騎再追擊射殺敵人！」

見萬騎與飛騎向城東明軍來處飛馳而去，張偉帶著眾親衛匆忙而回。城東明軍調動，必然將會與城中明軍配合，正好可借此機會，一舉擊潰聚集在城門處的明軍，這可省事許多。

待他奔回漢西門漢軍大營，卻見城門處明軍旌旗飛揚，顯是已有大股明軍彙集，就等著城東明軍一至，便可一同衝殺。

冷笑一聲，張偉也不顧滿頭滿臉的雨水，喝命道：「來人！傳命給神威將軍朱鴻儒，命他的炮隊火炮全數開火，向著城門處轟擊！」

見張鼐與孔有德等人匆忙趕至，張偉向他二人令道：「不需來我這裏，一會兒大炮轟擊，敵兵或是孤注一擲，開城出戰；或是驚慌失措，紛紛後退。無論如何，咱們需抓住這次機會，打垮這裏的明軍。此時一平，則城內無甚主力明軍，可無需巷戰矣。」

他掃視著金吾及龍武諸將的面孔，大聲道：「諸將軍，狹路相逢勇者勝！城內明軍不過七八萬人，漢軍一會兒要拚命衝城，一戰擊垮敵人！切記：莫計死傷，莫疼士卒，拚死向前，窮追猛打！」

他盯著張傑與顧振等人，沉聲道：「養兵一日，用在一時。你們都是我一手帶出來的將軍，尙將軍與耿將軍都是遼東人，原本就悍勇之極，不需再加吩咐，倒是你們，冷靜有餘，衝勁不足。我特地吩咐你們兩人，一會兒一定要狂衝猛打，不計死傷，若是還因循不前，畏手畏腳，多年的老臉都顧不得了！」

實則他眼前的這些個將軍與賀人龍、曹變蛟等人不同，賀瘋子與曹變蛟都是打得興起能赤膊上陣的勇將莽將。若是平時，此等行徑必然被張偉訓斥，當此突擊衝城之際，卻又必須要有武勇之將，帶著手下將士猛衝方可。是以張偉思來想去，只得先褒揚遼東諸將，爾後又激勵張傑等原台灣將士。

那張傑、顧振，還有由遼東而來的尙可喜、耿精忠等人被他一激一揚，都覺全身熱血沸騰，不能自已，便一齊躬身道：「大將軍，末將等願效死力！」

張偉厲聲道：「如此，則戮力死戰！」

諸將齊齊一聲暴諾，各自回營備戰。那神威將軍朱鴻儒接了張偉將令，已命炮陣中的近四百門火炮對準西門內外，待一切就緒，又請了張偉等人稍避。那朱鴻儒一聲令下，數百門火炮先後開火，一股股濃煙夾雜著火花噴薄而出，大大小小的炮彈直飛入城。

漢軍火槍還有使用黑火藥者，手榴彈因硝化甘油不足而尙未鑄造，但所有的開花炮彈已經全數改成由硝化甘油凝固後的火藥，威力當真是大過以前十數倍，此時數百門火炮一起開火，當真是聲響震天，不但漢西門內外的明軍魂飛魄散，就是漢軍亦爲這聲威所震，只覺得耳朵嗡

嗡作響，便是腳下土地亦是不停地顫動。

眼前前方碎石飛揚，漢西門後原本以沙發堵實，此時明軍欲出城而戰，倒是自己將城門後的沙包重石搬開，漢軍大炮不過轟了幾炮，城門已被洞穿。城門內附近聚集了大股明軍，漢軍火炮當真是炮無虛發，一顆顆多半落在明軍隊中。直接炸死的倒是不多，只是炸開後的碎片四處飛射，明軍隊列嚴實，當真是一顆炮彈下來，死傷便是數十人之上。

那蕭如芷眼見不對，漢軍此番炮擊威力遠遠超過擊退明軍攻擊的那幾次，急忙命明軍散開，又命人飛馬前去稟報范景文，言道敵兵炮火太猛，明軍無法衝出，且城門已被敵兵轟破，請命東門明軍即速回城，前來援助。

他知此番敵軍十有八九必會攻城，因炮火猛烈，避無可避，無奈之下只得命明軍後撤，誰料明軍早就嚇破了膽，一聽得後撤命令便拚命往回推擠，一時間亂將起來，竟至喝止不住，一直將前隊衝亂，直踩踏死了數十人，傷者無數，方才止歇。

蕭如芷見屬下如此混亂，早急得滿頭大汗，忙命部下親兵維持。他操練南京城內的陸營軍隊已久，雖無法扭轉大局，倒也練就數千心腹精兵出來，此時得了他命，便急忙四處鎮守。好在漢軍炮火打了半晌，炮管已然發燙，是以炮聲漸歇，落在城內的炮彈亦是稀疏下來。又有總兵親兵加上心腹將領帶著兵士維持，城內明軍終於漸漸安穩下來，重新列隊待命。只是大半軍士已被嚇破了膽，又眼見各處都是明軍的屍體，斷肢殘臂散步四處，便是那內臟碎肉，亦拋灑得到處都是。各人哪曾見過如此慘景，再加上碎石斷瓦，滿地鮮血，當真是如同煉獄一般。

「敵兵攻城了！」

蕭如芷正在抹汗，因著急此處可能不守，連聲催派親兵前去尋范景文請示，待聽到有人撕心裂肺一般的大叫，他如被電擊，急忙扭頭一看，卻是眼前一黑，差點暈倒過去。

只見一隊隊的漢軍龍武軍的甲士，身披二十斤左右仿唐明光鎧的重甲，手持陌刀長盾，一隊隊由轟擊而開的城門列隊而入，他們倒是不急著進攻，只是遠遠看著著城內明軍，慢騰騰變換著隊形，掩護著後面的火槍兵、輕型兩輪火炮慢慢由破損的城門口緩緩而入。

此時雖離明軍較遠，但行動自若的漢軍鐵甲兵卻已給了對面明軍莫大的壓力，明軍身上多是紅色小胖襖，至多是在下半身著鐵絲裙；而漢軍的龍武軍都是精選的身強體壯的軍士，身著精鐵打造的重甲，手持鐵盾及鋒利的仿唐陌刀；又以張偉教給的後世訓練身體的辦法強化體魄，加上由內地聘請的武學教師，以精練的博擊術教導。是以橫亙在明軍眼前的這支漢軍冷兵器軍隊，乃是這支大陸上屈指可數的重步兵強軍。

「攻，進攻！諸將聽令，各自帶隊向城門處的敵軍進攻，有我無敵！若是讓他們列好了陣，火槍兵和大刀兵配合火炮攻將過來，城池必失，到時候大家都是一死，不如和他們拚了！」

蕭如芷雖喊得聲嘶力竭，卻見身邊諸將都面露怯色，知道這些親隨大將都被眼前的這支強

軍嚇破了膽，更何況那些尋常小兵。他心裏亦是惶恐不已，心知若是城東明軍不迅即趕到，以絕對的數量優勢在城內與敵巷戰，憑著自己現下的七八萬兵，絕對無法擋住這些窮凶極惡的敵人。

因見身邊有一名千戶官仍是立身不動，不肯帶著屬下軍士往前迎敵，蕭如芷立命親兵將他就地按倒，砍下頭來。又命人宣令道：「總兵大人有命，凡畏敵不前，無命後退者，立斬！」

明軍後陣慢慢響起稀疏的鼓聲，一隊隊明軍雖是心中害怕，卻在軍令下不得不向前來。伴隨著鼓聲，一股股身著紅色胖襖的明軍向在城門空曠處列陣的漢軍衝去。

張鼐與孔有德已然隨大隊入城，他倆倒也罷了，屬下的各將被張偉激起鬥志，此時見明軍衝來，龍武衛的各將紛紛請命，要與明軍正面相接，一決雌雄。因城門處到此狹小，漢軍金吾衛的槍兵尚未展開，火炮亦未就位，孔有德便向張鼐道：

「養兵千日，用在一時！大將軍適才說要猛衝猛打，就是因此地地形不利於炮火展開，那麼，就讓龍武衛先立一功，如何？」

張鼐亦知他說得有理，乃慨然點頭道：「龍武衛在前，咱們在後肅清散亂明軍！」

孔有德雖然已年近四十，到底是遼人出身，聽得張偉誇讚賀人龍等將勇悍，他心中亦是不服之極。此時聽得張鼐應諾，站在馬上大聲令道：「龍武衛，攻！」

他一聲令下，無數神情肅穆的龍武軍士開始移步向前，向著明軍來處緩步而去。隨著身形移動，身上的鐵甲叮噹作響，兩萬龍武軍士發出的鐵甲響聲彙聚成嘩啦啦的大響，這些鐵甲的響動加上龍武軍整齊劃一的腳步聲，竟然蓋住了明軍的鼓聲，使得整個戰場，好似只有這如山如林一般的鐵軍在行進，天地間竟似無人能擋住他們的腳步。即將與龍武軍對陣的明軍心中一陣陣的膽寒，只覺眼前這支軍隊可怕之極，卻又無法後退，只得一步步向前行進，只是那腳步卻是越發的沉重。

「長風飛兮旌旗揚，大角吹兮礪刀槍……！」

待與明軍接至一箭之地，龍武衛所有的軍士以陌刀拍擊鐵盾，大聲高唱唐朝時威震四海的軍歌「大角歌」，張偉因明朝軍歌大多長而無力，想起唐時職官志上的「居常則習騎射，唱大角歌」，便尋了這大角歌的歌詞，譜以蒼涼曲調，令全軍習唱。這龍武衛以陌刀敲擊盾牌行進，再輔以蒼涼悲壯的大角歌，當真是威武之極，比之單調的鼓聲更加激勵軍心。

擋開了明軍弓箭手射過來的箭矢，眼見與明軍只在數十步間，領隊的龍武諸將、衛尉、校尉等一齊令道：「衝！」

因身著重甲，龍武軍士雖是體力過人，卻也不能一直猛衝，這種接近敵陣後方始猛衝的戰法早就訓練得純熟之極，待各級軍官一聲令下，全數的龍武衛軍先是停住腳步，各自調整好隊形方向，然後便突然加快腳步，向著眼前的明軍狂衝過去。如林的陌刀如同絞肉機一般突入明軍陣內，擋在第一列的明軍尚不明所以，就已被盡數砍倒在地。

後陣的明軍急忙還擊，卻被身強體壯精於格鬥的龍武衛輕輕一擋，便已將對面砍來的長刀擋開，然後順手一擊，便將那些全無防護的明軍戳個對穿。兩萬龍武衛軍如砍瓜切菜一般，一切擋在陣前的明軍，甚少有一合之敵，常常是三五個明軍合作，才能傷得了一名龍武衛軍。兩邊接戰不過是一刻工夫，明軍已是紛紛潰敗，被龍武軍趕得不住後退，縱是後面督戰軍官再加逼迫，卻也是無人理會了。

待攻到那蕭如芷陣前，幾百名蕭府家將親兵連同素日裏練出來的精兵，再有跟隨蕭氏多年的悍將向前，竟然一時間抵擋住了龍武軍前進的步伐。雖然不住有明軍被挑起砍成肉泥，甚至一柄陌刀過去，便是將幾個明軍串成一串，到底家兵忠心，見主子不退，卻也是死不肯退卻。

蕭如芷早知大勢已去，派去調城東明兵來援的親兵早就回來，道是城東明軍一早便被劉孔昭帶出城去，在集慶門曾以騎兵與敵騎交戰，被漢軍騎兵擊敗，大部被殲，然後兩萬多漢軍騎兵飛馳而過，往城東明軍主力方向奔馳而去，現下沒有消息，多半是凶多吉少。是以他雖見眼前的敵兵凶狠，明軍死傷慘重不住潰敗，卻仍是不肯下退卻的命令。此時一退，再加上城東有失，那麼南京城必然不保，他是明朝大將世家，如何肯在此時放棄。

「家主爺，咱們還是退一下吧！退到城內，收攏殘兵，再依著地形與敵人纏鬥就是了！」

蕭如芷扭頭一看，卻見是一名年輕的親將，自小便跟隨在他身邊，此時渾身殺得血葫蘆也似，一張臉上全是血跡，除了兩隻眼睛仍是黑白分明，竟是一身的血紅。他不理會讓他退卻的懇求，只微笑道：「蕭潛，你殺了幾個敵軍？」

那蕭潛傲然道：「他們縱是穿得像龜殼一般，到底還是被我的長槍戳穿了十幾人！」

微笑著拍拍他肩，蕭如芷一聲長嘆，令道：「你快些返回內城，稟報尚書大人，就說城多半是不保了。趁著城東尚未被敵合圍，你護著城內的大人們快逃吧。」

見蕭潛呆住不動，便厲聲喝道：「此事關係重大！這些文官不比咱們武將，是國家的重臣，你要護著他們安全！若是他們不肯走，便架著他們逃，你若是辦不到，我死也不饒你！」

說罷撥給那蕭潛一百親兵，令他帶著往范景文居處奔去。自己見眼前抵擋的明軍越來越少，大半明軍已然逃走，而這些鐵甲兵身後的火槍兵四處追趕，開槍擊殺那些亂逃的明軍。他罵道：「逃你娘的！要是死戰還未必死，越逃死得越快！」

自己將身上佩劍抽出，向天默祝道：「父親，諸位兄長，恕我先行一步了。」

想到自己的父兄，只覺身上熱血沸騰，抽出佩劍便往眼前的鐵甲兵士衝去。只是臨敵之際，卻突地想起昨夜臨陣之前，在家中與妻兒話別情形。他與妻子甚是恩愛，雖以總兵之尊，卻始終不肯納妾，家中一子二女，都是與夫人所生。想到稚子幼女，心中不由得一陣酸痛。只得敵軍就在眼前，卻也是顧不得了，發一聲喊，揮劍便砍。

「恭迎大將軍入城！」

昨日決戰，擊敗了城東明軍及城內駐守明軍，擒殺誠意伯劉孔昭，那提督南京水陸兩營的蕭如芷當場戰死。龍武衛及金吾衛在城中追剿了一天，眼見明軍抵抗已基本肅清，諸將方派了使者請張偉入城。

張偉在親兵及漢軍諸將的護衛之下，騎馬由漢西門而入，由午門入宮，巡遊過後，命調一營漢軍封鎖宮門，宮內鎮守太監及所有大小宦官一律拿解出宮，押入城北雞籠山上的千年古剎雞鳴寺中暫居。

因城內遍佈明軍屍體，又還有零星小股明軍未及肅清，漢軍諸將護送著張偉入住宮門外的兵部衙門，派遣了大隊漢軍先行肅清皇城，嚴拿行跡可疑的來往人等，將皇城內所有的明朝官吏盡行逐出，皆命居於家中待勘。

漢軍攻入皇城之後，明軍已然全無鬥力，大股明軍棄械投降，是以皇城內不似外城那般，遍地血水與屍首。因漢軍不欲死傷，猛追窮攻潰敗明軍之際，以兩輪火炮四處轟擊，城內碎石殘瓦遍地，到處都是焦黑的火炮轟擊痕跡。張偉進城之際，眼中看得分明，雖知此事難免，但見這六朝古都，千年名城遭此一劫難，亦是嗟嘆不已。

至兵部尚書府中大堂內坐定，便向張鼐等人吩咐道：「今日大戰，百姓難免死傷，速派隨軍醫師，尋訪受傷的百姓，速加救治；再有天氣炎熱，明軍屍體和漢軍戰死兄弟的屍體需加緊處置，以防疫病，此事要緊，你快去辦！」

又向馮錫範等人道：「快些以告示安民，肅清敗亂明軍，這些敗兵比起土匪還要狠上幾分！凡是擾民的，劫掠強姦的，一律在大街鬧市上當場斬殺。便是漢軍有違紀者，也一同辦理，去吧。」

他前番來這南京城內，卻只是在秦淮河、雞鳴寺、玄武湖等名勝古蹟遊歷隨喜了一番，見張瑞與契力何必昨日追殺明軍整日，殺得渾身是血，現下仍是精神奕奕站於身側，因喜道：「兩位將軍，咱們帶著眾人在皇城內略轉一轉，由兩位給我說說昨日戰況，如何？」

眾將見他歡喜，哪有不隨侍奉承的道理，南京一下，整個江南必定歸漢軍所有，依照眾將的想法，張偉稱帝一事刻不容緩。待他稱帝之後，想隨意說笑也是不能了，是以現下大將軍歡喜，要與眾人閒逛說笑，各人自然是千肯萬肯。

張偉卻不知道各人的想法，稱帝一事，他此刻是想也未想。他雖以嚴治世，到底是現代人習氣，不喜歡無故拿大，是以平素與各人卻是言笑不禁。眼見自己打下來的疆土越來越大，地位越來越高，能陪著說笑的人卻是越來越少。便是張瑞，現下跟他說話也帶著小心，好生氣悶不過。那等閒的官員、將軍，便是他賜坐亦是斜欠著屁股，不敢落實了坐。需知古人最忌尊卑等級，四品官見一品官，依著皇明律令，便必需跪著說話，想起後世自己看的電視，那些什麼格格，甚至百姓都可與皇帝言笑不禁，宛若家人，當真是荒唐無稽，想來可笑。

這兵部衙門位於五龍橋至洪武門的御道東側，皇城南至正陽門，北至天安門，東至東華，

西至西安門。由正陽門至午門，至端門、承天門、外五龍橋、直至洪武門終，正好是一條南北的中軸線。自北至南，東爲宗人府、吏部、戶部、禮部、兵部、工部、翰林院、詹事府、五城兵馬司；西則爲五軍大都督府的前後左右中各都督府、太常寺、通政司、錦衣衛、旗手衛和欽天監；三法司執掌刑法，不設於皇城之內，位於太平門西的玄武湖畔，以天牢貫穿其中。

張偉率眾人出得兵部大堂正門，左右四顧，卻見衙門四立，天街整肅，全都是高堂大戶，一般的滴水穿簷。皇城與宮城外牆一般，講究的是威嚴肅穆，使人有凜然畏懼的心思，是以全無花樣，只是以高大整齊爲要。

各人都是左顧右盼，這皇城禁衛森嚴，若非官員或是被允准入內的雜吏隨從，尋常百姓哪能得進？見各人都是鄉巴佬兒一般嘖嘖稱嘆，張偉突地一笑，想起那李自成往太和殿上的匾額上射了一箭，想來就是初見宮室威嚴，心中又是自傲，又是自卑所致。眾人見他發笑，卻是以爲他打下南京，入得宮室，心中難免歡喜，不免都湊趣道：

「明太祖費心竭力地弄出這些衙門來，當初費了百萬百姓，十年人工，誰料今日竟無人肯爲他的子孫守城，一個個都溜之大吉，便是那些機密檔案，戶籍資料，竟也無人過問。文官大臣及所有的書辦雜吏，漢軍入皇城時，竟然無一人死節，亦無一人在崗！」

張偉聽得這麼一說，想起一事來，因問道：「應天巡撫鄭煊何在？」

見各人面面相覷，不知所以，張偉知道這事不是這些人的首尾，便命人前去傳令給馮錫範，命馮錫範即刻去巡撫衙門，將應天巡撫，實則就是南京知府鄭煊找來，活要見人，死要見屍。

見那親兵去了，張偉方笑道：「咱們便先過去宗人府那邊，看一下大明宗室的玉牒等物，瞧個新鮮。」

一行人由南向北，因宗人府掌握全天下宗室譜系玉牒，第一任的宗人府宗正便是朱元璋次子秦王，管理的是天子家務，是以離宮城最近。各人隨同張偉一路行來，天街兩側盡是全身披甲的龍武衛兵守衛。

張偉便回頭向跟隨而來的孔有德問道：「昨日大戰，龍武軍將士披堅持銳，衝殺在前，乃首功也！只是以兩萬人敵數倍之敵，傷亡如何？待城內情形稍定，我要前去探視傷兵。」

孔有德躬身一笑，答道：「昨晚大將軍命人持大將軍大纛，宣慰受傷的軍士，各營的將士都是感激涕零，深感大將軍關愛將士的德意。現下傷兵滿營，恐有病症出來，大將軍身繫漢軍全軍的安危，還是不要以身涉險的好。」

見張偉不置可否，又道：「咱們龍武軍不過衝了一陣子，敵兵就潰敗了。是以死傷不多，戰死者兩百餘人，傷千餘人。若不是一個明軍小將，一個便殺了咱們十餘人，引得明軍死戰，只怕連這些死傷也是沒有。」

張偉嘿了一聲，問道：「那人現在何處，可戰死了？」

孔有德尚不及答，卻聽得張瑞笑道：「那人帶了百餘騎兵，將范景文等城內的文官裹挾一處，往東城門逃離。半路被咱們截擊，將文官盡數逮了回來，那人也是戰死了。」

張偉知抓了范景文等城內文臣，一般文臣倒也罷了，對姜曰廣、呂大器、王鐸、張有譽、張慎言等南明的文臣卻甚是在意。這些人雖然有的食古不化，有的目光短淺，卻都是明朝有名的忠正廉潔的名臣，受人敬重。若是能將他們收入囊中，想來對平定南方大局甚有好處。略想一下，這些人在清兵南下後，多半歸野鄉中，那戶部尚書王鐸還做了清朝的大學士、禮部尚書，並沒有爲明朝死節。自己是漢人，又僞託靖難，總比滿人招降他們要容易些。

便吩咐道：「這些人一定要保護好，尋安穩地界好生看押。現下尋他們，也只是挨罵罷了，關上一陣子，好生防著他們自殺。得空便命他們的家人前去探看，時間久了，再加上南方全爲我所有，大局已定。那時候再會見他們不遲。」

一行人入得宗人府大門之內，進得收著全國藩王譜系的庫房之內，張偉便隨手拿起翻看。

因此時明太祖直系後人已有數十萬人，全國大大小小的親王藩王竟有數百人，其餘記錄什麼將軍、中尉譜系的宗譜當真是汗牛充棟，數不勝數。明朝對待宗室與唐朝大致相同，便是恩養起來，不使讀書，也不可爲官，至於經商務農等賤業，那更是想也別想。又有什麼二王不相見，王不得出城等規定，其意就是親王或藩王，終生不得見面，以防王爺們聯手造反。

這些王爺和宗室們，終生困於其出生的城內，不得見面，不得外出，不得經營生意。親王藩王和上層宗室尚好，那些譜系稍遠一些的，別說尊榮富貴，就是養家糊口亦難。崇禎初年，有一鎮國將軍上奏皇帝，請求皇帝讓自己出城自謀生路，道是其家小十餘口，擠在破房草舍之內，每日以稀粥糊口，若是還困守城內，只怕瞬息之間就要全家餓死。

這篇奏章上了之後，那崇禎皇帝卻批道：「覽之心酸，然祖制在，朕不敢自專耳。」於是這些宗室除了爲非作歹，禍害百姓，當真是無事可做。加之明朝宗室不似唐朝一般齊集京師之內，而是分封在全國各地。結果四處爲害，把明朝帝室的名聲弄得臭不可聞，是以李自成和張獻忠等人，破了州府大城之後，官員或可活命，宗室卻是一概處死。

張偉略看一遭，便已厭煩。一則這些宗室生齒日多，卻連自己取名的權力都是沒有，而是要禮部賜名，有甚多宗室終其一生都沒有名字。勉強得了名字的，爲了怕重名，也是用生僻漢字，取的希奇古怪，看起來費力之極。張偉志不在爲明朝修史，自然不肯細看。

退出房來，至宗人府正堂坐定，向各人笑道：「過來這邊，是要問大家一事。我既然僞託建文後人，是不是要修個宗譜，加收在這裏？」

原本陳永華及何楷等人早就爲張偉僞造了玉牒宗系，只待一起兵便可詔告天下，卻因張偉不肯改名，此事也只是拖著未辦。此時他這麼一問，張瑞知道他心思，便笑道：

「大將軍，咱們不需理會那些腐儒的見識！靖難不過是個名義罷了，說到底還是要漢軍將天下打下來才成！總不能一改名，一修譜，那些官兵和大臣們都跑過來投誠？待得了天下，

有了靖難這個遮羞布，也是方便這些儒生投降罷了。到那時，難道有人逼問您爲什麼不改名換姓？又何必費事改名，弄得大將軍不能追祀自己的祖先？」

他這番話正說對了張偉心思，中國人甚重姓氏，便是現代人又何嘗改易他姓？此時聽得心懷大暢，便大笑道：「甚好！這番話說得甚是，我也不愛鬧這些東西。那朱元璋當年先是受了儒生的騙，要假託是朱熹的後人。後來轉念一想，道：漢高祖也不過是個布衣，難道就不能做皇帝？是以棄了此念，從那之後便只稱淮右布衣罷了，難道又有人敢笑他不成？」

說笑一回，又令眾將坐定，乃向張瑞和契力何必等人問道：「昨日你們大破明軍，竟省了好些事。兩位將軍，把經過說說，也讓我與參軍部的諸將軍參詳一下，將來製成戰役教本，教導講武堂的學生們。」

張瑞與契力何必相視一笑，那契力何必答道：「我口才不好，由張將軍來說，我在旁邊聽著就是。」

「回大將軍的話，咱們初時也是想騷擾突擊一下，依大將軍的吩咐行事，把敵人擊退，又或是拖延時間，待漢軍火炮轟城後冷卻，這些明軍靠近後吃上幾炮，還不後退？誰料他們的大陣主力見了敗退的騎兵之後，已然慌亂。待飛騎一到，一萬多萬騎將士射術如神，那箭矢如飛蝗一般，不住向他們射去。因弓強力大，準頭又好，漢軍萬騎一輪急射過去，就是幾百上千的明軍死傷。明軍慌亂間勒控不住，我見他們陣腳不穩，立時帶了飛騎甲士衝敵陣腳，那明軍一時間大亂，再也無法控制隊形，加上十多萬明軍並不能排開，六千飛騎衝亂了陣腳後，他們四散而逃，竟然有不少明軍被自己人踩踏而死。」

「我與契力將軍見明軍陣腳大亂，便以飛騎追擊敵營的將軍，萬騎四處遊騎射箭。明軍騎兵不多，加之裹在步兵陣內，無法發揮效用。那明軍將軍們還想帶兵返回城內，卻被咱們追殺的不能靠近城邊。飛騎與萬騎從早上衝殺到晚，一直追殺了數十里路。直殺得屍橫遍野，統兵大將多半戰死。那誠意伯劉孔昭，便是被黑齒常之將軍親手射死。待殺到傍晚時分，萬騎的箭矢大半用盡，飛騎將士的馬刀也多半成了斷刃，明軍一個沒有逃出。除了四萬多降卒，其餘盡數被殺。」

這騎兵衝殺步兵，乃是冷兵器時代最恐怖的戰法。張偉交代給飛騎與萬騎的戰法，便是當年蒙古騎兵用來征服歐亞的最佳打法，以弓騎兵擾亂敵人陣腳，掩護重騎衝擊，待敵兵潰敗沒有了陣形，則以重騎配合弓騎追殺。在出現大炮機槍之前，蒙古騎兵便是以這樣的戰法，以兩萬騎兵一直打到波蘭。

與漢軍飛騎及萬騎對抗的十一萬明軍，多半都是從外地調來的客兵，原本就是些老弱殘卒，多無戰力。再加上幾省幾十個州府衛所調集而來，沒有在一起配合作戰，亦沒有統一的調派指揮，更沒有什麼新進的編制。士無戰心再加上武器和身體素質，軍隊編制的落後，一戰即潰，而沒有基層士官等優秀的職業軍官收攏軍心，竟至一潰而不可收拾。

飛騎都是精選的壯漢，張偉又有意要培養出一支優秀的重裝騎兵，是以這些騎士長年累月的習武騎馬，再加上萬騎射手可怖的射術，這樣一支軍隊追殺那些將手中兵器都丟掉的潰兵，當真是如同砍瓜切菜一般，完全就是一場單方面的屠殺。若不是城內戰事已成定局，張偉惦記城東戰場，特命人前去查看傳諭，命張瑞及契力何必不得殺害降卒，只怕連四萬多明軍的性命亦是留不下來。

雖沒有身臨戰陣，張偉聽得張瑞等人說完，卻亦如同親眼看到一般。想到這些明軍亦是大漢子民，這麼莫名其妙的死在南京城外，思之令人感傷。轉念一想，南明歷史上幾次著名的屠城，充當急先鋒和搶掠屠殺最凶的，不是滿兵，反是這些駐防南方的明軍。比如高傑的手下李成棟部，在高傑被殺後屠城洩恨，弘光朝沒有爲難他，仍令其駐防江北。因清兵攻來，他率部降清，爲了在新主子面前表現忠心，就搶先攻入揚州城內，參與屠城又最肯賣力。此後屠江南，攻兩廣，屢次的大屠大搶，都是由李部並左部的南明軍隊最爲凶殘。明末農民戰爭，農民軍過後如梳，而隨後追剿而來的明軍如篦，百姓不畏賊兵，而畏官兵。

想到此處，不免又將那不忍之心收起幾分。向張瑞等人吩咐道：「幾萬降卒中多半還有將官隱藏，好生搜尋出來。對那些兵痞之類，則剔出軍外，有罪者，著有司懲辦。健壯者欲當兵的，可充爲南京廂軍，不願當兵者，待南方各省攻下，再行發遣。」

說話間帶著諸人又步出宗人府外，在工、禮、戶、吏等部略轉幾圈，便回那兵部衙門暫歇。

待到半夜時分，已有人將那應天府巡撫鄭煊押送而來。原本這鄭煊欲死節而全令名，卻見那些朝廷要員紛紛外逃，他轉念一想，便亦化裝成百姓，逃至親友家中躲藏。原本一時也找不到他，卻因張偉親口吩咐，要尋他來，漢軍在巡撫衙門及鄭府家中尋之不得，連續拷問了鄭府家人和鄭煊親隨，這才將他下落打聽出來。漢軍迅即衝至那鄭煊藏身之所，將這位三品大員從被窩裏拖將出來，不顧他連聲抗議，就這麼將身著中衣的鄭大人押解至張偉宿處。

張偉原本就要安歇，聽得外面吵鬧，方知是漢軍將鄭煊押解而來。急忙倒履出門，就在房前階上相候。只見那鄭煊披頭散髮，身著中衣，光著雙腳被幾個龍武衛的粗漢拖拽而來。那鄭煊不知緣故，只道是漢軍要拿他開刀，雖努力要保持氣節，卻也不知道是冷還是怕，兩手兩腳一直抖個不住。

見押解他的漢軍士兵將他放開，又見有一人披著夾衫，手持書卷的，正在盯著自己打量。他天啟天年中了進士，這些年來少年得志，一中進士便被授了戶部主事，後又到浙江嘉興任知府，現下又是從三品的應天巡撫，見過的大人物當真是車載斗量。此時見了張偉模樣，便知眼前此人必定是頤指氣使，發號施令的人物，心中一面忖度，一面向張偉開口道：

「這位大人，士可殺而不可辱。貴官若是要殺，便在當場將鄭某砍了頭就是，何苦如此折辱，將鄭某弄得如此狼狽，不成體統！」

他雖是中氣不足，卻也是慷慨敢言。這一番話說來倒也氣壯，見張偉不作聲，便又道：「晌午在藏身之所，見了漢軍榜文，說道是秋毫無犯，無論官民，只需安坐家中，漢軍並不爲難。卻不料這一隊兵士如狼似虎，直入民宅，明火執杖，驚擾百姓，請問這位大人，這些人該當何罪？」

請續看《回到明朝做皇帝6　決戰長崎》

新大明王朝⑤國事鼎沸（原書名：回到明朝做皇帝）

作　　者：淡墨青杉
發 行 人：陳曉林
出 版 所：風雲時代出版股份有限公司
地　　址：105台北市民生東路五段178號7樓之3
風雲書網：http://www.eastbooks.com.tw
官方部落格：http://eastbooks.pixnet.net/blog
信　　箱：h7560949@ms15.hinet.net
郵撥帳號：12043291
服務專線：(02)27560949
傳眞專線：(02)27653799
執行主編：朱墨菲
美術編輯：吳宗潔

法律顧問：永然法律事務所　　李永然律師
　　　　　北辰著作權事務所　蕭雄淋律師
版權授權：蔡雷平
初版換封：2014年7月

ISBN：978-986-352-034-4

總 經 銷：成信文化事業股份有限公司
地　　址：新北市新店區中正路四維巷二弄2號4樓
電　　話：(02)2219-2080

行政院新聞局局版台業字第3595號
營利事業統一編號22759935

定 價：280元　　特價：199元

國家圖書館出版品預行編目資料

新大明王朝／淡墨青杉著. — 初版.—
臺北市：風雲時代，2014.04-
　冊；　公分. —

ISBN 978-986-352-034-4（第5冊：平裝）

857.7　　　　103004418